The Shadow on the Blind and Other Ghost Stories
La sombra en la ventana y otras historias de fantasmas

Louisa Baldwin

The Shadow on the Blind and Other Ghost Stories

La sombra en la ventana y otras historias de fantasmas

Texto paralelo bilingüe
Bilingual edition

Ingles - Español
English - Spanish

texto en español, traducido del inglés por Elisabeth Candina Laka

ROSETTA EDU

Título original: *The Shadow on the Blind and Other Ghost Stories*

Primera publicación: 1895

Rosetta Edu Ltd.
© 2025 para la traducción al español: Elisabeth Candina Laka.

Primera edición: Diciembre de 2025

Publicado por Rosetta Edu
Londres, diciembre de 2025
www.rosettaedu.com

ISBN: 978-1-83647-161-5

Rosetta Edu
Ediciones bilingües

Páginas enfrentadas

Páginas enfrentadas con la traducción y texto de origen en libros impresos.

Párrafos alineados

Los párrafos alineados entre los dos idiomas facilitan la comparación y la comprensión, ahorrando la necesidad de referirse constantemente al diccionario.

Integridad y fidelidad

Traducciones íntegras, fieles y no abreviadas del texto de origen.

Cuidado del vocabulario

Traducciones especiales para ediciones bilingües, con especial cuidado por la hegemonía de vocabulario utilizando glosarios en el proceso de traducción.

Contexto educativo

Ediciones enfocadas a estudiantes intermedios y avanzados del idioma de origen o del español en libros coleccionables y aptos para el contexto educativo.

INDICE

TO

MY FRIEND AND KINSMAN

RUDYARD KIPLING

A

MI AMIGO Y PARIENTE

RUDYARD KIPLING

Almost everyone, it has been said, would be angry if anyone else
reported that he believed in ghosts; yet hardly anyone, when
thinking by himself, wholly disbelieves them.

—WALTER BAGEHOT

Se dice que casi todo el mundo se enfadaría si otra persona le asegurara que cree en fantasmas; sin embargo, casi nadie, cuando piensa para sus adentros, deja de creer en ellos.

—WALTER BAGEHOT

THE SHADOW ON THE BLIND

Harbledon Hall had stood empty for seven years. For seven years no smoke had issued from its chimneys telling of the cheerful hearth within, no voice or laughter had been heard under its roof, no footstep coming or going across its threshold. A straggling growth of ivy and Virginia creeper, that covered the walls and veiled the windows, made the front of the house look forlorn and neglected, as the face of a sick man who has grown a ragged beard during a long illness. The window-sills were green with the drip of rain from the spouts choked with decaying leaves, and the brick-work was stained with dark patches of damp. The birds had built their nests undisturbed in every gable and projection of the roof, and in the wide chimneys, secure from danger of being smoked out of their comfortable quarters.

And within the house, though man had withdrawn his presence from it, other tenants were in possession. Rats and mice held revels in the empty rooms and passages, that resounded with the patter of their feet, the squeak of their voices, and the nibbling of their teeth. In the dead of night, bold as they had grown, they scared themselves by catching in wires that set bells ringing and echoing through the house, and an army of rats would rush helter-skelter down the great staircase, bounding over one another's backs in their panic, as we see them depicted in illustrations of the famous history of Dick Whittington and his cat.

If desolation reigned in Harbledon Hall, its gardens were returning to a state of savage nature, and the rank growth of weeds choked and overtopped the flowers and shrubs. No seeds had been sown, no lawns mown, no hedges clipped or tree or bush pruned, in seven long years, and the once orderly gardens had become a tangled thicket, where the fairy prince might seek the sleeping beauty. A bramble had sprung up by the sundial, and, clasping it in its thorny arms, threw its branches about it, effectually hiding it from the light of day. The stone basin of the disused fountain had become a nursery of young frogs,

Harbledon Hall había permanecido vacío durante siete años. Durante siete años, no salió humo de sus chimeneas que diera señales del alegre hogar en su interior, no se escuchó ninguna voz o risa bajo su techo, ningún paso que cruzara su umbral. La hiedra y la enredadera de Virginia, que crecían sin control cubriendo las paredes y cegando las ventanas, hacían que la fachada de la casa pareciera abandonada y descuidada, como la cara de un hombre enfermo que se ha dejado crecer una barba andrajosa durante una larga enfermedad. Los alféizares de las ventanas estaban verdes por el goteo de la lluvia proveniente de los canalones obturados con las hojas en descomposición, y los ladrillos estaban teñidos con manchas oscuras de humedad. En cada aguilón y saliente del techo, y en las amplias chimeneas, los pájaros habían construido sus nidos sin ser molestados, a salvo del peligro de ser expulsados de sus cómodos cuarteles.

Y dentro de la casa, aunque el hombre había retirado su presencia de ella, otros inquilinos habían tomado posesión. Las ratas y los ratones gozaban a sus anchas por las habitaciones vacías y los pasillos, haciendo resonar el golpeteo de las patas, sus voces chirriantes y el rechinar de sus dientes. En mitad de la noche, audaces como habían crecido, se asustaban al enredarse en los cables que hacían resonar las campanas por toda la casa, y un ejército de ratas se precipitaba atropelladamente por la gran escalera, saltando unas sobre las espaldas de las otras, presas del pánico, como las vemos representadas en las ilustraciones de la famosa historia de Dick Whittington y su gato.

Si la desolación reinaba en Harbledon Hall, sus jardines iban regresando al estado de naturaleza salvaje, y el desmedido crecimiento de las malas hierbas estrangulaba y se elevaba sobre las flores y los arbustos. No se habían sembrado semillas, no se había cortado el césped, no se había cortado el seto ni podado los árboles y los arbustos en siete largos años, y los jardines que una vez fueron espacios organizados se habían convertido en un matorral enmarañado, donde el príncipe de las hadas podría buscar a la Bella Durmiente. Una zarza había brotado junto al reloj de sol y lo estrechaba en el abrazo espinoso, envolviéndolo entre sus ramas, y conseguía ocultarlo de la

that hopped, swam, and croaked undisturbed, and nature was endeavouring to re-establish her sway where man had withdrawn his cultivating and restraining hand.

It was a radiant day in June. The hot sun poured down on the tangled overgrowth in the gardens of Harbledon Hall, the birds were in a perfect riot of song, and a southwest wind rocked them on the bough. Even the old house on such a day wore its least sombre aspect. One could imagine there had been happy household life within its walls, and it was possible to conceive that they might again resound to the laughter and voices of children at play.

Some such thought as this must have entered the mind of an elderly gentleman driving in an open carriage with his wife, a pale grey-haired lady, seated beside him. Mr Stackpoole was a cheerful, energetic man of sixty years of age, of strong likes and dislikes and sudden impulses. As he caught sight of the wide front of Harbledon Hall with its red gables glowing in the sun, its confused mass of creepers almost hiding the lower storeys from view, he told the coachman to draw up at the iron gates at the entrance.

"This is a very picturesque house, my dear; I should like to have a look at it," he said to his wife; "it may be the kind of place we are in search of," and he alighted from the carriage as nimbly as a young man to read the notice painted on the weather-stained board fastened to the gates. "For admission to view these premises, apply to Mr Judd, sexton, by the church." Mr Stackpoole returned to the carriage and bade the coachman drive to the church, the tower of which they could see embowered among trees, apparently not more than a quarter of a mile distant. As they drove he continued, "I like the look of the place very much. I am sure I could do something with it. I should just enjoy setting to work upon it to call order out of chaos, and in six months I would undertake to effect an entire transformation in the house and grounds, and make it one of the prettiest places in the neighbourhood. What do you think, my dear? Hey?"

luz del día. La pila de piedra de la fuente en desuso se había convertido en un vivero de ranas jóvenes, que saltaban, nadaban y croaban sin ser molestadas, y la naturaleza se esforzaba por restablecer el dominio donde el hombre había retirado su mano cultivadora y restrictiva.

Era un día radiante de junio. El sol ardiente se derramaba sobre la frondosa maraña de los jardines de Harbledon Hall, el canto de los pájaros era puro alboroto, y el viento del suroeste los balanceaba en la rama. Incluso la vieja casa en un día así ofrecía su aspecto menos sombrío. Uno podría imaginar que hubo una vida familiar feliz dentro de sus muros, y parecía plausible concebir que pudieran volver a resonar las risas y las voces de los niños jugando.

Algún pensamiento similar debió de haber ocupado la mente del anciano caballero que viajaba en un carruaje abierto junto a su esposa, una señora de cabello gris pálido que iba sentada a su lado. El señor Stackpoole era un hombre de sesenta años, alegre y enérgico, de gustos y aversiones marcados e impulsos repentinos. Cuando vio la amplia fachada de Harbledon Hall con el tejado a dos aguas rojo brillando al sol, la enmarañada masa de enredaderas casi ocultando los pisos inferiores a la vista, le dijo al cochero que se acercara a las puertas de hierro de la entrada.

—Esta es una casa muy pintoresca, querida; me gustaría echarle un vistazo —le dijo a su esposa—. Puede ser el tipo de lugar que estamos buscando. —Se bajó del carruaje con la agilidad de un joven para leer el aviso pintado sobre la tabla decolorada por la intemperie que estaba sujeta a la puerta. «Para obtener el permiso de admisión para ver estas instalaciones, solicite al señor Judd, sacristán, junto a la iglesia». El señor Stackpoole regresó al carruaje y ordenó al cochero que condujera hasta la iglesia, cuya torre podían ver entre árboles, aparentemente a no más de medio kilómetro de distancia. Mientras se dirigían en el carruaje, prosiguió:

»Me gusta mucho el aspecto del lugar. Estoy seguro de que podría hacer algo con él. Disfrutaría simplemente poniéndome a trabajar en él para poner orden en el caos, y en seis meses me comprometería a llevar a cabo una transformación completa de la casa y los

The frail-looking elderly lady thus addressed made but a faint rejoinder, and her husband's sanguine enthusiasm by no means communicated itself to her. Harbledon Hall was the sixth old house Mr Stackpoole had taken a fancy to in the last ten years, and fallen out of love with as quickly, after exercising his ingenuity in putting it in perfect order and living in it for a short time. It was his diversion, now that he had retired from business and had nothing particular to do, to hunt up old country houses, put them in thorough modern repair and working order, live in them just long enough to induce his wife to hope that he had pitched his tent finally, when the demon of unrest would break out in him once more, and he was off again on the old quest.

This hunting of houses, catching them, and then letting them go, that he might pursue game of the same kind elsewhere, was naturally more entertaining to Mr Stackpoole than it could be to his wife and daughter. But the elder lady was patient and philosophic, and when her daughter said petulantly, "Oh, mamma, what a shame it is that we have to be dragged about the country like this! We have not been a year in this lovely house, and papa is tired of it already, and looking out again for some tumble-down old place to put that in good order, and leave it too, I suppose!" Mrs Stackpoole would reply, "Never mind, Ella. Papa must do as he thinks best. The excitement and interest he finds in frequently changing house are necessary to him now that he has done with business; and remember, my dear, he has no home occupations to pass the time as you and I have." But Ella Stackpoole was now married and settled in a home of her own, and the only other child, a son, was stationed with his regiment in Malta.

Therefore it was that when Mr Stackpoole became suddenly interested in the appearance of Harbledon Hall his wife was unable to feel any enthusiasm on the subject. Their last home

terrenos, y convertirlo en uno de los lugares más bonitos del vecindario. ¿Qué te parece, querida? ¿Eh?

La anciana de aspecto frágil a la que se dirigía no hizo más que una débil réplica, y el ferviente entusiasmo de su marido no se le transmitió en absoluto. Harbledon Hall se trataba de la sexta casa vieja de la que el señor Stackpoole se había enamorado en los últimos diez años, y desenamorado con la misma rapidez, después de poner en práctica su ingenio al ponerla en perfecto estado y vivir en ella por poco tiempo. Ahora que se había retirado del negocio y no tenía nada en particular que hacer, tenía por diversión buscar viejas casas de campo, repararlas y ponerlas a punto, y vivir en ellas el tiempo suficiente para inducir a su esposa a creer que por fin se había asentado, cuando hacía su aparición en él el demonio de la inquietud una vez más, y se lanzaba de nuevo a la vieja búsqueda.

Esta caza de casas, atraparlas y luego soltarlas para poder cazarlas en otro lugar, era naturalmente mayor entretenimiento para el señor Stackpoole de lo que podía serlo para su mujer y su hija. Pero la anciana se mostró paciente y tolerante, y cuando su hija dijo irritada:

—¡Oh, mamá, qué pena que tengamos que ser arrastradas por el país de esta manera! No llevamos un año en esta preciosa casa, y papá ya está cansado de ella, y buscando de nuevo una casa vieja y en ruinas para acondicionarla, ¡y abandonarla también, supongo!

La señora Stackpoole respondía:

—Olvídalo, Ella. Papá debe hacer lo que mejor le parezca. La emoción y el interés que halla cambiando de casa con frecuencia son necesarios para él ahora que ha terminado con los negocios; y recuerda, querida, él no tiene ocupaciones en el hogar para pasar el tiempo como tú y yo. —Pero Ella Stackpoole ahora estaba casada y se había instalado en una casa propia, y el único otro hijo estaba destinado junto a su regimiento en Malta.

Por lo tanto, cuando el señor Stackpoole se mostró repentinamente interesado ante la visión de Harbledon Hall, su esposa no alcanzó a sentir ningún entusiasmo al respecto. Su último hogar había sido

had been in Cornwall, where, after six months spent in its most westerly corner, Mr Stackpoole discovered what everyone else had always known, that he was in a decidedly rainy part of England. He could scarcely have been more astonished at the quantity of rain that fell if it had been in Egypt, and he fled to London to make that his headquarters while he looked about for an old house to suit his fancy in the drier county of Surrey.

And on this bright June day he and his wife were driving through the fair country, house-hunting, and the more dilapidated a house looked, provided that his experienced eye saw capacities of improvement about it, the more attractive it appeared to Mr Stackpoole, as affording wider scope for his particular form of genius. His was a costly hobby, and strangers reaped the benefit of his lavish outlay on houses he perfected, tired of, and left so soon.

Mr Judd, the sexton, was found without difficulty, for indeed he was a conspicuous object, sitting in a large armchair by his cottage door reading the newspaper, and taking an occasional sip from a glass of cold brandy-and-water that stood beside him on the window-sill. He was a person of dignity in the village, accustomed to waste his own time and that of others, but Mr Stackpoole hurried him off to the carriage as soon as he had found the keys, and compelled him to unwonted activity. "The garden be a wilderness, sir," said the old man, opening one of the great iron gates, "and it's four 'ears since e'er an inquiry was made about the place."

"It wouldn't be to everyone's taste, you see; it'll need a considerable outlay before it is fit for habitation," said Mr Stackpoole complacently as he stooped to disentangle a briar from his wife's skirt.

"Who were the last tenants, and how long did they live here?" he said, turning to the old man and asking two questions at once.

en Cornualles, donde, después de pasar seis meses en su rincón más occidental, el señor Stackpoole descubrió lo que todos los demás siempre habían sabido: que se encontraba en una parte de Inglaterra definitivamente lluviosa. Apenas se habría sorprendido más por la cantidad de lluvia que cayó si hubiera sido en Egipto, y huyó a Londres para convertirlo en su cuartel general mientras buscaba una casa vieja que se adaptara a su gusto en el condado más seco de Surrey.

Y este brillante día de junio, él y su esposa conducían por el hermoso campo buscando casas, y cuanto más en ruinas se veía la casa, siempre y cuando su ojo experimentado viera capacidades de mejora al respecto, más atractiva le parecía al señor Stackpoole, para dar mayor cabida a su particular forma de genio. Era el suyo un pasatiempos costoso, y los forasteros se embolsaban el beneficio de aquel lujoso desembolso en casas que perfeccionaba, de las que se cansaba y tan pronto abandonaba.

Encontraron al señor Judd, el sacristán, sin mayor dificultad, porque, de hecho, se trataba de un objeto conspicuo, sentado en un gran sillón junto a la puerta de su casa; leía el periódico y daba sorbos de cuando en cuando a un vaso de aguardiente frío, con agua, que estaba a su lado sobre el alféizar de la ventana. Era una persona respetable en el pueblo, acostumbrada a perder el tiempo y el tiempo de los demás, pero el señor Stackpoole lo apresuró a subir al carruaje tan pronto como encontró las llaves y le obligó a una actividad desacostumbrada.

—El jardín es un desierto, señor —dijo el anciano, abriendo una de las grandes puertas de hierro—. Y han pasado cuatro años desde la última vez que alguien preguntó por el lugar.

—No será del gusto de todos, sabe; necesita un desembolso considerable antes de que sea apta para habitar —dijo el señor Stackpoole complacido mientras se inclinaba para desenredar una zarza de la falda de su esposa.

—¿Quiénes fueron los últimos inquilinos y cuánto tiempo vivieron aquí? —dijo, volviéndose hacia el anciano y haciendo dos preguntas a la vez.

"Sir Roland Shawe and his family had it last, sir. They took the place on a twenty-one years' lease, and they left uncommon sudden when it had five years and more to run. There was a deal o' talk about what made them leave i' that way," and Judd opened wide the front door as he spoke, and they entered a large, lofty hall, smelling mouldy as though there were vaults below.

"Folks did say there was reasons more'n what they's own up to, for a large fam'ly to turn out all of a sudden, as if they was running away from the plague," and the old sexton looked mysterious, and as though he longed to be questioned on the subject. Mr Stackpoole, however, was too much interested in pacing the length of the dining-room to notice any hints he might throw out.

"My dear," he said to his wife, who was resting on the low window-seat, "we will have the whole of this oak floor polished, and Turkish rugs laid down at intervals."

"That was what we did in our house in Cumberland," said Mrs Stackpoole gently, "and if you remember you were not pleased with it when it was done; " then, turning to the old man: "You were going to tell us why Sir Roland Shawe left so suddenly."

"Forbid, ma'am, as I should say definite why he left, not knowing for certain," said Mr Judd, swelling with importance as he spoke. "I never believe more'n 'alf o' what I hear, and puts no faith in tales, whether master's or man's. But by what I can make out—and old Jemmy Judd can see through a stone wall as fer as most folks—I should say as ghosts was at the bottom of the whole kickup."

Mrs Stackpoole smiled at the old man's mode of expressing himself, and then looked anxiously towards her husband, who laughed heartily, and they left the dining-room for the upstairs regions, which he was impatient to explore.

"They fled before ghosts, did they?" said Mr Stackpoole, still

—Sir Roland Shawe y su familia fueron los últimos, señor. Arrendaron el lugar con un contrato por veintiún años, y salieron, poco común, de repente cuando les quedaban cinco años aún por cumplir. Hubo muchas habladurías sobre lo que los hizo irse de aquella manera. —Judd abrió de par en par la puerta principal mientras hablaba, y entraron en un salón grande y elevado, oliendo a moho como si hubiera criptas debajo.

»La gente dijo que hubo otras razones para que una gran familia saliera de repente, como si estuvieran huyendo de la plaga. —El viejo sacristán parecía misterioso, y como si deseara ser interrogado sobre el tema. El señor Stackpoole, sin embargo, estaba demasiado interesado en caminar a lo largo del comedor como para notar cualquier pista que pudiera arrojar.

—Querida —le dijo a su esposa, que estaba descansando en el asiento bajo de la ventana—. Tendremos todo este piso de roble pulido y alfombras persas colocadas a intervalos.

—Eso fue lo que hicimos en nuestra casa en Cumberland —dijo la señora Stackpoole suavemente—. Y si recuerdas, no te gustó cuando estuvo terminado. —Luego, volviéndose hacia el anciano, dijo:

—Nos iba a decir por qué sir Roland Shawe se fue tan repentinamente.

—Nunca creo más de lo que oigo, y no me fío de los cuentos, ya sean de amos o de sirvientes —dijo orgulloso el señor Judd—. Pero por lo que puedo ver, y el viejo Jemmy Judd puede ver a través de un muro de piedra tan bien como la mayoría de la gente, diría que los fantasmas estaban en el fondo de todo el asunto.

La señora Stackpoole sonrió ante la forma de expresarse del anciano, y luego miró inquieta a su esposo, quien rio a carcajadas, y salieron del comedor hacia las habitaciones del piso superior, las cuales estaba impaciente por explorar.

—Huyeron ante los fantasmas, ¿verdad? —dijo el señor Stackpoo-

laughing at the idea. "If the house is supposed to be haunted I should like it all the better for its reputation," and he swung open the door of a large, low room, with a deep projecting chimney-place and wide window letting in a flood of sunshine.

"This is certainly a very cheerful aspect," said his wife, stepping to the window and looking out upon the wild garden enclosed by ragged yew hedges; "there is nothing ghostly about this room, at all events!"

"Pooh! Ghosts indeed! those who believe in them deserve to see them," said Mr Stackpoole contemptuously. "If we take the house this shall be your morning room; you'll get plenty of sunshine, which is a great thing for you; and if I like the room under it I will have it done up for a business room for myself." And they wandered from cellar to attic of the big house, Mr Stackpoole delighted with the possibilities of the place, and noting in his pocket book the dimensions of the chief rooms and of the entrance hall.

"At all events I shall enquire on what terms the place is to be let," he said, after spending two hours in energetically inspecting the premises, and as he slipped five shillings into Mr Judd's expectant palm, "By the way, I have not asked who is the landlord?"

"The landlord, sir, be a many and not one," and the old man named a wellknown city Company to which the property belonged.

"I've rented from landlords, landladies, and trustees, but never yet from a Company: it's all one to me, and I'll see their agent in town to-morrow." Then Mr Stackpoole took a farewell look at the room on the ground floor, immediately under the cheerful room at the head of the stairs that he has assigned to his wife's prospective use, and decided that it was exactly adapted to his requirements. After which they threaded their way back to the gates through the neglected maze of the garden.

le, todavía riéndose de la idea. Si se supone que la casa está embrujada, aún me gustaría más por su reputación. —Y abrió la puerta de una habitación grande y baja, con una prominente chimenea de gran profundidad y una amplia ventana que dejaba entrar el sol a raudales.

—Tiene ciertamente un aspecto muy alegre —dijo su esposa, acercándose a la ventana y mirando hacia el jardín salvaje rodeado de setos de tejos descuidados—. ¡No hay nada fantasmal en esta habitación, en todo caso!

—¡Bah! ¡Por Dios, fantasmas! Quienes creen en ellos se merecen verlos —dijo el señor Stackpoole con desprecio—. Si nos quedamos con la casa, esta será tu habitación para las mañanas; obtendrás mucha luz del sol, lo cual es importante para ti; y si me gusta la habitación de debajo, la arreglaré como despacho para mí. E iban y venían del sótano al ático de la amplia vivienda, el señor Stackpoole encantado con las posibilidades del lugar, y anotando en su libro de bolsillo las dimensiones de las salas principales y del *hall* de la entrada.

—En todo caso, preguntaré en qué términos se alquila el lugar —dijo, después de pasar dos horas inspeccionando enérgicamente las instalaciones, y mientras deslizaba cinco chelines en la palma de la mano del señor Judd—. Por cierto, no he preguntado quién es el propietario.

—El propietario, señor, son muchos, no uno. —Y el anciano nombró una conocida compañía de la ciudad a la que pertenecía la propiedad.

—He alquilado a propietarios, arrendadores y administradores, pero nunca a una compañía: es lo mismo para mí, veré a su agente en la ciudad mañana—. Luego, el señor Stackpoole se despidió de la habitación de la planta baja, inmediatamente debajo de la luminosa habitación en la cabecera de las escaleras que había asignado al posible uso por parte de su esposa, y decidió que se adaptaba exactamente a sus necesidades. Después de lo cual se volvieron a la verja atravesando el laberinto descuidado del jardín.

"And how do you like the look of Harbledon Hall?" he asked his wife as they drove away; "what do you think of the old place?"

"I confess that it does not impress me very favourably, though it is a handsome, well-built house, and might be made very comfortable, no doubt. But it struck me with a kind of chill."

"So would any place, my dear, that had been shut up for seven years. I feel it in my back now; I wish it may not mean an attack of lumbago for me." Mrs Stackpoole smiled at the literal interpretation of her words.

"I don't mean that kind of chill, but a sort of depressed foreboding feeling that I have never had before in any of the houses that you and I have been over together, and their name is legion."

"Why, Anna, you don't mean to say that the old sexton has frightened you with his silly gossip! It was merely some nonsense or other he had made up to increase his importance. If I take the place I shall put in an army of workmen at once, and when next you see it, with good fires drying the rooms, windows bright and clean, and painters and paperers at work upon it, it will look very different, I can assure you. Any house that has been uninhabited as long as Harbledon Hall wears a forlorn look, but for all that I see the possibilities of it, and I could make it the prettiest place we have lived in yet." And Mrs Stackpoole felt certain that her husband would take the old house.

The following day, when Mr Stackpoole saw the Company's agent, he was surprised at the very moderate rent asked for the house. Whether he wished to take it on lease or as a yearly tenant, the sum demanded was small enough to arouse suspicion in the most unwary.

"Why do you ask such a low rent for a fine old place like that?"

—¿Y qué te ha parecido el aspecto de Harbledon Hall? —le preguntó a su esposa mientras se alejaban—. ¿Qué piensas de esta vieja casa?

—Confieso que su impresión no es muy favorable, aunque es una casa hermosa y bien construida, y podría ser muy cómoda, sin duda. Pero me dio una especie de escalofrío.

—También lo haría cualquier lugar, querida, que hubiera estado cerrado durante siete años. Lo estoy sintiendo ahora mismo en mi espalda; espero que no signifique un ataque de lumbago.

La señora Stackpoole sonrió ante la interpretación literal de sus palabras.

—No me refiero a ese tipo de escalofrío, sino a una especie de presentimiento inquietante que nunca he tenido antes en ninguna de las casas en las que tú y yo hemos estado juntos, y han sido cientos.

—¡Pero, Anna, no me vas a decir que el viejo sacristán te ha asustado con sus tontos chismes! No fue más que una tontería que inventó para darse más importancia. Si me quedo con el sitio, pondré un ejército de trabajadores de inmediato, y la próxima vez que lo veas, con unos buenos fuegos ardiendo en las habitaciones que quiten la humedad, ventanas brillantes y limpias, y con el trabajo de pintores y empapeladores, se verá muy diferente, te lo puedo asegurar. Cualquier casa que haya estado deshabitada tanto como Harbledon Hall tiene un aspecto desolador, pero con todas las posibilidades que veo en esta casa, podría convertirla en el lugar más bonito en el que hayamos vivido hasta la fecha. —Y la señora Stackpoole estuvo segura de que su marido se quedaría con la vieja casa.

Al día siguiente, cuando el señor Stackpoole vio al agente de la compañía, se sorprendió por el moderado alquiler que le pidieron por la casa. Ya sea que deseara tomarla en arrendamiento o como inquilino anual, la suma exigida era lo suficientemente pequeña como para despertar sospechas en los más incautos.

—¿Por qué pide un alquiler tan bajo por un lugar tan bonito y anti-

he asked.

"It is so much out of repair from standing empty so long, I suppose the Company is willing to submit to a certain loss for the sake of having it inhabited again." "But with such a tempting low rent, how is it that it has not been taken long ago?"

"There have been any number of applications for it."

"Indeed! The old fellow in charge of the keys who showed me over the house yesterday said that no one had inquired about it for four years."

A peculiar expression passed over the agent's face, but it was not one of surprise. "He said so, did he? I've had plenty of enquiries."

"He certainly said so. He was a talkative old man and anxious to impress us with the idea that Sir Roland Shawe left Harbledon Hall suddenly, some considerable time before his lease was up, in consequence of an absurd notion that the house was haunted. Now, personally, I care nothing about it, but my wife is sometimes nervous, and I thought I would ask you if you know anything of any unusual circumstances connected with his leaving so abruptly."

"Judd is a chattering old fool! Did he tell you anything definite about it himself?" asked the agent.

"Nothing whatever, but he said some nonsense about ghosts driving them away from the place."

"Of course there was an absurd story that got about at the time. It was some hocus-pocus about a magic-lantern, I believe, got up by the young fellows to frighten the servants, with pictures of a skeleton on a sheet hung up somewhere or other. The whole thing was a stupid practical joke, only too successful, for the

guo como ese? —preguntó.

—Necesita tanta obra por haber estado vacía tanto tiempo que supongo que la compañía está dispuesta a someterse a una cierta pérdida por el bien de tenerla habitada de nuevo.

—Pero con un alquiler tan bajo y tentador, ¿cómo es que no la han alquilado hace mucho tiempo?

—Ha habido un gran número de solicitudes por la casa.

—Ya veo. El anciano a cargo de las llaves que me mostró la casa ayer dijo que nadie se había interesado en cuatro años.

Una expresión peculiar pasó por el rostro del agente, pero no fue de sorpresa:

—¿Eso dijo él? He tenido muchas consultas.

—Ciertamente lo dijo. Era un anciano hablador y ansioso por impresionarnos con la idea de que sir Roland Shawe abandonó Harbledon Hall repentinamente, un tiempo considerable antes de que terminara su contrato de arrendamiento, como consecuencia de una noción absurda de que la casa estaba embrujada. A mí personalmente no me importa, pero mi esposa a veces se pone nerviosa, y pensé en preguntarle si sabía algo de alguna circunstancia inusual relacionada con su partida tan abrupta.

— ¡Judd es un viejo tonto y parlanchín! ¿Le dijo él mismo algo en concreto al respecto? —preguntó el agente.

—En realidad, no, pero dijo algunas tonterías sobre fantasmas que los alejaron del lugar.

—Cierto que hubo una historia absurda que circuló en aquel momento. Era una especie de abracadabra, de truco en relación a una linterna mágica, creo, ideado por los jóvenes para asustar a los sirvientes, con imágenes de un esqueleto en una sábana colgada en algún lugar. Todo fue una estúpida broma pesada, solo que muy bue-

scare spread to the ladies of the house, and of course Sir Roland had to leave; they made the place too hot for him," and the agent laughed uproariously. "I remember all about it now that you ask me. The young Shawes got up the panic for their own purposes. They found the country too slow for them, they wanted to live in London, so with the simple apparatus of a magic-lantern and a sheet they frightened the family back into town, and got what they wanted. Naturally Sir Roland used not to speak of it when he found it out, for no one is proud of being made a fool of. And now, my dear sir," he said, with an air of great candour, "you know as much about this childish folly as I do myself. It has been magnified into something wonderful, till we've had that tempting property on our hands for all these years in consequence."

Mr Stackpoole was pleased and amused with the agent's frank explanation of the basis of Mr Judd's mysterious allusions, and he and his wife laughed at it together over their dinner in the evening. Mrs Stackpoole was now willing that her husband should take Harbledon Hall, which he did as a yearly tenant, with the right of taking the property on a lease if at the end of three years he felt inclined to prolong his stay.

Then began the delightful bustle that Mr Stackpoole's soul loved—the drying, warming, painting, lighting, decorating and furnishing of the house, the taming and reclaiming of the garden; the stubbing up of old lawns and laying down of new turf; the cleaning and re-gravelling of weed-grown paths. Such an army of workmen was engaged that Mr Stackpoole calculated that in less than five months the house would be ready to go into, and the gardens be looking clean and bare in their winter tidiness.

"It must be finished by the middle of December," he said, "that I may keep Christmas here with my family; and if every man has done his work well, and is out of the house by the twelfth of December, I will give each a bonus on his wages and a Christmas supper to you all."

na, ya que el susto se extendió a las damas de la casa y, por supuesto, sir Roland tuvo que irse; hicieron que el lugar fuera demasiado incómodo para él. —Y el agente se rió ruidosamente.

»Lo he recordado todo ahora al hilo de sus preguntas. Los jóvenes Shawe sembraron el pánico para sus propios fines. El campo les resultaba demasiado tranquilo para ellos, querían vivir en Londres, así que con el simple aparato de una linterna mágica y una sábana asustaron a la familia y volvieron a la ciudad y obtuvieron lo que querían. Naturalmente, sir Roland, cuando lo descubrió no hablaría de ello, porque nadie se enorgullece de que lo ridiculicen. Y ahora, mi querido señor —dijo, con un aire de gran franqueza—, usted sabe tanto sobre esta locura infantil como yo mismo. Se ha convertido en algo fantasmagórico, hasta el punto de que hemos tenido esa irresistible propiedad en nuestras manos durante todos estos años en consecuencia.

El señor Stackpoole estaba complacido y divertido con la franca explicación del agente sobre la base de las misteriosas alusiones del señor Judd, y él y su esposa se rieron de ello durante la cena por la noche. La señora Stackpoole ahora estaba dispuesta a que su esposo adquiriera Harbledon Hall, lo que hizo como inquilino anual, con el derecho de adquirir la propiedad en arrendamiento si al cabo de tres años se sentía inclinado a prolongar su estadía.

Entonces dio comienzo el delicioso trajín que amaba el alma del señor Stackpoole: la deshumificación, la calefacción, la pintura, la iluminación, la decoración y el mobiliario de la casa, la domesticación y la recuperación del jardín; el tapado de céspedes viejos y la colocación de césped nuevo; la limpieza y colocación de la grava nueva en los caminos invadidos por la maleza. Era tal el ejército de trabajadores que estaba a cargo que el señor Stackpoole calculó que en menos de cinco meses la casa estaría lista para habitar, y los jardines se verían limpios y desnudos en su orden invernal.

—Debe estar terminado para mediados de diciembre —dijo—, para que pueda celebrar la Navidad aquí con mi familia; y si cada hombre hace bien su trabajo y está fuera de la casa para el doce de diciembre, les daré a cada uno un bono sobre su salario y una cena de Navidad a todos ustedes.

No wonder that the workmen caught something of Mr Stackpoole's enthusiasm, and that every time he brought his wife to see what was going on she was astonished with the progress made. All their friends were informed of the lucky find of the old house in Surrey, and invitations were issued long before for a series of entertainments, dances and private theatricals they intended to give at Harbledon Hall in the following January, when their daughter, Mrs Beaumont, and her husband would be staying with her parents.

Shortly before Mr and Mrs Stackpoole removed into Harbledon Hall they were dining out one evening, and after the ladies had left the room and the gentlemen had comfortably rearranged their chairs and were seated at their wine, Mr Stackpoole began on his favourite theme, the furnishing and repairing of the old house. As most of those present had frequently heard him on the same subject before, he was not much heeded, and prosed on without interruption till a tall, bald-headed gentleman opposite to him caught the words Harbledon Hall and at once became an attentive listener.

"Harbledon Hall did you say? Do you mean the old gabled, red brick house, three miles from Mendleton? I hope no friend of yours is thinking of taking it."

Mr Stackpoole smiled. "Not exactly a friend of mine, though probably I know him better than anyone else. I have taken Harbledon Hall myself, and intend moving into it in December."

"The deuce you do!" said the bald gentleman setting down his glass.

"I don't know why it should surprise you," said Mr Stackpoole.

"Surprise me? Certainly not. Only I thought that the house was empty and likely to remain so."

"Surely it has stood empty long enough—seven years. It

No es de extrañar que a los trabajadores se les contagiara algo del entusiasmo del señor Stackpoole, y que cada vez que trajera a su esposa para ver cómo iba, ella se asombrara con el progreso realizado. Todos sus amigos fueron informados del afortunado hallazgo de la antigua casa en Surrey, y se emitieron invitaciones con mucha antelación para una serie de entretenimientos, bailes y representaciones teatrales privadas que tenían la intención de dar en Harbledon Hall en enero siguiente, cuando su hija, la señora Beaumont, y su esposo se quedarían en casa de sus padres.

Poco antes de que el señor y la señora Stackpoole se mudaran a Harbledon Hall, estaban cenando una noche, y después de que las damas hubieran salido de la habitación y los caballeros reorganizado cómodamente sus sillas y disfrutaban del vino, el señor Stackpoole comenzó con su tema favorito, el mobiliario y la reparación de la vieja casa. Como la mayoría de los presentes lo habían escuchado con frecuencia hablar sobre el mismo tema antes, no se le prestó mucha atención y prosiguió sin interrupción hasta que un caballero alto y calvo frente a él captó las palabras «Harbledon Hall» y de inmediato le prestó gran atención.

—¿Ha dicho «Harbledon Hall»? ¿Se refiere a la vieja casa de ladrillo rojo a cinco kilómetros de Mendleton? Espero que ningún amigo suyo esté pensando en adquirirlo.

El señor Stackpoole sonrió:

—No es exactamente un amigo mío, aunque probablemente lo conozco mejor que nadie. Yo mismo he adquirido Harbledon Hall y tengo la intención de mudarme allí en diciembre.

—¡Qué diablos! —dijo el caballero calvo dejando su copa.

—No sé por qué debería sorprenderle —dijo el señor Stackpoole.

—¿Sorprenderme? Ciertamente no. Solo pensé que la casa estaba vacía y que probablemente permanecería así.

—Seguramente ha permanecido vacía el tiempo suficiente, siete

requires an immense deal doing to it, of course, but I took a fancy to the place, and am putting it into thorough repair, introducing the electric light among other modern improvements; in fact I am sparing no expense. Do you know anything about Harbledon Hall?"

"I used to do. Sir Roland Shawe, the last tenant, is my brother," and the baldheaded gentleman spoke in a dry and uncommunicative manner.

But a hint was not enough for Mr Stackpoole.

"Then you are the very person to tell me about an absurd story I have heard— it had something to do with a magic-lantern, I believe; some kind of scare the young people got up to pretend there were bogies in the house, and frighten their parents back to town, where they preferred to live. You see, I've heard all about it, and I only want it corroborated by a member of the family," and he laughed heartily, as though it were the best joke in the world.

But the gentleman opposite him grew grave to severity and said, "I am unable to understand your allusion to a magic-lantern performance which is supposed to have tried my brother's nerves, and absurd is the last word applicable to the circumstances under which Sir Roland was compelled to leave Harbledon Hall."

"Then I must have been misinformed," replied the undaunted Mr Stackpoole, whose curiosity was now thoroughly aroused. "As I am about to live in the house, will you not tell me the real circumstances, that I may be able to contradict the foolish stories that one hears?"

"Why should it be necessary for you to contradict gossip on the subject? Sir Roland never mentions it. It is possible that some time you may learn for yourself why my brother left the house; then I think you will be satisfied that he acted wisely, and if not, I should be sorry to prejudice you against Harbledon Hall." And the gentlemen rose to join the ladies, and Mr Stackpoole remained

años. Requiere mucho trabajo, por supuesto, pero me gustó el lugar y lo estoy reparando a fondo, introduciendo la luz eléctrica entre otras mejoras modernas; de hecho, no escatimo en gastos. ¿Sabe algo sobre Harbledon Hall?

—Solía hacerlo. Sir Roland Shawe, el último inquilino, es mi hermano. —Y el caballero calvo habló de una manera seca y poco comunicativa.

Pero una pista no era suficiente para el señor Stackpoole.

—Entonces es usted la persona indicada para contarme la historia absurda que he escuchado: tenía algo que ver con una linterna mágica, creo; algún tipo de susto que los jóvenes dieron para fingir que había fantasmas en la casa y asustar a sus padres de regreso a la ciudad, donde preferían vivir. Verá, he podido escuchar toda la historia, y solo quiero que lo corrobore un miembro de la familia. —Y se rio a carcajadas, como si fuera la mejor broma del mundo.

Pero el caballero enfrente de él se puso serio y dijo:

—Soy incapaz de entender su alusión a una actuación con linterna mágica que se supone que puso a prueba los nervios de mi hermano, y absurdo sería la última palabra que usaría para describir las circunstancias que obligaron a sir Roland a abandonar Harbledon Hall.

—Entonces no he debido de informarme bien —respondió el impávido señor Stackpoole, cuya curiosidad había despertado ahora completamente—. Ya que estoy a punto de vivir en la casa, ¿no me podría contar las circunstancias reales, para que pueda contradecir las ridículas historias que uno escucha?

—¿Por qué debería ser necesario para usted contradecir los chismes sobre el tema? Sir Roland nunca habla de ello. Es posible que en algún momento sepa por usted mismo por qué mi hermano abandonó la casa; entonces creo que estará satisfecho de que actuó sabiamente, y si no, lamentaría haberle inducido a tener prejuicios contra Harbledon Hall.

in a state of mystification. Evidently something had happened to drive Sir Roland Shawe and his family from Harbledon Hall, with which neither old Judd nor the agent were acquainted. What could it be? For himself, so long as it was neither rats nor drains, he did not care, but with his wife it was different. If she had an inkling that there was anything uncanny about the house, she would refuse to go into it at the eleventh hour, or, if she went, would make a point of seeing a ghost the very first dark night.

But she must hear no silly talk about it. Any ghosts that former inhabitants of the Hall had imagined they saw was when they went about the house starting at their own shadows by the dim light of oil lamps. The electric light would put all that to rights. It was the best cure for such preposterous folly, and in its illumination Mr Stackpoole felt that he should be more than a match for all the powers of darkness.

But shortly after meeting Sir Roland Shawe's brother an odd coincidence happened that drew his attention again to the subject of their conversation. Mrs Stackpoole had written to her son at Malta telling him that his father had taken an old house in Surrey with which he had fallen in love, how beautifully he was fitting it up, that they expected to keep Christmas in it, and that it was at Harbledon Hall they hoped to welcome him on his return to England.

In reply Jack wrote,

> So my father is again on the wing. Well, this time I am glad he is taking you to a thoroughly accessible place, and not to Cornwall or Cumberland. But is the old house he has taken a fancy to not far from Mendleton? I suppose there can't be two Harbledon Halls in the same county, but it is odd if it is the house of that name that I have lately heard something about. There was a young civilian out here for his health—he has gone to Egypt now—and he told me that his uncle, Sir Roland Smith, or some such name, had been fairly driven out of an old house in Surrey by ghosts. I'm sure he called it Harbledon Hall, and he said that his uncle was not in the least a nervous man, but it was more

Y los caballeros se levantaron para unirse a las damas, y el señor Stackpoole permaneció en un estado de confusión. Evidentemente, algo había sucedido para expulsar a sir Roland Shawe y a su familia de Harbledon Hall, algo que ni el viejo Judd ni el agente conocían. ¿Qué puede ser? En cuanto a él, siempre y cuando no fueran ratas ni desagües, no le importaba, pero con su esposa era diferente. Si sospechara que había algo extraño en la casa, se negaría a entrar en ella en el último segundo o, si fuera, se empeñaría en ver un fantasma la primera noche oscura.

Pero ella no debe escuchar ninguna charla tonta al respecto. Cualquier fantasma que los antiguos habitantes de Harbledon Hall hubieran imaginado ver no eran más que sus propias sombras cuando recorrían la casa a la tenue luz de las lámparas de aceite. La luz eléctrica acabaría con todo esto. Era la mejor cura para una locura tan absurda, y el señor Stackpoole sintió que su iluminación sería más que un rival contra todas las fuerzas de la oscuridad.

Pero poco después de conocer al hermano de sir Roland Shawe, ocurrió una extraña coincidencia que volvió a llamar su atención sobre el tema de su conversación. La señora Stackpoole le había escrito a su hijo en Malta diciéndole que su padre había tomado una vieja casa en Surrey de la que se había enamorado, lo bien que la estaba arreglando, que esperaban celebrar la Navidad en ella y que era en Harbledon Hall donde esperaban darle la bienvenida a su regreso a Inglaterra.

En respuesta, Jack escribió:

> Así que mi padre alzó el vuelo nuevamente. Bueno, esta vez me alegro de que te lleve a un lugar totalmente accesible, y no a Cornualles o Cumberland. Pero ¿la vieja casa que le ha gustado no está lejos de Mendleton? Supongo que no puede haber dos Harbledon Halls en el mismo condado, pero es extraño si se trata de la casa con ese nombre de la que he oído hablar últimamente. Había un joven civil aquí por su salud, se ha ido a Egipto ahora, y me dijo que su tío, sir Roland Smith, o algún nombre así, había sido expulsado de una vieja casa en Surrey por los fantasmas. Estoy seguro de que lo llamó Harbledon Hall, y dijo que su tío no era en lo más mínimo un hombre histérico, pero fue más de

than he could stand, and he had to leave. I wish now that I had asked him all about it, but he was such a dull chap, nothing he said interested me, so I lost the chance of learning particulars. Don't be timid, dear mother. Let me tackle the bogies when I come home; I should enjoy nothing better."

Mrs Stackpoole did not like this at all. It produced an eerie and creepy sensation, and her husband took care not to increase her discomfort by telling her of his conversation with Mr Shawe.

"It is odd, my dear, very odd," he said, in his most cheerful tones; "and we are obliged to admit that, somehow or other, someone or other received some sort of a fright at Harbledon Hall. Nothing can be more vague, yet that is all that is known about it. A pity the whole silly business was not inquired into on the spot, for of course it would admit of a perfectly simple solution. Very likely one of the maids had supped rather more heavily than usual on cold pork, and in a paroxysm of indigestion walked in her sleep; someone saw her in her white night gown, took her for a ghost, and got up a scare—for it is always easier to cry out than to investigate. And there you have the history of a ghost story in a nutshell, my dear—in a nutshell."

The workmen were punctually out of Harbledon Hall on the day agreed upon, and as punctually received their pay and Christmas supper, and the house was ready for the reception of the new tenant, with the good wishes of all who had helped to prepare it for him. Mr Stackpoole arranged that his family should arrive after dark, that he might surprise his wife with the electric light in every room and passage, and introduce her to her new home under its most cheerful and attractive aspect.

As they approached the house both Mrs Stackpoole and her daughter exclaimed with delight, and Ella said it was too pretty to be real, it was like something on the stage. From every window, from the basement to the garrets, streamed the pure radiance of the electric light, undimmed by curtain or blind, sending shafts of light far into the surrounding darkness. From the porch the white

lo que pudo soportar, y tuvo que irse. Me gustaría ahora haberle preguntado todo al respecto, pero era un tipo tan aburrido, nada de lo que decía me interesaba, así que perdí la oportunidad de conocer los detalles. No temas, querida madre. Deja que yo me ocupe de los fantasmas cuando llegue a casa; nada me haría disfrutar más.

A la señora Stackpoole no le gustó esto en absoluto. Le produjo una sensación espeluznante y escalofriante, y su esposo se cuidó de no aumentar su malestar contándole la conversación con el señor Shawe.

—Es extraño, querida, muy extraño —dijo, en el tono más alegre posible—; estamos obligados a admitir que, de una forma u otra, alguien recibió algún tipo de susto en Harbledon Hall. Nada puede ser más vago, sin embargo, eso es todo lo que se sabe al respecto. Una pena que todo el ridículo asunto no se investigara en el acto, ya que, sin duda, ofrecería una solución muy sencilla. Es muy probable que una de las sirvientas hubiera cenado más pesado de lo habitual con carne de cerdo fría, y en un ataque de indigestión caminara dormida; alguien la vio con su camisón blanco, la tomó por un fantasma y se asustó, porque siempre es más fácil gritar que investigar. Y ahí tienes la historia de un relato de fantasmas en pocas palabras, querida mía, en pocas palabras.

Los trabajadores dejaron Harbledon Hall puntualmente el día acordado, y con la misma puntualidad recibieron su salario y la cena de Navidad, y la casa estuvo lista para la recepción del nuevo inquilino, con los buenos deseos de todos los que habían ayudado a prepararlo para él. El señor Stackpoole dispuso que su familia llegara después del anochecer, para que pudiera sorprender a su esposa con la luz eléctrica en cada habitación y pasillo, y presentarla a su nuevo hogar bajo su aspecto más alegre y atractivo.

Cuando se acercaron a la casa, tanto la señora Stackpoole como su hija exclamaron con deleite, y Ella dijo que era demasiado bonita para ser real, era como algo sobre el escenario. Desde cada ventana, desde el sótano hasta las buhardillas, fluía el resplandor puro de la luz eléctrica, no atenuada por cortinas o persianas, enviando rayos de luz a la oscuridad circundante. Desde el porche, la luz blanca ilu-

light illumined the drive like a cold sunshine, and showed every pebble on the ground and every twig on the bare boughs.

"There, my dears," said Mr Stackpoole triumphantly, as he led his wife and daughter into the brilliant hall; "this is how modern science drives away foolish fears of darkness by turning night into day. No one could be nervous or afraid of ghosts in a house like this."

"No, indeed, the thing would be impossible," replied Mrs Stackpoole, her daughter, and son-in-law in confident chorus.

Christmas was kept with much festivity at Harbledon Hall, and it was impossible to say who was most delighted with the house— the host or hostess, or the guests under its hospitable roof. Each was charmed with his own room, but Mrs Stackpoole's morning room was the general favourite, and afternoon tea was frequently taken there in preference to the more stately drawing-room. The grandchildren played in the empty rooms upstairs on rainy days, and every evening watched the miracle of lighting the house with the electric light with breathless interest. They regarded grandpapa as a light-producing wizard, so that something of awe was mingled with their wildest frolics, and they did not dare to open the door of his own particular room, which was respectfully called the study, though its principal use was to smoke in, or to take a quiet nap in before dinner.

It was the end of January, and the Stackpooles were daily congratulating themselves on their good fortune in meeting with a house so perfectly suited to their requirements, when they wound up their festivities with a fancy ball. Several young people were staying in the house for the occasion, who were to depart the day after the ball, leaving their host and hostess for the first time alone in their new home. Numbers of guests were coming from a distance, many of whom had accepted the invitation out of curiosity, as a dance afforded a good opportunity of spending a night under cheerful auspices in a house with the reputation of being haunted.

All their entertainments had so far been successful, but the

minaba el camino como un frío sol, y mostraba cada guijarro en el suelo y cada ramita en las ramas desnudas.

—Aquí estáis, queridos míos —dijo el señor Stackpoole triunfante, mientras conducía a su esposa e hija al brillante salón—; así es como la ciencia moderna ahuyenta los temores tontos de la oscuridad al convertir la noche en día. Nadie podría sentirse inquieto o temer a los fantasmas en una casa como esta.

—No, de hecho, sería algo imposible —respondieron la señora Stackpoole, su hija y su yerno en coro confiado.

La Navidad se celebró con mucha fiesta en Harbledon Hall, y era imposible decir quién estaba más encantado con la casa: el anfitrión o la anfitriona, o los invitados bajo su acogedor techo. Cada uno estaba encantado con su propia habitación, pero la habitación de la mañana de la señora Stackpoole era la favorita en general, y el té de la tarde se tomaba con frecuencia allí en lugar del salón más majestuoso. Los nietos jugaban en las habitaciones vacías de arriba en los días de lluvia, y todas las noches contemplaban el milagro de iluminar la casa con la luz eléctrica con un interés que les quitaba el aliento. Consideraban al abuelo como un mago productor de luz, de modo que una mezcla entre asombro y temor impedía cualquier travesura, y no se atrevían a abrir la puerta de su habitación particular, que respetuosamente se llamaba el estudio, aunque su uso principal era para fumar o echar una siesta tranquila antes de la cena.

Era finales de enero —los Stackpoole se felicitaban diariamente por su buena fortuna al encontrarse con una casa tan perfectamente adaptada a sus necesidades—, cuando terminaron sus festividades con un baile elegante. Varios jóvenes se alojaban en la casa para la ocasión, quienes debían partir el día después del baile, dejando a su anfitrión y a su anfitriona por primera vez solos en su nuevo hogar. Numerosos invitados venían de lejos, muchos de los cuales habían aceptado la invitación por curiosidad, ya que un baile ofrecía una buena oportunidad de pasar una noche bajo alegres auspicios en una casa con la reputación de estar embrujada.

Todos sus entretenimientos habían tenido éxito hasta el momen-

last was to be the best, and Mr and Mrs Stackpoole threw their whole souls into the preparations to ensure its complete success. The room was charming, the floor perfect, the band that came from town the most renowned of the season. The costumes to be worn were of no special period or country, and the Stackpooles themselves set an example of reckless catholicity in the matter, the hostess being dressed as Queen Elizabeth, and her husband as an Admiral of the Fleet of to-day, while Mr and Mrs Beaumont figured respectively as a Japanese lady and Spanish matador! By the time that the guests had arrived, clad in the garb of all ages and countries, the ballroom appeared to contain such a motley throng as only the Day of Judgment could bring together. Here an ancient Greek danced with a Swedish peasant, and the Black Prince with a female captain of the Salvation Army, and there a clown and a nun waltzed gaily past Mahomet and a ballet-girl.

The electric light was a greater novelty then than it is now, and the guests were loud in their admiration of the fairy-palace appearance of the house as they approached, and of its brilliance within. Mr Stackpoole was as delighted as a child with a new toy, and led his friends about showing them how, by merely turning a button on the wall, he could plunge a room in darkness, or flood it with radiant light.

Dancing was kept up with great spirit till the small hours, and as the clock in the hall chimed a quarter-past three, the old house resounded to the half sad and wholly romantic strains of a waltz by Waldteufel. The guests who came from a distance had begun to depart, and Mr Beaumont stood in the porch laughingly seeing Lady Jane Grey and Flora Macdonald into their carriage. Just then a maid gave a message to one of the footmen for Mrs Beaumont, who sat fanning herself near the door of the ball-room. "If you please, nurse says Master Harry won't go to sleep till he sees you, ma'am."

"Tell nurse I will come directly," and, excusing herself to the lady who sat next to her, she slipped out of the room. In the hall she met her father as he was entering his study.

to, pero el último iba a ser el mejor, y el señor y la señora Stackpoole pusieron toda el alma en los preparativos para asegurarse un completo éxito. La habitación era encantadora, el piso perfecto, la banda que venía de la ciudad era la más famosa de la temporada. Los trajes que se iban a llevar no eran de ninguna época o país en especial, y los propios Stackpoole dieron un ejemplo de ortodoxia no convencional en la materia, ya que la anfitriona iba vestida como la reina Isabel, y su marido como un almirante de la flota actual, mientras que el señor y la señora Beaumont figuraban respectivamente como una dama japonesa y un torero español. Cuando llegaron los invitados, vestidos con el atuendo de todas las edades y países, el salón de baile parecía contener una multitud tan abigarrada que solo el Día del Juicio podría reunir. Aquí un griego antiguo bailaba con un campesino sueco, y el Príncipe Negro con una capitana del Ejército de Salvación, y allí un payaso y una monja bailaban alegremente ante Mahoma y una bailarina de ballet.

La luz eléctrica era entonces una novedad mayor que ahora, y los invitados expresaban en voz alta su admiración por el aspecto de palacio de hadas de la casa cuando se acercaban y de su brillo en el interior. El señor Stackpoole estaba tan encantado como un niño con un juguete nuevo, y llevó a sus amigos a mostrarles cómo, simplemente girando un botón en la pared, podía sumergir una habitación en la oscuridad o inundarla de luz radiante.

El baile se prolongó con gran animación hasta altas horas de la madrugada, y cuando el reloj del vestíbulo dio las tres y cuarto, la vieja casa resonó con las melodías bastante tristes y plenamente románticas de un vals de Waldteufel. Los invitados que venían de lejos habían comenzado a partir, y el señor Beaumont, de pie en el porche, reía al ver subir a lady Jane Grey y a Flora Macdonald a su carruaje. En ese momento, una criada le dio un mensaje a uno de los lacayos para la señora Beaumont, que estaba sentada abanicándose cerca de la puerta del salón de baile. «Si es tan amable, la niñera dice que el señorito Harry no se dormirá hasta verla, señora».

«Diga a la niñera que iré enseguida» y, excusándose ante la señora que estaba sentada a su lado, se escabulló de la habitación. En el pasillo se encontró con su padre cuando entraba en el estudio.

"I'm going to put this miserable encumbrance by," he said, smiling and flourishing the Admiral's cocked hat, which he had gallantly carried the whole evening to his great inconvenience.

"And I am on my way to the nursery to see little Harry," and Mrs Beaumont ran upstairs, singing softly to the sweet music that came floating from the ballroom below. Mr Stackpoole laid his hat on the table, and looked at the clock on the mantel-piece. "A quarter-past three! I'm tired, and the young people ought to be. Heigh-ho! I'd rather give ten dinners than one dance," and he sank into a low chair by the fire, yawned profoundly, stretched his legs out before him, and closed his eyes. Sleep fell upon him instantly, and for a few minutes he was lost in its depths, light and sound had ceased to exist for him, his brain was steeped in silent darkness.

Mr Beaumont still stood in the porch; the servants had returned to the house, and he was alone. It was a mild winter's night. He flung a cloak over his shoulders, and stepped into the open air. "I shan't be missed for five minutes," he said to himself, "while I smoke a cigarette," and he walked briskly along a broad path some thirty yards from the house, from which he had a perfect view of Harbledon Hall. And very pretty its cheerful brightness looked against the dark background of star-set sky. Brilliant rays of light shot from the undraped windows, and those that had the blinds drawn down showed the outline of objects in the room thrown upon them in shadow, as clearly as from a magic-lantern.

Involuntarily, he raised his eyes to the window of Mrs Stackpoole's sittingroom, and stood rooted to the spot. Two figures as clearly defined as silhouettes were visible on the pure square of the blind—the shadows of an old man and a young man struggling together. From the shape of the heads, George Beaumont saw that they wore wigs, and there was the clearly-cut shadow of the ruffles at the wrists, and the younger and taller man wore a large Steinkirk with laced ends round his neck. At

—Voy a quitarme de encima este miserable estorbo —dijo, sonriendo y blandiendo el sombrero de tres picos de almirante, que había llevado galantemente toda la velada y le resultaba tan incómodo.

—Y yo a ver al pequeño Harry que está con la niñera. —Y la señora Beaumont corrió escaleras arriba, cantando suavemente la dulce música que venía flotando de la sala de baile de abajo.

El señor Stackpoole dejó su sombrero sobre la mesa y miró el reloj sobre la repisa de la chimenea:

—¡Las tres y cuarto! Estoy cansado, y los jóvenes deberían estarlo. ¡Ey, oh! Prefiero dar diez cenas que un baile. —Y se hundió en una silla baja junto al fuego, bostezó profundamente, estiró las piernas ante él y cerró los ojos. El sueño cayó sobre él al instante, y durante unos minutos se perdió en sus profundidades, la luz y el sonido habían dejado de existir para él, su cerebro estaba sumido en una oscuridad silenciosa.

El señor Beaumont seguía de pie en el porche; los criados habían vuelto a la casa, y él estaba solo. Era una templada noche de invierno. Se puso una capa sobre los hombros y salió al aire libre. «No me extrañarán por cinco minutos», se dijo a sí mismo, «mientras fumo un cigarrillo». Y caminó enérgicamente por un camino ancho a unos treinta metros de la casa, desde donde tenía una vista perfecta de Harbledon Hall. Y muy bonita; su alegre brillo se veía contra el fondo oscuro del cielo estrellado. Los brillantes rayos de luz se proyectaban desde las ventanas sin cortinas, y aquellas que tenían las cortinas echadas mostraban el contorno de los objetos en la habitación proyectados sobre ellos en forma de sombras, tan claramente como desde una linterna mágica.

Involuntariamente, levantó los ojos a la ventana de la sala de estar de la señora Stackpoole, y se quedó paralizado. Las siluetas claramente definidas de dos figuras visibles en el cuadrado limpio de la cortina: las sombras de un anciano y un joven que luchaban. Por la forma de las cabezas, George Beaumont vio que llevaban pelucas, y podía verse la sombra claramente cortada de los volantes en las muñecas, y el hombre más joven y más alto llevaba una gran corbata Steinkirk con los extremos atados alrededor de su cuello. Al princi-

first he thought that they were guests dressed in the costume of the early Georgian period, though how they had gone upstairs into that room, or why there was a deadly struggle between them, he did not know. But wonder and speculation were swallowed up in terrified interest as he watched the course of the brief conflict.

The elder and shorter man, who stooped considerably, appeared to be unarmed, and seized the younger man by the throat, when he shook himself free, stepped quickly back, drew his sword, and, plunging forward on his right foot, ran his opponent through the body. He staggered backward and fell out of sight below the level of the window, and there remained only the shadow of the younger man in clear profile on the blind. He stood for a minute looking down, and George Beaumont had time to observe the finely cut features of a total stranger. Then he wiped the blade of his sword, turned and walked away, and his shadow passed out of sight, leaving the window blind a blank, luminous square.

Indoors at the same time Mr Stackpoole had been waked from his short sleep by a sound in his wife's sitting-room overhead, and he sprang to his feet with every faculty concentrated in listening. A noise as of chairs pushed back and upset on the polished floor, and a scuffling of feet as though two men were struggling together. Then a moment of silence, a loud stamp, and a heavy fall that seemed to shake the ceiling, followed by deep groans.

"Good God! what can be the matter!" cried Mr Stackpoole, and he rushed out of the room into the hall.

The front door stood open, though the inner glass doors were closed, and neither his son-in-law nor any of the servants were there. He stopped to call nobody, but ran upstairs to his wife's room as his daughter came downstairs from the storey above with a white and terrified face. "Oh, Papa, someone has just frightened me so, but whoever he is he is in there! I saw him go into Mamma's room a few minutes ago, and I'm so glad you've come, for I dare not follow him," and without asking her of whom she was speaking, Mr Stackpoole flung the door wide open and rushed into the room. No one was there. Not a chair or table

pio pensó que eran invitados vestidos con el traje de principios del período georgiano, aunque no sabía cómo habían subido a esa habitación o por qué había una lucha mortal entre ellos. Pero el asombro y la especulación se tornaron en interés aterrado mientras observaba el curso del breve conflicto.

El hombre mayor y más bajo, que se inclinaba considerablemente, parecía estar desarmado, y agarró al más joven por el cuello, cuando este se liberó, retrocedió rápidamente, desenvainó su espada y, lanzándose hacia delante con el pie derecho, atravesó el cuerpo de su oponente. Se tambaleó hacia atrás y se perdió de vista por debajo del nivel de la ventana, y solo quedó la nítida sombra del hombre más joven de perfil sobre la ventana. Se quedó un minuto mirando hacia abajo, y George Beaumont tuvo tiempo de observar los rasgos finamente cortados de un completo extraño. Luego limpió la hoja de su espada, se dio la vuelta y se alejó, y su sombra se perdió de vista, dejando la cortina de la ventana, un cuadrado blanco y luminoso.

En el interior, al mismo tiempo, el señor Stackpoole se había despertado de su corto sueño por un ruido en la sala de estar de su esposa, y se levantó de un salto con todas sus facultades concentradas en escuchar. Un ruido como de sillas empujadas hacia atrás y volcadas sobre el suelo pulido, y un roce de pies como si dos hombres estuvieran forcejeando. Luego, un momento de silencio, un fuerte estampido y una fuerte caída que pareció sacudir el techo, seguidos de profundos gemidos.

—¡Dios! ¡Qué sucede! —gritó el señor Stackpoole, y salió corriendo de la habitación hacia el pasillo.

La puerta principal estaba abierta, aunque las puertas interiores de vidrio estaban cerradas, y ni su yerno ni ninguno de los sirvientes estaban allí. No se detuvo a llamar a nadie, pero subió corriendo a la habitación de su esposa mientras su hija bajaba las escaleras desde el piso de arriba con una cara blanca y aterrorizada.

—Oh, papá, alguien me acaba de asustar tanto, ¡pero sea quien sea, está allí! Lo vi entrar en la habitación de mamá hace unos minutos, y me alegro mucho de que hayas venido, porque no me atrevo a seguirlo. —Y sin preguntarle de quién estaba hablando, el señor

displaced, and the electric light illuminating every corner of the room forbade the possibility of any one being in hiding.

"It is the most extraordinary thing!" he exclaimed, wiping the moisture of terror from his brow as he spoke. "I would not have your mother know of it for the world!"

"Have you seen him too?" said his daughter faintly.

"Seen whom, child? Seen what? No, I've seen nothing, but I've heard enough to last me my lifetime. God forbid that I should hear it again!" and he looked about the room and under the table, fairly stupefied with amazement.

"He passed me on the stairs just as I came out of the night nursery," said Mrs Beaumont, anxious to tell her experience without waiting to hear her father's. "A tall young man ran quickly by me dressed in a blue coat, with ruffles at the wrists and a great laced cravat and a wig tied with ribbon at the back. He carried a long thin sword in his hand. At first I thought it was Arthur Newton, who wore a powdered wig like his this evening, but I remembered his coat was black, and that he left early. When I saw his face it was a stranger's, and he looked cruel and passionate. I followed him till I saw him go into this room and shut the door after him."

"Then where the devil is he now?" said Mr Stackpoole. "This is some miserable practical joke, but I'll get to the bottom of it and be even with them yet—I'll get to the bottom of it!" and as he spoke the door that he had taken the precaution to close burst open, and his son-in-law entered in his matador's dress, pale and breathless, as if the bull had turned and given him chase.

"Oh, George, have you seen him too?" said his wife.

"Did you hear anything?" asked Mr Stackpoole. "Sit down, man; you are trembling like a leaf."

Stackpoole abrió la puerta de par en par y corrió a la habitación. Y no había nadie allí. No había ni una silla ni una mesa desplazadas, y la luz eléctrica que iluminaba todos los rincones de la habitación impedía la posibilidad de que alguien estuviera escondido.

—¡Es de lo más extraordinario! —exclamó, aterrorizado, limpiándose el sudor de la frente mientras hablaba—. ¡No quisiera que tu madre se enterara por nada del mundo!

—¿Tú también lo has visto? —dijo su hija con voz débil.

—¿Ver a quién, hija? ¿El qué? No, no he visto nada, pero he oído lo suficiente como para que me dure toda la vida. ¡Dios no quiera que lo escuche de nuevo! —Y miró alrededor de la habitación y debajo de la mesa, estupefacto, incapaz de reaccionar por el asombro.

—Me pasó por delante en las escaleras justo cuando salía de la habitación de los niños —dijo la señora Beaumont, ansiosa por contar su experiencia sin esperar a escuchar la de su padre—. Un joven alto corrió rápidamente hacia mí, vestido con un abrigo azul, con volantes en las muñecas y una gran corbata atada y una peluca atada con un lazo en la parte posterior. Llevaba una espada larga y fina en la mano. Al principio pensé que era Arthur Newton, quien llevaba una peluca empolvada como la suya esta noche, pero recordé que su abrigo era negro y que se fue temprano. Cuando vi su cara, era la de un extraño, y parecía cruel y apasionado. Lo seguí hasta que lo vi entrar en esta habitación y cerrar la puerta tras de él.

—Entonces, ¿dónde diablos está ahora? —dijo el señor Stackpoole—. Esto es una miserable broma pesada, pero llegaré al fondo del asunto y me vengaré de ellos, ya lo verán, ¡llegaré al fondo! Y mientras hablaba se abrió de golpe la puerta que había tenido la precaución de cerrar, y entró su yerno vestido de torero, pálido y sin aliento, como si el toro se hubiera dado la vuelta y le hubiera dado caza.

—Oh, George, ¿tú también lo has visto? —dijo su esposa.

—¿Oíste algo? —preguntó el señor Stackpoole—. Siéntate, hombre; estás temblando como una hoja.

"There were two of them, an old man and a young man, in this room a minute ago! In God's name, who were they, and why did you not stop them before murder was done?" he said excitedly.

Mr Stackpoole grew quiet and self-collected at the sight of his son-in-law's agitation. "Pull yourself together, George, and tell me what you mean. There is something up to-night that needs explaining."

"But where are they? They were in this room, and if you were with them you must have witnessed what happened, or if you only came upstairs this minute, you must have met the young man leaving the room. The old man will never stir again," and he lifted the tablecloth and looked under the table.

"How come you to speak confidently of who was in this room a few minutes ago, when you were downstairs all the while?" asked Mr Stackpoole.

"I was smoking a cigarette in the garden after seeing the Westons off, walking in the broad path, when I looked up at mamma's sitting-room window and saw the shadow of two men on the blind, shown up by the electric light as clear and sharp as in a magic-lantern. I saw their profiles perfectly, but I did not know their faces. They wore wigs tied behind, and ruffles at their wrists, and the younger, taller man, as I saw by the shadow, had a laced Steinkirk round his neck. They struggled together, and the old man grasped the young man by the throat. But he tore himself free, drew his sword and ran him through the body, then moved away, and left the blind a blank sheet of white."

"Good God! and I heard it all in my room below, the struggle and the fall, and deep groans!" said Mr Stackpoole.

"And I met the young man—if it was anything human—he passed me on the stairs!" said his daughter, seizing her father by the arm. "Oh, papa, Harbledon Hall is haunted; people were right about it! Do let us leave this dreadful place tomorrow!" And the concluding notes of the Waldteufel waltz sighed through the

—¡Eran dos, un anciano y un joven, en esta habitación hace un minuto! En el nombre de Dios, ¿quiénes eran y por qué no los detuviste antes de que se cometiera el asesinato? —dijo emocionado.

El señor Stackpoole se quedó callado y ensimismado al ver la agitación de su yerno.

—Tranquilízate, George, y dime a qué te refieres. Algo está sucediendo esta noche que necesita una explicación.

—Pero ¿dónde están? Estaban en esta habitación, y si estabas con ellos debes haber sido testigo de lo que sucedió, o si solo subiste las escaleras en este momento, debes haberte topado con el joven que salía de la habitación. El anciano nunca volverá a moverse. —Y levantó el mantel y miró debajo de la mesa.

—¿Por qué hablas con tanta seguridad de quien estaba en esta habitación hace unos minutos, cuando tú has estado en el piso de abajo todo el tiempo? —preguntó el señor Stackpoole.

—Estaba fumando un cigarrillo en el jardín después de ver marchar a los Weston, caminando por el sendero ancho, cuando miré hacia la ventana de la sala de mamá y vi la sombra de dos hombres en la cortina, que la luz eléctrica mostraba tan clara y nítida como en una linterna mágica. Vi sus perfiles perfectamente, pero no conocía sus caras. Llevaban pelucas atadas por detrás y volantes en las muñecas, y el hombre más joven y más alto, como vi por la sombra, iba vestido con una corbata Steinkirk atada alrededor del cuello. Forcejearon y el anciano agarró al joven por la garganta. Pero él se liberó, desenvainó su espada y le atravesó el cuerpo, luego se alejó y dejó la cortina en blanco.

—¡Dios! Y yo lo escuché todo en la habitación de abajo, la lucha y la caída, ¡y profundos gemidos! —dijo el señor Stackpoole.

—Y yo me topé con el joven, si puedo llamarlo humano, ¡pasó por delante de mí en las escaleras! —dijo su hija, agarrando a su padre por el brazo—. Oh, papá, Harbledon Hall está embrujado; ¡la gente tenía razón al respecto! ¡Dejemos este terrible lugar mañana! —Y las notas finales del vals de Waldteufel suspiraron por toda la casa

house as she spoke.

Mr Stackpoole shook his head. "I don't know how that is to be done, for your mother must not be frightened. For heaven's sake try to look as if nothing had happened. We shall be missed downstairs; I'll go, and you two must manage to bid our guests good-night decently, and not to alarm those who remain till tomorrow. We must rouse no suspicions. George, fetch Ella a glass of champagne, it will do her good."

"Oh, don't leave me alone!" cried Mrs Beaumont like a frightened child. "Then I'll send wine up for you both," said her father, "and mind, you must follow me directly."

Mr Stackpoole rejoined his guests, who had not missed him, and had begun the last dance with as much freshness and enjoyment as though it were the first in the evening. At length all the guests had departed except those composing the house party, and the ladies retired, leaving the gentlemen to have a smoke in the billiard-room.

"You don't look very well, Beaumont," said a young man dressed as a Tyrolean peasant, as he lit a cigar and looked up at his friend's pale face.

"It's nothing, only waltzing makes me giddy," and he mixed himself some brandy and soda.

One by one the guests bade good-night and left the room, till there remained only Mr Stackpoole, his son-in-law, and Mr Liston, a gentleman with very long legs, wearing tights that displayed them to advantage.

"Did your father-in-law know when he took Harbledon Hall that it was supposed to be haunted?" he said in a low voice to Mr Beaumont. Mr Stackpoole happened to hear the question and

mientras hablaba.

El señor Stackpoole negó con la cabeza.

—No sé cómo podríamos hacerlo, porque no hay que asustar a tu madre. Por el amor de Dios, tratad de mantener las aparencias como si nada hubiera ocurrido. Nos echarán de menos abajo; yo iré, y ustedes dos deben arreglárselas para despedir decentemente a nuestros huéspedes, y no alarmar a los que se queden hasta mañana. No debemos levantar sospechas. George, trae a Ella una copa de champán, le hará bien.

—No me dejes sola —gritó la señora Beaumont como una niña asustada.

—Entonces os enviaré vino a los dos —dijo su padre—, y pensad, debéis seguirme directamente.

El señor Stackpoole se reunió con sus invitados, que no lo habían echado de menos. Había comenzado el último baile, y con tanta frescura y disfrute como si fuera el primero de la noche. Por fin, todos los invitados se habían marchado, excepto los que formaban el grupo de la casa, y las damas se retiraron, dejando a los caballeros fumando en la sala de billar.

—No tienes buen aspecto, Beaumont —dijo un joven vestido como un campesino tirolés, mientras encendía un cigarro y miraba la cara pálida de su amigo.

—No es nada, solo que el vals me marea. —Y se preparó un poco de brandy con soda.

Uno por uno, los invitados se despidieron y salieron de la habitación, hasta que solo quedaron el señor Stackpoole, su yerno, y el señor Liston, un caballero con piernas muy largas; llevaba unas medias que las hacían resaltar aún más.

—¿Sabía tu suegro cuando adquirió Harbledon Hall que se suponía que estaba embrujado? —le dijo en voz baja al señor Beaumont. El señor Stackpoole escuchó la pregunta y la respondió él mismo.

replied to it himself.

"We heard some foolish gossip on the subject, for of course no place stands empty so long without legends being invented to account for the fact. But I am not the man to listen to vulgar chatter. I took the house, and have been highly delighted with it." And Mr Beaumont could only admire his father-in-law's admirable self-possession.

"Just so, and the electric light is the true cure for the supposed supernatural." "Of course you know how suddenly Sir Roland Shawe left the place?"

"O yes, we've heard all about that," said Mr Stackpoole, forcing a laugh.

"Do you know, I doubt whether you have heard all about it; at least if you have, you must be a cheerful sort of person if you can laugh at it," said Mr Liston.

"Why, of course the whole thing was a foolish practical joke, something connected with a magic-lantern, if I remember rightly."

"Magic-lantern! I never even heard the word mentioned. No; if you care to hear the truth about it, I think I can tell it you. I've lived in the county all my life, and I know the story of Harbledon Hall by heart. I only wonder you don't. I should not tell it you now if I thought it would make you nervous; but since you've put in the electric light, and done up the house in such cheerful modern style, the whole place is changed, and anyone might enjoy living here."

"Let us hear the story," said Mr Stackpoole abruptly.

"I see I've roused your curiosity. The story goes that some hundred and fifty years ago there lived in this house a certain father and son who hated one another like the devil, and it is

—Escuchamos algunos chismes tontos sobre el tema, porque, por supuesto, ningún lugar permanece vacío tanto tiempo sin que se inventen leyendas para explicar el porqué. Pero no soy el tipo de hombre que escuche charlas vulgares. He tomado esta casa y estoy encantado con ella. —Y el señor Beaumont no pudo más que maravillarse de la admirable compostura de su suegro.

—Así es, y la luz eléctrica es la verdadera cura para lo supuestamente sobrenatural.

—Por supuesto, sabrá cuán repentinamente abandonó el lugar sir Roland Shawe.

—Oh, sí, conocemos la historia —dijo el señor Stackpoole, forzando una risa.

—Sabe, dudo de que conozca toda la historia; al menos que sea usted un tipo tan frívolo que, aun conociéndola, sea capaz de reírse —dijo el señor Liston.

—Por supuesto, todo fue una broma tonta, algo relacionado con una linterna mágica, si no recuerdo mal.

—¡Linterna mágica! Nunca oí la palabra mencionada. No; si no le importa escuchar la verdad al respecto, creo que puedo contársela. He vivido en el condado toda mi vida y me sé la historia de Harbledon Hall de memoria. Me pregunto por qué usted no. No se lo contaría ahora si pensara que le podría inquietar; pero como ha puesto la luz eléctrica y ha arreglado la casa con un estilo moderno tan alegre, todo el lugar ha cambiado y cualquiera podría disfrutar viviendo aquí.

—Escuchemos la historia —dijo bruscamente el señor Stackpoole.

—Veo que he despertado su curiosidad. La historia cuenta que hace unos ciento cincuenta años vivían en esta casa padre e hijo que se odiaban a muerte, y no hace falta decir que había una mujer de

needless to say there was a woman in the case and a fortune at stake. The old man must have been an uncommonly bad lot, and he is said to have grossly insulted the young lady his son was about to marry, having in the first instance proposed to her himself and been refused. The two men had a deadly quarrel about it in this very house, and the upshot was that the son, mad with passion, ran his father through the body, and killed him on the spot. There, I shan't say anything more about it, if it is too much for you," said Mr Liston, struck by the blanched faces before him.

"Go on, go on," said Mr Stackpoole.

"Well, one winter's night, now eight years ago, as Sir Roland Shawe was coming home late, walking across the garden, he looked up at a window on the first floor where a light was burning, and he saw on the blind, in clear outline, the shadows of the old man and his son struggling together, and he saw the young man run his father through the body with his rapier."

"I cannot bear it! I cannot bear it!" said George Beaumont, pale as death, and looking ready to faint.

"You could but say that if you had seen the grim shadows yourself. It certainly is a horrid story, and though I can't say that I believe in ghosts myself, I can offer no explication of the details I have given you. Sir Roland believed it, and he was a clear-headed, matter-of-fact sort of person. Other members of his family, too, saw and heard unaccountable sights and sounds that night. One of his sons who was sitting up late for his father, met the shadow of an evil-looking fellow dressed in a blue coat and wearing a powdered tie-wig, hurrying along an upper passage, carrying a naked rapier in his hand. And Lady Shawe was waked by a sound in the room next hers, which was the room where the shadows were seen on the blind—a sound of struggling and upsetting of chairs, followed by a heavy fall and deep groans. Now, if only one person had thought he had heard or seen unaccountable things, Sir Roland would have made the best of it and stayed on at Harbledon Hall; but, by Jove! when three rational beings are each an eye or ear-witness it becomes intolerable. Whether you believe in ghosts or not, you can't put up with a thing like that!"

por medio y una fortuna en juego. El anciano debió ser un tipo excepcionalmente malo, y se dice que insultó gravemente a la joven con la que su hijo estaba a punto de casarse, habiéndoselo propuesto él mismo en primer lugar y habiendo sido rechazado. Los dos hombres tuvieron una pelea mortal al respecto en esta misma casa, y el resultado fue que el hijo, loco de pasión, atravesó a su padre con la espada y lo mató en el acto. Ya está, no diré nada más al respecto, si es demasiado para usted —dijo el señor Liston, impresionado por los rostros pálidos que tenía delante.

—Prosiga, prosiga —dijo el señor Stackpoole.

—Pues bien, una noche de invierno, ahora hace ocho años, cuando sir Roland Shawe llegaba tarde a casa, caminando por el jardín, miró hacia una ventana en el primer piso donde ardía una luz, y vio en la cortina perfectamente perfiladas las sombras del anciano y su hijo luchando, y vio al joven atravesar el cuerpo de su padre con el estoque.

—No puedo soportarlo. No puedo soportarlo —dijo George Beaumont, pálido como la muerte, y parecía a punto de desmayarse.

—Lo mismo diría si hubiera visto las sombrías siluetas usted mismo. Ciertamente es una historia horrible, y aunque no puedo decir que yo mismo crea en fantasmas, no puedo ofrecer ninguna explicación a los sucesos que le he detallado. Sir Roland creía, y era una persona lúcida y realista. Otros miembros de su familia también vieron y escucharon imágenes y sonidos inexplicables aquella noche. Uno de los hijos, que se había quedado despierto hasta tarde esperando a su padre, se encontró con la sombra de un tipo de aspecto malvado vestido con un abrigo azul y con una peluca empolvada atada con un lazo; corría por un pasillo superior, y llevaba un estoque desenvainado en la mano. Y lady Shawe fue despertada por un ruido en la habitación contigua a la suya, que era la habitación donde se veían las sombras en la ventana, un sonido de forcejeo y de sillas volcadas, seguido de una fuerte caída y profundos gemidos. Ahora bien, si una sola persona hubiera creído oír o ver cosas inexplicables, sir Roland le habría sacado el mejor partido y se habría quedado en Harbledon Hall; pero, ¡caramba! cuando tres seres racionales son cada uno un ojo o un oído testigo, se vuelve intolerable. Ya sea que uno crea en

"By Heaven, you can't, that's true!" said Mr Stackpoole, wiping his moist brow. "And now, Liston, that you have told me this, I'll tell you something in return. I and my family leave Harbledon Hall to-morrow for the precise reasons that drove Sir Roland Shawe out of it eight years ago."

"Never!"

"As sure as I'm alive we leave here tomorrow! I must find some reason for our sudden flight, but go we must, and I cannot have my wife alarmed."

"I would not spend another night in the house for the world!" said Mr Beaumont.

"But, my dear Mr Stackpoole, I hope that nothing that I have said leads you to make this extraordinary resolution. Your imagination is excited by what you have heard; there cannot be any cause why you should leave this charming place that you have just fitted up to your own taste," said Mr Liston soothingly.

"The story you have told us has only helped to explain what we already know. I tell you that this very night, not a couple of hours ago, in the blaze of the electric light and with the house full of company, Beaumont, my daughter and myself have seen and heard the sights and sounds that drove Sir Roland Shawe out of Harbledon Hall; and we leave to-morrow—or rather to-day, for it is nearly six o'clock now—never to spend another night under this accursed roof!" and Mr Stackpoole's voice shook as he spoke. "I have only to request," he added, "that you will treat this communication as confidential, for neither Beaumont nor I shall care to speak or to be spoken to about what has occurred to-night."

Where was Mr Stackpoole's intelligent curiosity on the subjects of ghosts, and what had become of his courage? The one had been satisfied and the other daunted, and he had not the slightest

fantasmas o no, ¡no puede soportar algo así!

—¡Por Dios que no puede, así es! —dijo el señor Stackpoole, limpiándose el sudor de la frente—. Y ahora, Liston, que me ha contado esto, le diré algo a cambio. Mi familia y yo salimos de Harbledon Hall mañana por las razones precisas que expulsaron a sir Roland Shawe hace ocho años.

—¡No!

—¡Tan seguro como que estoy vivo, saldremos de aquí mañana! Debo hallar alguna razón para nuestra repentina marcha, pero debemos irnos, y no quiero alarmar a mi esposa.

—¡No pasaría otra noche en la casa por nada del mundo! —dijo el señor Beaumont.

—Pero, mi querido señor Stackpoole, espero que nada de lo que he dicho lo lleve a tomar esta extraordinaria resolución. Su imaginación está excitada por lo que ha oído; no puede haber ninguna causa por la que deba abandonar este encantador lugar que acaba de acondicionar a su gusto —dijo el señor Liston en un tono tranquilizador.

—La historia que nos ha contado solo ha ayudado a explicar lo que ya sabemos. Le digo que esta misma noche, no hace un par de horas, en el resplandor de la luz eléctrica y con la casa llena de compañía, Beaumont, mi hija y yo hemos visto y escuchado las imágenes y los sonidos que expulsaron a sir Roland Shawe de Harbledon Hall; y salimos mañana, o más bien hoy, porque son casi las seis, ¡para no pasar otra noche bajo este maldito techo! —Y la voz del señor Stackpoole tembló mientras hablaba—. Solo tengo que pedirle —añadió— que trate esta comunicación como confidencial, pues ni a Beaumont ni a mí nos interesa hablar ni que nos hablen de lo que ha ocurrido esta noche.

¿Qué fue de la inteligente curiosidad del señor Stackpoole sobre los asuntos de fantasmas y qué había sido de su coraje? Uno había quedado satisfecho y el otro intimidado, y no tenía el menor deseo

desire to remain and investigate the mystery.

At late breakfast Mrs Stackpoole was shocked by the appearance of her family. It would have been difficult to say which was most pale and haggard, her husband, her daughter, or her son-in-law. They made the poor excuse that late hours did not suit them and that dancing knocked them up, and she told them that they looked like young children who had been to their first pantomime the night before. When the last guest was gone Mrs Stackpoole saw that there was something seriously amiss with her husband, and was at a loss to account for his changed humour.

"My dear, we will go up to town with George and Ella," he said, with quick decision.

"Impossible," replied his wife calmly. "You, of course, will go if you like to do so, but I really cannot."

"Oh, do come with us, mamma? You know how much papa wishes it," said her daughter.

"Yes, do come with us," urged her son-in-law with unwonted ardour, "it is so long since we met," forgetting that they had spent the last month together.

Mrs Stackpoole laughed. "There is evidently some deep laid plot among you to hurry me off. Well, if you will be any the happier for my coming with you, I will do so, though it is most inconvenient to leave home in this sudden way," said the good-tempered lady.

And they travelled up to London that day, never to return to Harbledon Hall. Mr Stackpoole so managed it that his wife did not know the reason for so soon quitting the most delightful house they had ever lived in. He preferred that she should attribute it to his restlessness and caprice, anything rather than that her nerves should be shaken by hearing the truth.

He consulted a fashionable physician, first giving him a hint

de quedarse a investigar el misterio.

Al final del desayuno, la señora Stackpoole se sorprendió por la aparición de su familia. Hubiera sido difícil decir cuál de los tres estaba más pálido y demacrado, su esposo, su hija o su yerno. Pusieron la pobre excusa de que no les sentaba bien trasnochar y de que el baile los dejaba agotados, y ella les dijo que parecían niños pequeños que habían asistido a su primera pantomima la noche anterior. Cuando el último invitado se hubo marchado, la señora Stackpoole se dio cuenta de que a su marido le ocurría algo grave, y no sabía cómo explicar el cambio de humor.

—Querida, iremos a la ciudad con George y Ella —dijo con gran decisión.

—Imposible —respondió su esposa con calma—. Tú, por supuesto, irás si quieres, pero yo realmente no puedo.

—Oh, ¡ven con nosotros, mamá! Ya sabes cuánto lo desea papá —dijo su hija.

—Sí, ven con nosotros —instó su yerno con ardor inusitado—, ha pasado tanto tiempo sin vernos. —Olvidando que habían pasado el último mes juntos.

La señora Stackpoole se rio.

—Evidentemente hay algún oscuro complot entre vosotros para apresurarme. Bueno, si tanto os alegra que os acompañe, lo haré, aunque es muy incómodo salir de casa de esta manera repentina —dijo la señora de buen humor.

Y viajaron a Londres ese día, para nunca regresar a Harbledon Hall. El señor Stackpoole se las arregló de tal manera que su esposa no supo la razón de abandonar tan pronto la casa más encantadora en la que habían vivido. Prefería que ella lo atribuyera a su inquietud y capricho, cualquier cosa en lugar de que sus nervios se sacudieran al escuchar la verdad.

Consultó a un médico de moda y le dio a entender que deseaba

that he wished to be ordered to the South of France immediately, and the hint being taken he told his long-suffering wife that Dr Blank had recommended him to go at once, and in two days they were en route for Marseilles.

Mrs Stackpoole was used to her husband's impulsive, angular movements, so that it did not greatly disturb her; but when a week later he said that he had decided to give up Harbledon Hall and to look for a place somewhere in the eastern counties which were as yet untrodden ground, she shed tears of present disappointment and prospective fatigue. When the much enduring lady had dried her eyes and her husband had enumerated to her in detail every reason but the real one for which he was leaving their beautiful home, she said, "My dear, if I did not know better, I should be forced to believe that you too had seen the ghost that frightened Sir Roland Shawe out of Harbledon Hall eight years ago!"

que le enviasen inmediatamente al sur de Francia. Entendida la indirecta, comunicó a su sufrida esposa que el doctor Blank le había recomendado que partiese de inmediato, y en dos días se pusieron camino a Marsella.

La señora Stackpoole estaba acostumbrada a los movimientos impulsivos y bruscos de su marido, por lo que no le molestó mucho; pero cuando una semana más tarde dijo que había decidido renunciar a Harbledon Hall y buscar un lugar en algún lugar de los condados orientales aún sin explorar, derramó lágrimas por la desilusión presente y la fatiga que anticipaba. Cuando la sufrida dama se secó los ojos y su esposo hubo enumerado en detalle todas las razones, excepto la verdadera razón por la que abandonaba su hermosa casa, ella exclamó:

—¡Querido, si no te conociera mejor, me vería obligada a creer que tú también habías visto al fantasma que asustó a sir Roland Shawe en Harbledon Hall hace ocho años!

HOW HE LEFT THE HOTEL

I used to work the passenger lift in the Empire Hotel, that big block of building in lines of red and white brick like streaky bacon, that stands at the corner of Bath Street. I'd served my time in the army and got my discharge with good conduct stripes, and how I got the job was in this way. The hotel was a big company affair, with a managing committee of retired officers and such like, gentlemen with a bit o' money in the concern and nothing to do but fidget about it, and my late Colonel was one of 'em. He was as good tempered a man as ever stept when his will wasn't crossed, and when I asked him for a job, "Mole," says he, "you're the very man to work the lift at our big hotel. Soldiers are civil and business-like, and the public like 'em only second best to sailors. We've had to give our last man the sack, and you can take his place."

I liked my work well enough, and my pay, and kept my place a year, and I should have been there still if it hadn't been for a circumstance—but no more about that just now. Ours was a hydraulic lift. None o' them ricketty things swung up like a poll-parrot's cage in a well staircase, that I shouldn't care to trust my neck to. It ran as smooth as oil, a child might have worked it, and safe as standing on the ground. Instead of being stuck full of advertisements like a' omnibus, we'd mirrors in it, and the ladies would look at themselves, and pat their hair, and set their mouths when I was taking 'em downstairs drest of an evening. It was a little sitting room with red velvet cushions to sit down on, and you'd nothing to do but get into it, and it 'ud float you up, or float you down, as light as a bird.

All the visitors used the lift one time or another, going up or coming down. Some of them was French, and they called the lift the "assenser," and good enough for them in their language no doubt, but why the Americans, that can speak English when they choose, and are always finding out ways o' doing things quicker than other folks, should waste time and breath calling a lift an "elevator," I can't make out.

CÓMO ABANDONÓ EL HOTEL

Yo trabajaba en el ascensor del Empire Hotel, ese gran edificio de ladrillos rojos y blancos como vetas de beicon que hace esquina con Bath Street. Había cumplido mi tiempo en el ejército y me licenciaron con galones de buena conducta, y así fue como conseguí el trabajo. El hotel era una gran empresa, con un comité directivo de oficiales retirados y caballeros afines, caballeros que tenían un poco de dinero invertido en la empresa y nada más que hacer excepto que preocuparse por ello, y mi difunto coronel era uno de ellos. Era el hombre de mejor carácter con los que me haya cruzado, siempre y cuando no se le contradijera, y cuando fui a pedirle trabajo me dijo:

—Topo[1], eres el hombre indicado para trabajar en el ascensor de nuestro gran hotel. Los soldados son educados y profesionales, y a la gente les gustan casi tanto como los marineros. Hemos tenido que despedir a nuestro último empleado, y tú puedes tomar su puesto.

Me gustaba bastante mi trabajo, y el salario; ocupé mi puesto durante un año, y allí debería de continuar si no hubiera sido por una circunstancia... pero nada más sobre ello por ahora. El nuestro era un ascensor hidráulico. Nada de esos ascensores tambaleantes que se balancean como la jaula de un loro en la escalera de un pozo, a los que no me gustaría confiar mi cuello. Se deslizaba tan suave como el aceite, un niño podría haberlo manejado, y era tan seguro como estar con los pies en el suelo. En vez de estar lleno de anuncios como un ómnibus, teníamos espejos, y las señoras se miraban, se atusaban el pelo y retocaban el carmín de los labios mientras yo las conducía vestidas de gala a la planta baja del hotel. Era una pequeña sala de estar con cojines de terciopelo rojo para sentarse, y no tenías nada más que hacer que entrar allí, y te haría flotar hacia arriba o hacia abajo, tan ligero como un pájaro.

Todos los huéspedes usaban el ascensor una u otra vez, subiendo

1   En este relato, el apellido del personaje del ascensorista, «Mole», que significa «topo» en inglés, funciona igual que un nombre propio connotativo. Posee un significado claro y relevante en el contexto del relato: la profesión del personaje. No lo habría traducido en un contexto distinto. N. de la T.

I was in charge of the lift from noon till midnight. By that time the theatre and dining-out folks had come in, and any one returning later walked upstairs, for my day's work was done. One of the porters worked the lift till I came on duty in the morning, but before twelve there was nothing particular going on, and not much till after two o'clock. Then it was pretty hot work with visitors going up and down constant, and the electric bell ringing you from one floor to another like a house on fire. Then came a quiet spell while dinner was on, and I'd sit down comfortable in the lift and read my paper, only I mightn't smoke. But nobody else might neither, and I had to ask furren gentlemen to please not to smoke in it, it was against the rule. I hadn't so often to tell English gentlemen. They're not like furreners, that seem as if their cigars was glued to their lips.

I always noticed faces as folks got into the lift, for I've sharp sight and a good memory, and none of the visitors needed to tell me twice where to take them. I knew them, and I knew their floor as well as they did themselves.

It was in November that Colonel Saxby came to the Empire Hotel. I noticed him particularly because you could see at once that he was a soldier. He was a tall, thin man about fifty, with a hawk nose, keen eyes, and a grey moustache, and walked stiff from a gunshot wound in the knee. But what I noticed most was the scar of a sabre cut across the right side of the face. As he got in the lift to go to his room on the fourth floor, I thought what a difference there is among officers. Colonel Saxby put me in mind of a telegraph post for height and thinness, and my old Colonel was like a barrel in uniform, but a brave soldier and a gentleman

o bajando. Algunos de ellos eran franceses, y llamaban al ascensor el «assenser», y para ellos está bien en su idioma, sin duda, pero lo que no consigo comprender es por qué los estadounidenses, que saben hablar inglés cuando quieren, y siempre están descubriendo nuevas formas de hacer las cosas más rápido que otras personas, deberían perder el tiempo y el aliento llamando al ascensor «elevator» en lugar de «lift»[2].

Estaba a cargo del ascensor desde el mediodía hasta la medianoche. Para entonces, la gente del teatro y quienes habían salido a cenar fuera ya habían regresado, y cualquiera que regresara más tarde subía por las escaleras, pues mi jornada había terminado. Uno de los botones trabajaba en el ascensor hasta que yo llegaba de servicio por la mañana, pero antes de las doce no pasaba nada en particular, y tampoco ocurría gran cosa hasta después de las dos de la tarde. Entonces, el trabajo se multiplicaba con los huéspedes subiendo y bajando constantemente, y el timbre llamándote de un piso a otro como una casa en llamas. Luego le sucedía un rato tranquilo mientras cenaban, y yo me sentaba cómodo en el ascensor y leía el periódico, solo que no podía fumar. Pero tampoco podía hacerlo nadie más, y tenía que pedir a los caballeros extranjeros que por favor no fumaran dentro del ascensor; iba en contra de las normas. No tenía que decírselo tan a menudo a los caballeros ingleses. No son como los extranjeros, que parece que tienen los puros pegados a los labios.

Siempre me fijaba en las caras cuando la gente subía al ascensor, porque tengo una vista aguda y una buena memoria, y ninguno de los huéspedes necesitaba decirme dos veces dónde llevarlos. Los conocía, y conocía su piso tan bien como ellos mismos.

Fue en noviembre cuando el coronel Saxby llegó al Empire Hotel. Me fijé especialmente en él porque se veía enseguida que era un soldado. Era un hombre alto y delgado de unos cincuenta años, con nariz aguileña, ojos penetrantes y bigote gris, y caminaba rígido por una herida de bala en la rodilla. Pero lo que más me llamó la atención fue la cicatriz de un corte de sable que atravesaba el lado derecho de la cara. Cuando se subió al ascensor para ir a su habitación en el cuarto piso, pensé en la diferencia que hay entre los oficiales.

2   «Lift» en inglés británico y «elevator» en inglés norteamericano.

all the same. Colonel Saxby's room was number 210, just opposite the glass door leading to the lift, and every time I stopt on the fourth floor Number 210 stared me in the face.

The Colonel used to go up in the lift every day regular, though he never came down in it, till—but I'm coming to that presently. Sometimes, when we was alone in the lift, he'd speak to me. He asked me in what regiment I'd served, and said he knew the officers in it. But I can't say he was comfortable to talk to. There was something stand off about him, and he always seemed deep in his own thoughts. He never sat down in the lift. Whether it was empty or full he stood bolt upright, under the lamp, where the light fell on his pale face and scarred cheek.

One day in February I didn't take the Colonel up in the lift, and as he was regular as clock work, I noticed it, but I supposed he'd gone away for a few days, and I thought no more about it. Whenever I stopt on the fourth floor the door of Number 210 was shut, and as he often left it open, I made sure the Colonel was away. At the end of a week I heard a chambermaid say that Colonel Saxby was ill, so thinks I, that's why he hadn't been in the lift lately.

It was a Tuesday night, and I'd had an uncommonly busy time of it. It was one stream of traffic up and down, and so it went on the whole evening.

It was on the stroke of midnight, and I was about to put out the light in the lift, lock the door, and leave the key in the office for the man in the morning, when the electric bell rang out sharp. I looked at the dial, and saw I was wanted on the fourth floor. It struck twelve as I stept into the lift. As I passed the second and third floors I wondered who it was that had rung so late, and thought it must be a stranger that didn't know the rule of the house. But when I stopt at the fourth floor and flung open the door of the lift, Colonel Saxby was standing there wrapt in his military

El coronel Saxby me recordó a un poste de telégrafo por la altura y la delgadez, y mi viejo coronel era como un poste dentro de un uniforme, pero un soldado valiente y un caballero de todos modos. La habitación del coronel Saxby era la número 210, justo enfrente de la puerta de cristal que daba al ascensor, y cada vez que me detenía en el cuarto piso, el número 210 me miraba fijamente a la cara.

El coronel solía subir en el ascensor todos los días con regularidad, aunque nunca bajaba en él, hasta... pero de eso hablaré enseguida. A veces, cuando estábamos solos en el ascensor, me hablaba. Me preguntó en qué regimiento había servido, y dijo que conocía a los oficiales. Sin embargo, no puedo decir que uno se sintiera cómodo al hablarle. Había algo que llamaba la atención en él, y era que siempre parecía sumido en sus propios pensamientos. Nunca se sentaba en el ascensor. Ya fuera que estuviera vacío o lleno, se mantenía erguido, debajo de la lámpara, donde la luz caía sobre su rostro pálido y su mejilla con la cicatriz.

Un día de febrero no llevé al coronel en el ascensor, y como él era regular como un reloj, me llamó la atención, pero supuse que se había ausentado unos días, y no pensé más en ello. Cada vez que me detenía en el cuarto piso, la puerta del número 210 estaba cerrada y, como a menudo la dejaba abierta, me aseguraba de que el coronel no estuviera. Al final de la semana, escuché a una camarera decir que el coronel Saxby estaba enfermo, así que creí que por eso no había subido al ascensor últimamente.

Era un martes por la noche, y había tenido un día muy ajetreado. El flujo de tráfico imparable arriba y abajo, y así continuó toda la noche.

Era la medianoche, y estaba a punto de apagar la luz en el ascensor, cerrar la puerta y dejar la llave en la oficina para el empleado del turno de mañana, cuando el timbre sonó con fuerza. Miré el dial y vi que me requerían en el cuarto piso. Dieron las doce cuando entré en el ascensor. Al pasar por el segundo y tercer piso me pregunté quién sería el que había llamado tan tarde, y pensé que debía ser un extraño que no conocía la regla de la casa. Pero cuando me detuve en el cuarto piso y abrí la puerta del ascensor, el coronel Saxby estaba allí de pie envuelto en su capa militar. La puerta de su habitación

cloak. His room door was shut behind him, for I read the number on it. I thought he was ill in his bed, and ill enough he looked, but he had his hat on, and what could a man that had been in bed ten days want with going out on a winter midnight? I don't think he saw me, but when I'd set the lift in motion, I looked at him standing under the lamp, with the shadow of his hat hiding his eyes, and the light full on the lower part of his face that was deadly pale, the scar on his cheek shewing still paler.

"Glad to see you're better, sir," but he said nothing, and I didn't like to look at him again. He stood like a statue with his cloak about him, and I was downright glad when I opened the door for him to step out in the hall. I saluted as he got out, and he went past me towards the door.

"The Colonel wants to go out," I said to the porter, who stood staring. He opened the front door and Colonel Saxby walked out into the snow.

"That's a queer go," said the porter.

"It is," said I. "I don't like the Colonel's looks; he doesn't seem himself at all. He's ill enough to be in his bed, and there he is, gone out on a night like this."

"Anyhow he's got a famous cloak to keep him warm. I say, supposing he's gone to a fancy ball and got that cloak on to hide his dress," said the porter, laughing uneasily. For we both felt queerer than we cared to say, and as we spoke there came a loud ring at the door bell. "No more passengers for me," I said, and I was really putting the light out this time, when Joe opened the door and two gentlemen entered that I knew at a glance were doctors. One was tall and the other short and stout, and they both came to the lift.

"Sorry, gentlemen, but it's against the rule for the lift to go up after midnight."

estaba cerrada detrás de él, porque leí el número en ella. Pensé que estaba enfermo en la cama, y parecía bastante enfermo, pero llevaba el sombrero puesto, ¿y qué podría querer un hombre que había estado en cama diez días saliendo a la calle en una medianoche de invierno? No creo que me viera, pero cuando puse en marcha el ascensor, lo miré de pie bajo la lámpara, con la sombra que proyectaba el sombrero ocultándole los ojos, y la luz le daba de lleno en la parte inferior de la cara, que estaba mortalmente pálida, con la cicatriz de la mejilla aún más pálida.

—Me alegra ver que está mejor, señor. —Pero no dijo nada, y no me gustó volver a mirarlo. Permaneció de pie como una estatua, envuelto en su capa, y me alegré mucho cuando le abrí la puerta para que saliera al vestíbulo. Le saludé cuando salió, y pasó junto a mí hacia la puerta.

»El coronel desea salir —le dije al botones, que se quedó mirando. Abrió la puerta principal y el coronel Saxby salió a la nieve.

—¡Qué raro! —dijo el botones.

—Lo es —dije yo—. No me gusta el aspecto del coronel; no parece ser él mismo en absoluto. Está lo bastante enfermo como para quedarse en la cama, y ahí está, saliendo en una noche como esta.

—De todos modos, lleva una gran capa para mantenerlo caliente. Digo, suponiendo que iba a un baile de disfraces y se puso esa capa para esconder el disfraz —dijo el botones, riendo inquieto. Porque ambos nos sentimos más raros de lo que nos atrevíamos a decir, y mientras hablábamos, sonó con fuerza el timbre de la puerta.

—No más pasajeros para mí —dije, y esta vez sí que estaba apagando la luz, cuando Joe abrió la puerta y entraron dos señores que de un vistazo supe que eran médicos. Uno era alto y el otro bajo y corpulento, y ambos vinieron al ascensor.

»Lo siento, caballeros, pero va contra las reglas que el ascensor suba después de medianoche.

"Nonsense!" said the stout gentleman, "it's only just past twelve, and it's a matter of life and death. Take us up at once to the fourth floor," and they were in the lift like a shot.

When I opened the door, they went straight to Number 210. A nurse came out to meet them, and the stout doctor said, "No change for the worse, I hope." And I heard her reply, "The patient died five minutes ago, sir."

Though I'd no business to speak, that was more than I could stand. I followed the doctors to the door and said, "There's some mistake here, gentlemen; I took the Colonel down in the lift since the clock struck twelve, and he went out."

The stout doctor said sharply, "A case of mistaken identity. It was someone else you took for the Colonel."

"Begging your pardon, gentlemen, it was the Colonel himself, and the night porter that opened the door for him knew him as well as me. He was drest for a night like this, with his military cloak wrapt round him."

"Step in and see for yourself," said the nurse. I followed the doctors into the room, and there lay Colonel Saxby looking just as I'd seen him a few minutes before. There he lay, dead as his forefathers, and the great cloak spread over the bed to keep him warm that would feel heat and cold no more.

I never slept that night. I sat up with Joe, expecting every minute to hear the Colonel ring the front door bell. Next day every time the bell for the lift rang sharp and sudden, the sweat broke out on me and I shook again. I felt as bad as I did the first time I was in action. Me and Joe told the manager all about it, and he said we'd

—¡Tonterías! —dijo el corpulento caballero—, son solo las doce y es una cuestión de vida o muerte. Llévenos de inmediato al cuarto piso. —Y subieron en el ascensor como un rayo.

Cuando abrí la puerta, fueron directamente a la número 210. Una enfermera salió a su encuentro, y el médico dijo, con fuerza:

—Espero que no haya cambios a peor.

Y escuché su respuesta:

—El paciente murió hace cinco minutos, señor.

Aunque no tenía por qué hablar, aquello era más de lo que podía soportar. Seguí a los médicos hasta la puerta y les dije:

—Aquí hay un error, caballeros; bajé al coronel en el ascensor después de que el reloj diera las doce, y salió a la calle.

El robusto médico dijo bruscamente:

—Un caso de confusión de identidad. Fue otra persona a la que tomó por el coronel.

—Disculpen, caballeros, era el propio coronel, y el botones del turno de noche que le abrió la puerta lo conocía tan bien como yo. Estaba ataviado para una noche como esta, con su capa militar envolviéndole.

—Entre y compruébelo por sí mismo —dijo la enfermera. Seguí a los médicos a la habitación, y allí estaba el coronel Saxby tal como lo había visto unos minutos antes. Allí yacía, muerto como sus antepasados, y la gran capa extendida sobre la cama para mantenerlo caliente a quien ya no sentiría ni frío ni calor.

No dormí aquella noche. Me senté con Joe, esperando a cada minuto oír al coronel tocar el timbre de la puerta principal. Al día siguiente, cada vez que el timbre del ascensor sonaba brusca y repentinamente, me entraba el sudor y volvía a temblar. Me sentí tan mal como la primera vez que entré en acción. Joe y yo le contamos

been dreaming, but, said he, "Mind you, don't you talk about it, or the house'll be empty in a week."

The Colonel's coffin was smuggled into the house the next night. Me and the manager, and the undertaker's men, took it up in the lift, and it lay right across it, and not an inch to spare. They carried it into Number 210, and while I waited for them to come out again, a queer feeling came over me. Then the door opened softly, and six men carried out the long coffin straight across the passage, and set it down with its foot towards the door of the lift, and the manager looked round for me.

"I can't do it, sir," I said. "I can't take the Colonel down again, I took him down at midnight yesterday, and that was enough for me."

"Push it in!" said the manager, speaking short and sharp, and they ran the coffin into the lift without a sound. The manager got in last, and before he closed the door he said, "Mole, you've worked this lift for the last time, it strikes me." And I had, for I wouldn't have stayed on at the Empire Hotel after what had happened, not if they'd doubled my wages, and me and the night porter left together.

todo al director, y él dijo que habíamos estado soñando, pero añadió:

—Eso sí, no hablen de ello, o tendremos el hotel vacío en una semana.

El ataúd del coronel fue introducido a hurtadillas en el hotel la noche siguiente. El director, los de la funeraria y yo lo subimos en el ascensor y encajó justo de lado a lado, sin sobrar un centímetro. Lo llevaron a la número 210, y mientras esperaba que volvieran a salir, un extraño sentimiento se apoderó de mí. Entonces la puerta se abrió suavemente y seis hombres sacaron el largo ataúd por el pasillo y lo depositaron con el pie hacia la puerta del ascensor, y el director me buscó con la mirada.

—No puedo hacerlo, señor —le dije—. No puedo volver a bajar al coronel, ayer lo bajé a medianoche y con eso me bastó.

—¡Empújelo dentro! —me cortó el, y metieron el ataúd en el ascensor sin hacer ruido. El director entró el último, y antes de cerrar la puerta dijo:

—Topo, me temo que esta es la última vez que trabajas en este ascensor.

Y así fue, porque no me habría quedado en el Empire Hotel después de lo ocurrido ni aunque me hubieran doblado el sueldo; el botones de noche y yo abandonamos juntos el hotel.

THE WEIRD OF THE WALFORDS

On a summer's day in the year 1860, I, Humphrey Walford, did a deed for which I should have been disinherited by my father and disowned by my ancestors. I laid sacrilegious hands on the old carved oak four-post family bedstead and destroyed it.

Alone I could not have accomplished the work of destruction. The massive posts, canopy, and panels would have resisted my single efforts; but I compelled two reluctant men to lend me their aid, and by the help of saws and hatchets we reduced the whole structure to billets of wood such as one might kindle a cheerful flame with in the parlour grate on a damp summer evening.

It was a bed with a history to me so unspeakably melancholy that I had resolved when I was my own master I would destroy the gloomy structure, and rid me of the nightmare-like feeling with which the sight of it never failed to inspire me.

The bed itself was upwards of three hundred years old, carved in oak grown on our land, while the heavy dark-green hangings, faded and musty-smelling, dated only from the time of my great-grandfather Walford. I have the dimensions of the huge hearse-like thing by heart. It was ten feet long by eight feet wide, and ten feet high; and when as a small child I was brought to see my young mother die in the recesses of the vast bed, I looked up at its tall posts with something of the awe with which I should now regard the loftiest tree.

For three centuries this bed had been the cradle and grave of our family. Its heavy drapery had deadened the sound of the first cry and the last groan of the generations of Walfords who had been born or died in Walford Grange. In its solemn depths the newly-wedded brides of the family lay the first few nights in their new home, till the wedding festivities were ended, and the squire and his wife began their every-day married life by occupying a less stately but more comfortable bed.

EL RARO DE LOS WALFORD

Un día de verano del año 1860, yo, Humphrey Walford, cometí un hecho por el cual mi padre tendría que haberme desheredado y por el que mis antepasados me habrían repudiado. Posé mis sacrílegas manos sobre la vieja cama familiar de cuatro postes de roble tallado y la destruí.

Yo solo no podría haber llevado a cabo tal trabajo de destrucción. Los postes macizos, el dosel y los paneles se habrían resistido ante los esfuerzos de una sola persona, pero obligué a dos hombres reacios a prestarme su ayuda y, por medio de sierras y hachas, redujimos toda la estructura a listones de madera con los que uno podría encender un vivo fuego en la chimenea de la sala en una húmeda tarde de verano.

Era una cama con una historia tan indescriptiblemente melancólica para mí que había decidido, cuando fuera mi propio amo, destruir la lúgubre estructura y librarme de esta pesadilla que me perseguía y se apoderaba de mí cada vez que la veía.

Tallada en roble cultivado en nuestra tierra, la cama en sí tenía más de trescientos años, mientras que las pesadas cortinas de color verde oscuro, descoloridas y con olor a humedad, se remontaban a la época de mi bisabuelo Walford. Me sé de memoria las dimensiones de la enorme cama parecida a un coche fúnebre. Tenía tres metros de largo por dos metros y medio de ancho, y tres metros de alto; y cuando, siendo un niño pequeño, me llevaron a ver morir a mi joven madre en el hueco de la vasta cama, miré hacia sus altos postes con el mismo asombro con el que ahora contemplaría el árbol más alto.

Durante tres siglos, esta cama fue cuna y sepultura para nuestra familia. Sus pesadas cortinas habían amortiguado el sonido del primer llanto y del último estertor de generaciones de los Walford que habían nacido o muerto en Walford Grange. Las novias recién casadas de la familia, durante las primeras noches en el nuevo hogar, yacían en el imponente lecho, hasta que finalizaban la celebración de los festejos nupciales, y el escudero y su esposa inauguraban la rutina de la vida matrimonial ocupando una cama menos majestuosa, pero más cómoda.

I knew the history of the gloomy old piece of furniture as family tradition had preserved it for three centuries. Ten Squire Walfords had either died in that bed or had lain on it after death awaiting their burial. I was the eleventh squire dating from the epoch of the bed, and I would neither die in it nor be laid upon it after my death. And to make sure of this there was no way but now, in my youth and strength, to fall upon it with hatchet and saw and utterly destroy it.

I did not fear death more than my forefathers, but I resented being bidden by family tradition and custom to die in a given spot. I rebelled at having a definite place assigned to me to lie down in and die—a place so fraught with dismal associations as the ancient, hearse-like bed. I could not endure to think that, wander wide as I would, I must return to this bed of death at last, and here, among stifling pillows and heavy curtains, end my life precisely where it began.

Must this ghastly horror of my childhood be the goal towards which I tend? When I am sailing on mid-ocean, the ship ploughing her way through the furrows of the sea, shall I only be speeding, sooner or later, towards this dismal bed? When I climb mountains and breathe the keen air of the heights, is it but to end in the exclusion of light and air? must every step I take, every journey I make, be but a stage on the road that ends in the stifling pillows of this bed of death? No, a thousand times no, and I brought my axe down on the footboard with a crash.

How vividly both the dead and living who had occupied this ancient bed rose before my mind's eye! Here had lain Ralph Walford, killed in the Civil Wars, fighting for the king, and his wounded body was brought home and stretched on what had been his bridal bed to await his burial. And here died Squire Ralph's young widow, who, a short time after her husband's sad home-coming, gave birth to his posthumous child, and never again left this ill-omened bed till they carried her out feet foremost. Ralph Walford's brother Heneage, the next Squire, thought to make the old bed festive with gold and crimson hangings, to forget that his

Yo conocía bien la historia del lúgubre y viejo mueble, ya que la tradición familiar lo había conservado durante tres siglos. Diez señores de los Walford habían muerto en esa cama o bien los habían acostado sobre ella una vez muertos, mientras esperaban su propio entierro. Yo era el undécimo señor en la línea de sucesión desde la época de la cama, y no moriría en ella, ni sería recostado sobre ella después de mi muerte. Y para asegurarme de ello, no había otra salida que, aprovechando mi juventud y mi fuerza, lanzarme sobre la cama, hacha y sierra en mano, y destruirla por completo.

No temía a la muerte más que a mis antepasados, pero me molestaba que la tradición y la costumbre familiares me ordenaran morir en un lugar determinado. Me rebelé ante la idea de tener asignado un lugar concreto para acostarme y morir, un lugar tan cargado de asociaciones funestas como la antigua cama con forma de coche fúnebre. No podía soportar la idea de que, por mucho que me alejara de allí, debía al fin regresar a este lecho de muerte, y aquí, entre almohadas sofocantes y pesadas cortinas, terminar mi vida exactamente donde había comenzado.

¿Es este espanto y horror de mi infancia la obligada meta hacia la que camino? Cuando me encuentre navegando en medio del océano, con el barco surcando su camino a través de las olas del mar, ¿estaré solo avanzando, tarde o temprano, hacia este lecho lúgubre? Cuando, en la cumbre de las montañas, respire el aire penetrante de las alturas, ¿es para terminar apartado de la luz y el aire? Cada paso que dé, cada viaje que haga, ¿debe ser solo una etapa en el camino que termina en las almohadas sofocantes de este lecho de muerte? No, y mil veces no... y estrellé mi hacha contra el piecero.

¡Cuán vívidamente aparecieron ante mi mente tanto los muertos como los vivos que habían ocupado este antiguo lecho! Aquí había yacido Ralph Walford, muerto en las Guerras Civiles, luchando por el rey; llevaron su cadáver a casa y lo tendieron en lo que había sido su lecho nupcial, a la espera de su entierro. Y aquí murió la joven viuda del escudero Ralph, quien, poco tiempo después del triste regreso a casa de su marido, dio a luz al hijo póstumo de este, y nunca más abandonó esta cama de mal agüero hasta que la sacaron con los pies por delante. El hermano de Ralph Walford, Heneage, el siguiente señor, se propuso adornar la vieja cama con tapices de color

brother's corpse had lain on it, his orphan child been born in it, and his widow died in it, and by the upholsterer's wit to convert a hearse into a bridal bower.

Brighter times came to our family with the Restoration. We had spent our blood and treasure in the king's cause, for which he did not suffer us to go unhonoured; for shortly after his joyful restoration his gracious majesty was travelling within ten miles of Walford Grange, and, the weather proving stormy, and there being no other Royalist house of consideration near, he made shift to pass a night under the roof of his faithful servant Heneage Walford.

My father often told me the history of that memorable visit, as it had been handed down from generation to generation. How gracious and witty was the king's majesty, how merry and light-hearted, as little troubled by the murder of his royal father and the heavy misfortunes of his house as by the brave lives lost and families impoverished in his cause!

Squire Heneage was as loyal a man as ever drew sword for the king, yet he was heard to say that it was a cursed day for him when his gracious majesty honoured him by being his guest, for it turned his wife Mistress Johanna's head, and she was never again the woman she had been. She grumbled and bemoaned herself that the king had not knighted her husband, so that she might have ruffled it a step above the squirearchy. But one abiding comfort remained with her from the royal visit. And this was that both at coming and going the king had saluted her, and she ever after prettily described the royal manner of kissing, which she affirmed to differ from that practised by ordinary men. Mistress Johanna's serving woman, Anne Grimshaw, said that the king had saluted her too; but this her mistress would not hear of, and when she appealed to Squire Heneage he set the vexed question at rest by giving his opinion that, judging it as a matter of probability, it was more likely that a vain woman should lie, than that his sacred majesty should kiss Anne Grimshaw, who had a foul face of her own.

dorado y carmesí —para olvidar que el cadáver de su hermano había yacido allí, que su hijo huérfano había nacido en aquella cama y que su viuda había muerto en ella— y con el ingenio del tapicero, transformar así un coche fúnebre en un lecho nupcial.

Tiempos más brillantes llegaron a nuestra familia con la Restauración. Habíamos derramado nuestra sangre y gastado nuestro tesoro para apoyar la causa del rey, por lo cual él no permitió que quedáramos sin recibir los honores; pues, poco después de su gozosa restauración, su graciosa majestad se encontraba realizando un viaje a quince kilómetros de Walford Grange, y, como sucedió que cayera una tormenta y no había ninguna otra casa de noble linaje cerca, dispuso en aquella ocasión pasar la noche bajo el techo de su fiel sirviente Heneage Walford.

Mi padre me contaba a menudo la historia de esa memorable visita, tal como había sido transmitida de generación en generación. ¡Qué gracioso e ingenioso era su majestad el rey! Qué alegre y vivaz, tan poco preocupado por el asesinato de su real padre, o por las graves desgracias que sobre su casa pesaban, como por las vidas perdidas de aquellos valientes, ¡y de todas las familias empobrecidas por su causa!

El escudero Heneage era un hombre leal al rey entre los que más, sin embargo, se le escuchó decir que fue un día maldito para él cuando su graciosa majestad lo honró siendo su invitado, ya que le hizo perder los estribos a su esposa, la señora Johanna, y ella nunca volvió a ser la mujer de antaño. Ella se quejó y se lamentó de que el rey no hubiera nombrado caballero a su esposo, para que ella pudiera subir un peldaño por encima en la jerarquía de la escudería. Pero le quedó un consuelo duradero de la visita real. Y esto era que, tanto al llegar como al partir, el rey la había saludado, y ella había descrito con gran detalle la real forma de besar, que afirmó difería de la de los hombres comunes. La sirvienta de la señora Johanna, Anne Grimshaw, dijo que el rey también la había saludado. Pero esto fue algo que no quiso escuchar la dama, y cuando apeló al escudero Heneage, él dejó la molesta pregunta en paz al dar su opinión al respecto, y juzgándolo como una cuestión de probabilidad, pues era más probable que una mujer vanidosa mintiera, que su sagrada majestad besara a Anne Grimshaw, que vaya aspecto tenía con aquella cara tan fea.

If I have somewhat enlarged on the fact of the king's visit to Walford Grange, it is not so much on account of any tokens of his royal favour that he was pleased to bestow on my ancestors, as because he lay in the best chamber, in the great oak bed with its brave new hangings. But the king was tormented by terrible dreams, and woke in the morning haggard and weary, as though he had been ridden by witches. And that I attributed to a malign influence in the hearselike bed itself, and with that I crashed into it afresh.

I had long promised myself this fierce destructive joy, when I in my turn should be master of Walford Grange. My father had died in this bed three years ago, and I had been travelling in the south of Europe ever since, urged partly by the restless curiosity of youth, and partly by the belief that no Squire Walford had ever crossed the seas before. Some younger sons and thriftless members of our family, in pursuit of the fortune denied them at home, had ventured into foreign lands, but the head of the house never. My father met any wishes or arguments I advanced on the subject of travel by a statement that seemed to him conclusive—that a man sees enough in his own country that he can't understand, without going abroad to complete his confusion. But now on my return home I hastened to carry out my design on the hated ancestral bed.

What consternation prevailed in the house when it was understood what I was about, and when I and Gillam the carpenter and his man, having stripped the great bed of its drapery, proceeded to take to pieces the panels of the carved oak canopy! Mrs Barrett, the old housekeeper, stood wiping her honest eyes and bewailing my impiety.

"Don't 'ee do it, squire, don't 'ee do it! You may come to know the want of a good feather bed to die in yet! Such a bed as it's been for lyings in and layings out, and I'd hoped to ha' seen you laid in it, like your poor father before you."

What Mrs Barrett's expectation of life may have been I know

Si me he extendido un poco sobre el hecho de la visita del rey a Walford Grange, no es tanto por las muestras de su favor real que se complació en otorgar a mis antepasados, sino porque pasó la noche en la mejor alcoba, en la gran cama de roble con sus atrevidos tapices nuevos. Pero al rey le atormentaron unos terribles sueños y se despertó por la mañana demacrado y cansado, como si lo hubieran poseído las brujas. Y eso lo atribuí a una influencia maligna de aquella misma cama fúnebre, y me ensañé de nuevo contra ella.

Durante mucho tiempo me había prometido a mí mismo este placer de alegre destrucción, cuando me llegara el turno de ser el amo de Walford Grange. Mi padre había muerto en esta cama hacía tres años y, desde entonces, yo me había pasado el tiempo viajando por el sur de Europa, impulsado en parte por la inquieta curiosidad de la juventud y, en parte, por la creencia de que ningún señor de los Walford había cruzado los mares antes. Algunos de los hijos menores y de los familiares despilfarradores de nuestra familia se habían aventurado en tierras extranjeras, en busca de la fortuna que les fue negada en casa, pero el cabeza de familia jamás. Mi padre rebatió todos los argumentos o aspiraciones que yo pudiera defender sobre el tema de viajar y declaró con lo que le pareció concluyente: un hombre ya ve suficientes cosas incomprensibles en su propio país, sin tener necesidad de ir al extranjero para aumentar su confusión. Pero, cuando regresé a casa, me apresuré a llevar a cabo mi propósito, en lo que a la odiosa cama de mis antepasados respecta.

¡Qué pesar se impuso en toda la casa cuando comprendieron lo que yo estaba haciendo! Y, cuando yo y Gillam, el carpintero, y su ayudante —tras descolgar las pesadas cortinas de la cama—, procedimos a desarmar los paneles del dosel de roble tallado. La señora Barrett, la fiel y anciana ama de llaves, estaba de pie, enjugándose los ojos y lamentando mi impiedad.

—¡No lo haga, señor, no lo haga! ¡Puede que aún necesite una buena cama de plumas para morir! Una cama como esta para yacer y morir, y esperaba veros acostado en ella, como su pobre padre antes que usted.

No sé qué esperanza de vida creía tener la señora Barrett, pero

not, but she was sixty-five, and I twenty-four years of age.

"My good Barrett, I have determined that this bed shall utterly perish. We will not contribute one more corpse to its greedy maw. But if it be its feathers that you bewail, you are welcome to its pillows to line your nest with, but the bed itself must perish."

"What, squire, the bed that your great uncle Geoffrey was found dead in, when he'd gone upstairs over-night as well and as hearty as ever man was, and making his ungodly jokes, the Lord forgive him! The very bed as your grandfather lay in two whole years before he died, and all the house heard his groans; and where your Aunt Hester was laid with the water drip, drip, from every limb, just as they brought her in drowned from the brook!"

"Yes, my good Barrett, because of these very things the bed must perish."

Then Gillam began, as he took off his paper cap and wiped his brow:

"If it's as the bed don't seem nateral like to sleep in after so many o' your kin has laid stiff and stark in it, won't you sell it, squire, to them as knows nothing of its ways? That there panel with the berried ivy on it is a deal too pretty a bit of carving to make firewood on."

"No, Gillam, I shall not sell it. The man who would take money for the bed his ancestors died in, would sell their bones to make knife-handles of. Besides, the bed has existed long enough; it has served my family to die in for ten generations. It's my own property, Gillam; mayn't I do what I will with my own?"

"Ay, surely, squire; there's no law to hinder a man making any fool of hisself as he pleases wi' what's his own. But I sides with the chap as made the bedstead, and I shouldn't like to think as in a matter o' two or three hundred years a bit o' my work 'ud be

ella tenía sesenta y cinco años y yo veinticuatro.

—Mi buena señora Barrett, he tomado la determinación de que esta cama verá su fin. No alimentaremos con más cadáveres sus voraces fauces. Pero si son las plumas por las que te lamentas, muy bien puedes forrar tu lecho con la ropa de cama, pero la cama en sí tiene los días contados.

—Qué decís, señor, la cama en la que encontraron muerto a su tío abuelo Geoffrey, tras acostarse una noche cuando se encontraba tan bien y tan saludable como siempre, y gastando sus bromas impías, ¡que el Señor se apiade de él! La misma cama en la que yació el abuelo de usted dos años completos antes de morir, y toda la casa escuchó sus quejidos; y donde acostaron a su tía Hester con el agua goteando, goteando, de cada miembro, cuando la trajeron ahogada del arroyo.

—Sí, mi buena señora Barrett, por estas mismas razones la cama debe desaparecer.

Comenzó entonces Gillam, mientras se quitaba la gorra de papel y se limpiaba la frente:

—Pues como no parece natural dormir en la cama, después de que tantos parientes de usted hayan estirao la pata en esta misma cama, ¿por qué no venderla, señor, a algún desconocido? Ese panel con la hiedra y los frutos es una talla muy bonita pa'cabar cortándola pa'cer leña.

—No, Gillam, no la venderé. El hombre que aceptara dinero por la cama en la que murieron sus antepasados estaría vendiendo sus huesos para hacer mangos de cuchillos. Además, la cama ya ha durado lo suficiente; ha prestado sus servicios a mi familia para morir en ella durante diez generaciones. Es de mi propiedad, Gillam. ¿No voy a poder hacer lo que guste con lo que es de mi propiedad?

—Ay, pues sí, señor; que leyes no hay que impidan a un hombre cometer locuras como le plazca con lo que es suyo. Pero yo me pongo en el pellejo del buen hombre que hizo el armazón de la cama, y no me gustaría pensar que, doscientos o trescientos años más tarde, mi

chopped up for firing."

"Be under no uneasiness, Gillam; you and I do not live in an age that produces lasting work. Our glue-and-tintack carpentry is not done with a view to posterity."

"Well, squire," continued Gillam, returning to his first idea, "if you won't sell the bedstead whole nor piecemeal, you might give me them panels with the carved ivy on 'em. I could find you some bits o' wood as 'ud burn brighter and better."

"I don't mind giving you the old ivy carving, Gillam," I said, "but only on condition that I shall never see anything more of it, in any shape or form."

"That's easy promised, sir, and thank you kindly. I'll make it up into something as'll surprise itself."

Having weakly consented to his request, I saw him lay aside two or three beautiful panels, richly carved with branches of berried ivy, as salvage from the general wreck. If the gloomy horrors of the old bed had not eaten into my very heart, I could never have lent a hand at such a work of destruction. I should at least have saved the footboard with its carving in high relief of Adam and Eve under the tree, a man-headed serpent twining round the trunk, and the branches bending beneath their load of fruit. But I could not look at it without thinking of the dying eyes that had fixed their fading gaze on it, so my axe and saw made havoc of a work of art. When the floor was littered over with billets of wood, and the men were wiping their hot faces, I felt a strange lightness of heart, a comfortable sense of work postponed at length happily accomplished.

"Gillam," I said, "there was timber enough in that huge thing to build a man-of-war, drapery to make her sails, and rope enough for all her rigging."

"Ay, there was a'most; " and, hastily throwing his tools into his basket, he added, sarcastically I thought, "there'll be nothing else I can help you to pull down or to smash up, squire?"

trabajo ib'acabar en el leñero.

—No te inquietes, Gillam; tú y yo no vivimos en una época que produce trabajo duradero. Nuestra carpintería de cola y tinte no se hace con miras a la posteridad.

—Pues señor —continuó Gillam, volviendo a su primera idea—, si no va'vender el armazón de la cama, ni entero ni por partes, ¿qué le parece si llevo los paneles con la hiedra tallada en ellos? Ya le busco yo algunos trozos de madera mejores pa'l fuego.

—No me importa darte la vieja talla de hiedra, Gillam —le dije—, pero solo con la condición de que nunca vuelva a ver nada de ella, bajo ningún otro aspecto.

—Se lo juro, gracias, gracias. Lo convertiré en algo que le va'sorprender.

Habiendo accedido a su petición no muy convencido, lo vi apartar dos o tres hermosos paneles, ricamente tallados con ramas de hiedra, como rescate del siniestro total. Si los tétricos horrores de la vieja cama no me hubieran devorado el corazón, jamás habría puesto la mano en tal obra de destrucción. Debí al menos haber salvado el piecero con su talla en altorrelieve de Adán y Eva debajo del árbol, una serpiente con cabeza de hombre enroscándose alrededor del tronco, y las ramas dobladas bajo su carga de frutos. Pero no podía mirarlo sin pensar en los ojos moribundos que habían fijado su mirada mortecina en él, así que mi hacha y mi sierra hicieron estragos en una obra de arte. Cuando el suelo estuvo cubierto de trozos de madera y los hombres se limpiaban las caras acaloradas, sentí una extraña ligereza en el corazón, una cómoda sensación de que el trabajo pospuesto por fin se había realizado felizmente.

—Gillam —le dije—, había suficiente madera en esa cosa enorme para construir un buque de guerra, cortinas para hacer sus velas y suficiente cuerda para todo su aparejo.

—Ay, hubo... —Y, arrojando apresuradamente sus herramientas en la canasta, agregó, con socarronería, así pensé—: ¿No habrá nada más que pueda ayudarle a derribar o destrozar, señor?

I soon found that my destructive toil had benefited me in more ways than one. Not only had it freed me from an intolerable oppression of spirit, but it had established for me in the neighbourhood a reputation for eccentricity, which I maintained afterwards at the smallest cost, and found of great service. The carrying out of my long-cherished purpose was regarded as evidence of a wild and lawless disposition, bordering on mental derangement. Night after night at the alehouse Gillam recounted to a breathless audience the story of the scene of destruction at which he had assisted professionally. And it grew in the telling till, without the slightest intention of lying, he added that the squire's rage against the old place was such, that he had been obliged to menace him with the screwdriver to keep him from tearing down the mantelshelf and wainscot.

I was evidently a man whom it was not wise to thwart or contradict. My servants flew at my least word with an alacrity I had not before observed. My bidding was promptly done, my orders were not disputed, and whatever I said was agreed to with servility. While enjoying the sweets of mental health, as my neighbours voted me on such insufficient grounds on the borderland of insanity, I availed myself of the liberty it gave me to speak and act as I chose. Their hasty judgment had made me free of the wide domain of conduct. There was nothing I could do, however extravagant, but was clearly shadowed forth in the destruction of the ancestral oak bed.

I began to grow lonely in Walford Grange. My good Barrett died suddenly, and in my solitude I wanted someone to sit and talk with me in the long evenings, for even the bright wood fire flickering on the hearth could not satisfy all my desires for cheerful companionship. I should not have wished to marry if I had had a brother to live with me, to share my thoughts and occupations, and who would himself marry and preserve the name. But I was the last of the family, and I did not mean to let an ancient race die out.

I began seriously to think of marrying, though whom, I had not

Pronto descubrí que mi duro trabajo de destrucción me había beneficiado en más de un sentido. No solo me había librado de la insoportable sensación que me oprimía el pecho sino que corrió entre los vecinos mi reputación de excéntrico, la cual mantuve después, con poco esfuerzo, y la encontré de gran utilidad. La realización de mi propósito, que había acariciado durante largos años, fue considerada como evidencia de una disposición salvaje y sin ley, al borde del trastorno mental. Noche tras noche, en la taberna, Gillam contó a un público boquiabierto la historia de la escena de destrucción en la que había participado con gran profesionalidad. Y fue exagerando el relato hasta el punto que —sin proponerse en lo más mínimo mentir—, añadió que era tal la rabia del señor contra la vieja casa que se había visto obligado a amenazarle con el destornillador para que no derribara la repisa de la chimenea y el friso.

Evidentemente, yo era un hombre a quien resultaba imprudente frustrar o contradecir. Mis sirvientes salían volando a la menor orden con una presteza que no había observado antes. Mis deseos se cumplían en el acto, no se cuestionaban mis órdenes y todo cuanto yo decía era aceptado con servilismo. Si bien estaba en pleno uso de mis facultades mentales, como mis vecinos juzgaron que me hallaba al borde de la locura, me aproveché de la libertad que me dio para hablar y actuar como me vino en gana. Su apresurado juicio me había liberado del vasto dominio de los códigos de conducta. Podía hacer cualquier cosa por muy extravagante que fuera, y aun así esto quedaba ensombrecido por haber destruido la cama de roble de mis antepasados.

Empecé a sentirme solo en Walford Grange. La buena señora Barrett murió repentinamente, y al quedarme solo, deseé que alguien me hiciera compañía y me diera conversación en las largas noches, ya que ni siquiera el luminoso fuego que ardía en la chimenea era capaz de satisfacer todos mis anhelos de alegre compañía. No habría sentido deseos de casarme de haber tenido un hermano que viviera conmigo, que compartiera mis pensamientos y pasatiempos, y que, a su vez, fuera él quien se casara para preservar el apellido de la familia. Pero yo era el último de mi familia, y no tenía intención de permitir que tan antigua estirpe se extinguiera.

Comencé a pensar seriamente en casarme, aunque no tenía ni

an idea, for so far I had not seen the woman I should care to marry, nor could I suppose that anyone looked with an eye of favour upon me. But when a man makes up his mind to marry, and sets out on his travels by land and sea, resolved never to return to his home till he brings a wife with him, it would be hard if he could not effect his purpose.

It happened that I met with my wife unexpectedly, and where I should have thought I was least likely to meet her—in a log house in the far west of America. Her name was Grace Calvert, and she was only eighteen years old, fair and fresh as an unfolding flower, and full of the high spirits and delight of life suited to her age and her free and simple bringing up. I fell in love with her at first sight, and we were married after a short courtship, for I had obtained the object of my travel, and my little wife was wild with curiosity and impatience to see England. She had a most romantic conception of the land of her forefathers, and delighted me by her belief that every village in England contained a church, vast and venerable as Westminster Abbey, and was engirt with hills crowned by frowning fortresses.

Grace had never seen houses built either of brick or stone, and had I not been able to show her a photograph of Walford Grange, it would have been impossible to give her any idea of an object so strange that there was nothing within the narrow limits of her experience with which to compare it. Her imagination was greatly stirred by the picture of the old house. Not a detail escaped her, from the fluted chimneys to the stone seats in the wide porch. The oriel windows, with their diamond panes, pleased my young wife more than anything, and especially she admired the broad windows of the best bedchamber, in which some two years before I had wrought my destructive will on the ancestral bed. The room was now bare and stripped of furniture, and since Mrs Barrett's death I had kept it constantly locked.

Grace was fascinated with the position of the room, with its large window over the porch, looking down the avenue of limes by which the house was approached, to the open country, and the line of low hills that bounded the horizon.

idea de con quién, porque hasta entonces no había visto a la mujer con la que me gustaría casarme, ni podía suponer tampoco que alguien me pretendiera. Pero cuando un hombre toma la decisión de casarse, y se embarca en un viaje por tierra y por mar, resuelto a no regresar jamás a su casa hasta que traiga una esposa con él, resultaría extraño si no pudiera llevar a cabo su propósito.

Sucedió que conocí a mi esposa inesperadamente, y donde debiéramos pensar que era el lugar menos probable para conocerla, en América, en una cabaña de troncos del lejano oeste. Se llamaba Grace Calvert, y solo tenía dieciocho años. Era bella y fresca como una flor que se despliega, y llena de alegría y vitalidad propia de su edad y su crianza libre y sencilla. Me enamoré de ella a primera vista, y nos casamos después de un corto noviazgo, porque había logrado el propósito de mi viaje, y mi joven esposa se moría de curiosidad e impaciencia por conocer Inglaterra. Ella tenía una concepción más romántica de la tierra de sus antepasados, y me maravilló porque creía que cada pueblo en Inglaterra contenía una iglesia, imponente y venerable como la Abadía de Westminster, y estaba rodeada de colinas coronadas por amenazadoras fortalezas.

Grace nunca había visto casas construidas con ladrillos o piedras, y de no haberle mostrado una fotografía de Walford Grange, habría sido imposible que se hiciera la idea de un objeto tan extraño, ya que no había nada dentro de los estrechos límites de su experiencia con la que compararlo. Su imaginación se agitó con la imagen de la vieja casa. No se le escapó ningún detalle, desde las chimeneas acanaladas hasta los asientos de piedra en el amplio porche. Las ventanas salientes, con sus cristales con forma de diamantes, complacían más que nada a mi joven esposa, y sobre todo ella admiraba las amplias ventanas de la mejor alcoba, en la que unos dos años antes había yo llevado a cabo mi destructora voluntad contra la cama de mis antepasados. La habitación estaba ahora desnuda y despojada de muebles y, desde la muerte de la señora Barrett, yo la había mantenido constantemente cerrada bajo llave.

Grace estaba fascinada con la ubicación de la habitación, con su gran ventana sobre el porche, que daba a la avenida de árboles de lima por la que se accedía a la casa, y al campo, y la línea de las bajas colinas que lo rodeaban en el horizonte.

"That room must be lighter than those on the ground floor," she said, "see how the upper story projects and throws a shadow over the lower rooms. We will make it our sitting-room, will we not?"

The request gave me a strange sinking of heart, and I felt that not even the society of my young wife could induce me to live in the room that had so long contained the hearse-like bed. I temporised with her in a vague manner, neither granting nor denying her request. I begged her to wait till she could see for herself how much better adapted to the comfort of daily life were the rooms on the ground-floor than those on the upper story. In all her short life, Grace had not been further than twenty miles from the spot where she was born, and I feared lest taking her away from all she loved, and from everything with which she was familiar, might prove too keen a pain.

There was a brief tempest of tears at parting with the dear ones she was never to meet again, but it was an April shower succeeded by smiles. Each outburst of weeping was of shorter duration, and the sunny intervals between them were longer, till in a few days Grace was her bright self again. The excitement of the journey was so overwhelming as to swallow up every other feeling.

We reached our home one November afternoon, as the setting sun looked out through a rift in the clouds, and his level beams lighted up every casement with a red glow. As we drove up the leafless avenue, heavy drops fell from the bare boughs overhead, and Grace, clinging to my arm, said in a frightened whisper—

"O Humphrey, that light in the window is not like sunshine! It looks as if your old house was on fire!" and raising my eyes I caught for one moment the full effect of the illusion. But, the sun sinking into his bed of cloud, the red glow faded from the windows and left them dark and dim. "Welcome, my darling, to your English home!" I said, and I took my little wife by the hand and led her up the wide oak staircase; and before we sat down to our evening meal I had taken her over the house from garret to

—Esa habitación debe ser más luminosa que las de la planta baja —dijo—. Mira cómo sobresale la planta superior y proyecta una sombra sobre las habitaciones inferiores. Haremos de ella nuestra sala de estar, ¿no te parece?

La petición hizo que me diera un vuelco el corazón, y sentí que ni siquiera la compañía de mi joven esposa podría animarme a vivir en la habitación donde había permanecido durante tanto tiempo la cama fúnebre. Le di largas, ni concediendo ni negando su petición. Le rogué que esperara, hasta que pudiera ver por sí misma, cuánto mejor se adaptaban a la comodidad de la vida cotidiana las habitaciones de la planta baja en comparación con las de la planta superior. En su corta vida, Grace no había estado a más de treinta kilómetros del lugar donde nació, y temí que yo podría terminar por alejarla del todo de cuanto amaba y de aquello con lo que estaba familiarizada, y que podría resultar demasiado doloroso.

Hubo un breve río de lágrimas al separarse de los seres queridos con los que no volvería a juntarse jamás, pero fue como lluvias de abril seguido de sonrisas. Cada arrebato de llanto era de menor duración, y los intervalos soleados entre ellos fueron más largos, hasta que, al cabo de unos pocos días, Grace volvió a brillar en todo su esplendor. La emoción del viaje resultaba tan arrolladora como para tragarse cualquier otro sentimiento.

Llegamos a nuestra casa una tarde de noviembre, mientras el sol poniente asomaba a través de una grieta entre las nubes, y sus rayos sobre la superficie iluminaban cada ventana con un resplandor rojo. Mientras conducíamos por la avenida sin hojas, cayeron pesadas gotas desde las ramas desnudas que colgaban por encima de nuestras cabezas, y Grace, aferrada a mi brazo, dijo en un susurro asustado:

—Ay, Humphrey, ¡esa luz en la ventana no es como el sol! ¡Parece como si tu antigua casa estuviera en llamas! —Y levantando los ojos capté por un momento el efecto completo de la ilusión. Pero, al hundirse el sol en su colchón de nubes, el resplandor rojo se desvaneció de las ventanas y las volvió sombrías y tenebrosas.

—Querida, ¡bienvenida a tu casa inglesa! —dije, y tomé a mi joven esposa de la mano y la llevé escaleras arriba por la ancha escalera

basement, preceding her, candle in hand, through the darkening rooms.

She expressed unbounded admiration for the house and its furniture, but the old family portraits and pictures excited her utmost enthusiasm, for Grace had never seen anything more venerable or older than her grandparents and the log house in which she was born. When her raptures had toned down sufficiently to allow her to eat a little, and we were seated at supper in the oak parlour, my little wife suddenly said:

"Humphrey, there ought to be a ghost in a house like this."

"Why should there be?" I asked, while I smiled at her extreme gravity.

"Because so many generations of men and women cannot have been born and died in this house without leaving some trace of themselves for us who come after;" and I saw that works of fiction had penetrated into the far west, for Grace had certainly been reading romances.

"I object to talking about ghosts at supper," I said; "breakfast is the best time for such conversation, and not a word should be uttered on the subject later than twelve o'clock at noon; " and I rose, and taking one of the candles with me, and holding it so as to throw the light on a dark painting over the mantelshelf, I asked—

"Do you know who that is?"

My little wife looked earnestly at the portrait, with her head inclined dubiously, and with a puzzled expression of face.

"I am not surprised that you do not know who that dark sinister-looking man is, for the backwoods of America are not hung with portraits of Charles the Second. Yes, that is King Charles; and

de roble; y, antes de que nos sentáramos a cenar, ya la había llevado a recorrer toda la casa desde el desván hasta el sótano —precediéndola con una vela en la mano— a través de las habitaciones que iban quedando a oscuras.

Ella mostró una profunda admiración por la casa y sus muebles, pero los viejos retratos e imágenes familiares la entusiasmaron sobremanera, ya que Grace nunca había visto nada más venerable o más viejo que sus abuelos y la casa de troncos en la que nació. Cuando sus arrebatos de tristeza se apaciguaron lo suficiente como para permitirle comer un poco, y nos sentamos a cenar en la sala de roble, mi joven esposa dijo de pronto:

—Humphrey, en una casa como esta tendría que haber un fantasma.

—¿Y por qué? —pregunté, mientras sonreía ante su expresión extremadamente seria.

—Porque tantas generaciones de hombres y mujeres no pueden haber nacido y muerto en esta casa sin dejar algún rastro de sí mismos para nosotros que nacimos después. —Y comprobé que las obras de ficción habían penetrado en el lejano oeste, porque Grace había estado leyendo novelas románticas.

—Me niego a hablar de fantasmas durante la cena —dije—. El desayuno es el mejor momento para una conversación así. Se prohíbe pronunciar una palabra más sobre el asunto más allá de las doce del mediodía; y me levanté, y cogiendo una de las velas, la sostuve para enfocar la luz sobre una pintura oscura que había sobre la repisa de la chimenea, y pregunté:

»¿Sabes quién es ese?

Mi joven esposa examinó el retrato, con la cabeza inclinada, dudosa. Su rostro reflejaba desconcierto.

—No me sorprende que no sepas quién es ese hombre de aspecto oscuro y siniestro, porque en los bosques de América no se cuelgan retratos de Carlos II. Sí, ese es el rey Carlos; y el aire melancólico

the melancholy cast of his features must be merely an inherited expression—certainly nothing in his nature answered to it —for he passed through grief and tragedy with a light heart. He once spent a night in this very house; we have the tradition of his visit, with many quaint details, preserved to this day."

"Oh how wonderful to think of it!" said Grace eagerly; "and would the king sup in this very room where you and I are now?"

"Yes, in this very room, and would you like to know what he had for supper?"

"No, that is not the kind of thing that makes me curious. I want to know how the king looked, how he was dressed, and in which of those solemn-looking old bedrooms upstairs he slept. No doubt you still have the bed the king slept in?"

"No," I replied with decision, "that I am sure we have not."

"Then to-morrow, Humphrey, you will show me the room the king slept in, and the bed I can imagine for myself."

The bed she could imagine for herself! My little wife did not know what she was talking about. The next day the event occurred which might have been expected. I was walking in the garden, when Grace came to me, and slipping her hand through my arm, drew me towards the porch.

"You see that large window," she said, pointing towards it as she spoke; "that is the one I admired so much in the picture of the house. I have looked out of every window but that, and I fancy the room must be locked, for I cannot open it, so I have fetched you to unlock it for me."

I walked in silence by her side while she led me into the house and upstairs to the door of the hated room, talking with so much animation herself that she did not notice that I had not spoken a word.

de sus rasgos debe ser meramente una expresión heredada. En verdad, su temperamento resultó bien distinto, pues pasó por el dolor y la tragedia con despreocupación. Una vez pasó una noche en esta misma casa; recordamos la histórica visita con gran cantidad de detalles pintorescos, que conservamos hasta el día de hoy.

—¡Oh, qué maravilloso solo de pensarlo! —dijo Grace con entusiasmo—. ¿Y el rey habría cenado en esta misma habitación donde tú y yo estamos ahora?

—Sí, en esta misma habitación, ¿y te gustaría saber qué cenó?

—No, no siento curiosidad por ese tipo de cosas. Quiero saber qué aspecto tenía el rey, cómo iba vestido, y en cuál de esos solemnes dormitorios de arriba durmió. Sin duda, aún tendrás la cama en la que durmió el rey.

—No —respondí con decisión—. Estoy seguro que no la tenemos.

—Entonces mañana, Humphrey, me mostrarás la habitación en la que durmió el rey, y la cama me la imaginaré.

¡Que se podía imaginar la cama! Mi joven esposa no tenía ni idea de lo que estaba hablando. Al día siguiente sucedió lo que cabría esperarse. Yo caminaba por el jardín cuando Grace se me acercó, y deslizando su mano a través de mi brazo, me arrastró hacia el porche.

—Ves esa gran ventana —dijo, señalando hacia ella mientras hablaba—; esa es la que yo admiraba tanto en la fotografía de la casa. He mirado a través de todas las ventanas menos esa, y me imagino que la habitación debe estar cerrada, porque no puedo abrirla, así que he venido a buscarte para que la abras para mí.

Caminé en silencio a su lado mientras ella me llevaba a la casa y escaleras arriba en dirección a la puerta de la odiosa habitación, y tan animada iba ella que no callaba, y no se dio cuenta de que yo no había pronunciado una sola palabra.

"This is the room," she said gaily, and she turned the latch of the door to and fro, saying as she did so, "You see it is locked."

"I know it is," I said sullenly.

"Then fetch the key and open it," and Grace gave the door-handle a little impetuous shake.

"My dearest, don't ask me again to open that door, for I shall not do it."

"Not do what I ask you to do? How cruel of you!" and her eyes filled with tears.

I knew that my young wife thought me brutal, but I could only say "Anything else in my power I will do for you, only this one thing, this one little thing, I beg you will not ask me to do."

"If you admit that it is such a very small thing, there can be no reason why you should refuse to grant me such a trivial request," persisted Grace; "when I ask you simply to unlock a door in your own house, and you refuse to do it, I can only think that you do not love me, or else that there is some horrid mystery about the room that you wish to keep hidden from me;" and she wiped away a hasty tear, that proceeded rather from indignation than from grief.

"My dear Grace, do not let us be tragic about nothing. There is no secret connected with this room that I have ever heard of, and I love you so much that I cannot bear to see you troubling yourself with absurd imaginations. The fact is this. I have a feeling—call it superstition, what you will—but I have a feeling that would make it very painful to me to open this door and take you into the room. And what pleasure could there be in seeing a bare, unfurnished room, precisely like any other empty room?"

—Esta es la habitación —dijo alegremente, y giró el pestillo de un lado a otro, diciendo mientras lo hacía:

»Ya ves que está cerrada con llave.

—Sé que lo está —respondí con aspereza.

—Entonces, ve a por la llave y ábrela. —Y Grace apretó y movió la manilla de la puerta con violencia.

—Querida, haz el favor de no pedirme que abra esa puerta, porque no lo haré.

—¿No hacer lo que te pido que hagas? ¡Qué cruel por tu parte! —Los ojos de ella se llenaron de lágrimas.

Supe que mi joven esposa me tuvo por un bruto, pero todo cuanto pude decir fue:

—Pídeme cualquier otra cosa que esté en mi poder y yo la haré por ti, pero solo esto, esta pequeña cosa, te ruego que no me pidas que haga.

—Si admites que es una cosa tan pequeña, no puede haber ninguna razón por la que debas negarte a concederme una petición tan trivial —insistió Grace—. Cuando te pido simplemente que abras una puerta en tu propia casa, y te niegas a hacerlo, solo puedo pensar que no me amas, o que hay algún misterio horrible en torno a esta habitación que deseas ocultarme. —Y enjugó una primera lágrima, que provenía más de la indignación que del dolor.

—Mi querida Grace, no hagamos una tragedia de esto. No hay ningún secreto relacionado con esta habitación del que haya oído hablar, y te amo tanto que no puedo soportar verte preocupándote por ideas absurdas. La cuestión es esta. Tengo un sentimiento... llamémoslo superstición, lo que quieras...pero tengo un sentimiento que me dice que iba a resultarme muy doloroso abrir esta puerta y llevarte dentro de la habitación. ¿Y qué placer podría haber al mirar una habitación vacía y sin amueblar? Una habitación vacía como

"But I should set about furnishing it at once."

"Let us come away," I said, gently removing her dear obstinate hand from the lock. "I repeat, I have a feeling about that room that would prevent my ever being happy in it," and, I added lightly, "Don't let my Eve spoil our paradise by longing after the forbidden fruit."

But Grace said quickly, "It was not Adam who forbade Eve to eat of the fruit. If it had been, I can't see that there would have been any great harm in disobeying him." And we said no more about the locked door, but a cloud had come between us, and the unalloyed sweetness of our first happiness was lost.

One day, a few weeks after this folly, when I was beginning to hope that my little wife had forgotten her curiosity, I saw from her constrained and uneasy manner that something had happened to disturb her.

"My dear Grace, you certainly are not happy this morning—will you not tell me what ails you?" I asked.

Her voice trembled and her face flushed as she replied. "Humphrey, I did not think you could tell me an untruth."

"My child, what do you mean? We are playing at cross purposes. Be so good as to explain your meaning, that we may not misunderstand each other for a moment."

"You told me that the big bedroom you keep locked was empty."

"So it is," I said, growing impatient at this childish scene, "but

cualquier otra habitación vacía.

—Pero yo debería ponerme manos a la obra y amueblarla de inmediato.

—Dejémoslo —dije, retirando con delicadeza su querida mano, la cual se aferraba a la cerradura—. Repito, tengo un presentimiento sobre esa habitación que me impediría ser feliz en ella. —Y agregué frívolamente:

»Que mi Eva no arruine nuestro paraíso anhelando la fruta prohibida—. Pero Grace replicó enseguida:

—No fue Adán quien prohibió a Eva comer del fruto. Si hubiese sido así, no me parece que habría causado un gran daño al desobedecerle. —Y no dijimos nada más sobre la puerta cerrada, pero una nube se había interpuesto entre nosotros, y la dulzura tan pura de nuestra felicidad del principio se perdió.

Un día, unas semanas después de esta locura, cuando yo comenzaba a tener la esperanza de que mi joven esposa habría perdido la curiosidad, vi por su manera forzada e incómoda que algo había sucedido que la perturbaba.

—Mi querida Grace, ciertamente, no pareces feliz esta mañana, ¿por qué no me cuentas lo que te aflige? —le pregunté.

Su voz tembló y su rostro se sonrojó mientras respondía:

—Humphrey, no pensé que fueras capaz de contarme una mentira.

—Criatura, ¿qué quieres decir? No hablamos de lo mismo. Ten la bondad de explicarte, para que dejemos de malinterpretarnos.

—Me dijiste que el gran dormitorio que mantienes cerrado estaba vacío.

—Así es —dije, impaciente ante esta escena infantil—. Pero ¿cuál es

what is the untruth I have told you?"

"Why, the room is not empty. I can prove what I say."

"The room not empty! Nonsense! I keep the key, and none but myself has entered it these two years."

"How can you persist in such an untruth, Humphrey? I am not ashamed to confess that I looked through the keyhole—I wonder I did not do it before—and I saw in the middle of the room, between the door and the window, an enormous old bed. I could only see the two foot-posts, but they went up to the ceiling, and the footboard was high and richly carved, and the curtains a gloomy, dark green. So you have deceived me about the room, and I am afraid there is some secret connected with it that you dare not tell me. What ails you, Humphrey?" and my wife rose with a terrified exclamation, for I thought I was fainting, and all the life seemed to have gone out of the air.

"Grace," I said, when I had shaken off the sense of oppression, "let us go at once to that unlucky room, and settle this preposterous dispute. You say that the room has furniture in it—I say that it is empty. We will see which of us is right, and then we will never mention the subject again; " and I asked my wife to come with me and assure herself that the room was, as I said, absolutely bare and unfurnished.

My hand shook as I turned the key, and, flinging the door open till it strained on its hinges, we entered the room together.

Grace shrank back with a low cry, and covered her face with her hands.

"Where is it gone to, the great bed that I saw standing on this very spot? I cannot have been deceived. O Humphrey! why do you play me such cruel tricks? You terrify me."

"My little wife," I said, assuming an air of cheerfulness I was far from feeling, "this comes of what I must call your overweening curiosity. If my dear girl had been content to let me keep this door

la mentira que te he contado?

—Pues que la habitación no está vacía. Puedo probar lo que digo.

—¡Que la habitación no está vacía! ¡Tonterías! Guardo la llave, y nadie más que yo mismo ha entrado en ella en estos dos años.

—¿Cómo puedes insistir en tal falsedad, Humphrey? No me avergüenza confesar que miré por el ojo de la cerradura (me pregunto por qué no lo había hecho antes) y vi en medio de la habitación, entre la puerta y la ventana, una enorme cama vieja. Solo podía ver los dos postes, pero iban hasta el techo, y el piecero era alto y ricamente tallado, y las cortinas de un verde oscuro y triste. Así que me has engañado en lo que concierne a la habitación, y me temo que hay algún secreto relacionado con ella que no te atreves a contarme. ¿Qué te pasa, Humphrey? —Y mi esposa se levantó con una exclamación aterrorizada, porque pensé que me estaba desmayando, y toda mi vida pareció volatilizarse.

—Grace —dije, cuando me quité de encima la sensación que me oprimía—. Vayamos de inmediato a esa desafortunada habitación y resolvamos esta absurda disputa. Dices que la habitación tiene muebles, yo digo que está vacía. Veremos cuál de nosotros tiene razón, y luego nunca volveremos a mencionar el tema. —Y le pedí a mi esposa que viniera conmigo y se asegurara de que la habitación estaba, como dije, absolutamente vacía y sin amueblar.

Mi mano tembló al girar la llave, y tras abrir la puerta de un golpe que hizo tensar las bisagras, entramos juntos en la habitación.

Grace retrocedió con un grito ahogado, y cubrió su rostro con las manos.

—¿Adónde fue la gran cama que vi de pie en este mismo lugar? No puedo haber sido engañada. ¡Oh, Humphrey! ¿Por qué me gastas bromas tan crueles? Me aterras.

—Mi joven esposa —dije, comportándome con una alegría que estaba lejos de sentir—. Todo esto pasa por tu arrogante curiosidad. Si mi querida niña se hubiera contentado con dejar que mantuvie-

locked, she would not have grown so curious that her little brain is almost turned, and she has taken to seeing housewifely spectral illusions of domestic furniture. Depend upon it, what you think you saw was nothing but the creature of your own imagination, that has dwelt so long on the idea of furnishing the room that you have only to peep through the keyhole, and, hey, presto! the thing is done, and beds and tables start forward at your bidding. But hence-forward you can enter the room as often as you like, only we will not live in it, and I will not have it furnished."

This appeared to satisfy Grace, and though I could not fully persuade her that the great bed she had seen when she peeped through the keyhole was an illusion begotten of curiosity and a lively imagination, yet with the door of the room unlocked, she felt that she had some control over any tricks I might play her in the future.

I was deeply disturbed by what she had told me. I had not breathed a word to my wife about the destruction of the ancestral bed. Mrs Barrett was dead before we were married, and I had changed my servants since her death, and, as we saw nothing of our neighbours, Grace could not have heard from anyone of the ghastly old bed, which nevertheless she had accurately described to me.

I could never tell her the truth now. It would shake her nerves, and impress her with the idea that there was something weird about the house. I wished I had not destroyed the old bed. Better far that she should have known the gloomy reality than behold a presentment of it that was neither an embodiment of memory nor a vivid picturing of it from imagination. I tried if I could summon up a like hallucination, but in vain. Though my memory of the ancient bed was perfect, and every detail stamped on my mind, never could I call it up before my external vision, however earnestly I tried to do so.

Grace completely regained her accustomed cheerfulness, and in the spring was busy making a thousand little preparations for the expected arrival of an infant, which was to surpass any yet

ra esta puerta cerrada, no habría sentido tanta curiosidad que casi pierde la cabecita, y ha comenzado a ver ilusiones fantasmagóricas con muebles domésticos. Y debido a ello, lo que crees que viste no fue más que la criatura de tu propia imaginación, que ha estado tanto tiempo dándole vueltas a la idea de amueblar la habitación que tú no necesitas más que espiar a través del ojo de la cerradura, ¡y, hala, ya está! ¡Hecho!, y las camas y las mesas se ponen en marcha a tus órdenes. Pero, de aquí en adelante, puedes entrar en la habitación tantas veces como quieras, solo que no viviremos en ella, y no quiero que esté amueblada.

Esto pareció satisfacer a Grace, y aunque no pude convencerla completamente de que la gran cama que ella había visto, cuando miró a través del ojo de la cerradura, era una ilusión engendrada por la curiosidad y una imaginación muy viva, sin embargo, con la puerta de la habitación abierta, sintió que tenía cierto control sobre cualquier truco que, en el futuro, pudiera hacerle yo.

Me inquietaba mucho lo que ella me dijo. No le había contado ni una palabra a mi esposa sobre la destrucción de la cama de mis antepasados. La señora Barrett había muerto antes de casarnos, y yo había cambiado de sirvientes después de su muerte y, al no mantener ninguna relación con nuestros vecinos, Grace no podía haber escuchado a nadie la historia de la espantosa vieja cama, que, sin embargo, ella me había descrito con tal lujo de detalles.

Ya no podría contarle la verdad. Le pondría los nervios de punta, y la dejaría impresionada con la idea de que había algo raro en la casa. Ojalá no hubiera destruido la vieja cama. Mucho mejor habría sido que ella hubiera conocido la triste realidad que contemplar esa presencia, que no se trataba ni de la materialización de la memoria ni de la vívida representación forjada desde la imaginación. Probé a invocar una alucinación similar, pero en vano. Aunque mi recuerdo de la antigua cama era perfecto, y cada detalle estaba grabado en mi mente, jamás había logrado materializar tal imagen, por mucho que me esforzara.

Grace recuperó por completo su habitual alegría, y en la primavera estuvo ocupada haciendo mil pequeños preparativos para la esperada llegada de un bebé, que iba a eclipsar a cualquier recién

born into this world. I could hardly believe the gentle obstinacy of my wife, when, after all I had said about the empty room, she asked one day if she might not make it into a nursery.

"Do you not remember, dear, that I said we would not furnish that room?" I said.

"Oh, of course, not furnish it; a nursery needs no furniture; but it is much the most cheerful and sunny room in the house."

And again I had to appear inhuman and refuse my little wife a trivial request.

One morning as I sat in my room busy with my accounts, Grace came to tell me that she was going to drive to the county town, some eight miles distant, for a round of shopping, such as her soul loved. I said that if she would wait till the next day I should be able to take her myself, but she tapped the barometer on the wall, that had stood for sometime at "set fair," and assured me it would rain tomorrow, and that she must avail herself of the fine weather to-day. So away drove my self-willed darling, nodding a gay farewell as the carriage drove away from the house.

Grace returned late in the afternoon in the best of spirits, bringing with her an enormous package, such as none but a country woman, or one, like my little wife from the far west, would dream of bringing with her in an open carriage. It must have broken the coachman's heart to drive with it through the streets of the county town.

"What in the name of wonder have you brought home with you?" I asked.

"Ah!" she said, laughing, "it is a trial for your curiosity now! Anything else you may ask me I will tell you, only I cannot let you know anything about this mysterious package." "Then have it put out of sight," I said, "or depend upon it I shall find some hole in

nacido del mundo. No me podía creer lo obstinada que podía llegar a ser mi esposa, cuando, después de todo lo que había dicho sobre la habitación vacía, ella me preguntó un día si no podría convertirse en la habitación de los niños.

—¿No recuerdas, querida, que dije que no íbamos a decorar esa habitación? —dije.

—Oh, por supuesto, no vamos a amueblar la habitación; el cuarto de los niños no necesita muebles; pero es con seguridad la habitación más alegre y soleada de la casa.

Y de nuevo yo tuve que mostrarme inhumano y negarle a mi joven esposa una petición tan pequeña.

Una mañana, mientras estaba sentado en mi habitación enredado con las cuentas, Grace vino a decirme que iba a conducir a la ciudad del condado, a unos doce kilómetros de distancia, para ir de compras, como a ella tanto le gustaba. Le dije que si esperaba hasta el día siguiente, podría acercarla yo mismo, pero ella le dio unos toquecitos al barómetro de pared, el cual llevaba parado algún tiempo en buen tiempo, y me aseguró que llovería al día siguiente, y que debía aprovechar el buen tiempo aquel mismo día. Partió pues en el carruaje mi querida testaruda, se despidió con una alegre inclinación de cabeza mientras el carruaje se alejaba de la casa.

Grace regresó a última hora de la tarde, venía muy animada y traía consigo un paquete enorme; solo a una campesina o a una mujer como a mi joven esposa del lejano oeste se le ocurriría llevar un paquete tan grande en un carruaje descapotable. Debió de costarle al cochero conducir con aquello por todas las calles de la ciudad del condado.

—¿Qué se te ha ocurrido traer a casa? —le pregunté.

—Ah... —dijo riendo—. ¡Voy a poner a prueba tu curiosidad ahora mismo! Cualquier otra cosa que quieras saber te la diré, pero no puedo revelarte nada sobre este misterioso paquete.

the wrapper to peep through. You ought to know what a devouring passion curiosity is."

As the unwieldy bundle was carried upstairs, its cover slipped aside and revealed a pair of black oak rockers. But I said nothing; Grace should tell me her little secret in her own way, and at her own time.

We thought ourselves the happiest creatures in the world when our little son Heneage was born. The gloom that brooded over the house from the death of many generations was lessened by the joy of birth, and my young son's life was like the sprouting acorn that sends up its vigorous shoot through the earth, fed by the fallen leaves of a hundred autumns. On the third day of our happiness my wife sent for me, and told me she had a very pretty surprise for me.

"I can tell you all about the big mysterious package now. It was a beautiful old-fashioned cradle that I bought in Carlyon from a man called Gillam, who keeps an old furniture shop here. I fell in love with it at once, for I knew how well it would suit this house with its old oak. Gillam said he could swear it was old work; in fact, he said it was originally part of a fine old bedstead a poor mad gentleman in the neighbourhood actually destroyed in a fit of frenzy, but he was lucky enough to secure a portion of the wreck, and made it up into that cradle, and baby looks lovely in it. I'm afraid I gave a great deal of money for it, but one does not meet with such a beautiful thing every day:" and the nurse removed a screen from before the cradle, that its beauties might burst upon me suddenly and with the more effect.

Cold drops stood on my brow as I recognised, in the high sides and head of the cradle, the carving of ivy branches and berries I had so madly given Gillam when I destroyed the old bed.

"I thought you would have been so pleased," said Grace, disappointed by my silence as I stood spell-bound, my eyes following every line of the hated carving. "I thought you would

—Entonces, quítalo de mi vista —dije; no vaya a ser que encuentre algún agujero en el envoltorio para espiar a través de él. Deberías saber qué pasión más devoradora es la curiosidad.

Al cargar escaleras arriba con aquel imposible paquete, su envoltorio se desprendió y reveló un par de mecedoras de roble negro. Pero no dije nada; Grace debía contarme su pequeño secreto a su manera, y en su momento.

Nos considerábamos las criaturas más felices del mundo cuando nació nuestro pequeño hijo Heneage. Las sombras que anidaban en la casa, tras la muerte de muchas generaciones, se atenuaron con la alegría del nacimiento, y la vida de mi pequeño fue como la bellota, que brota y hace crecer el vigoroso tallo a través de la tierra, alimentada por las hojas caídas de miles de otoños. En el tercer día de nuestra felicidad, mi esposa me mandó llamar, y me dijo que tenía una sorpresa muy bonita para mí.

—Ahora puedo contarte todo sobre el gran paquete misterioso. Era una hermosa cuna pasada de moda que compré en Carlyon a un hombre llamado Gillam, que tiene una tienda de muebles viejos aquí. Me enamoré de ella al instante, porque sabía lo bien que se adaptaría a esta casa con su viejo roble. Gillam dijo que podía jurar que era un trabajo antiguo; de hecho, dijo que, originalmente, era parte de una buena cama de un pobre loco caballero del barrio que, a decir verdad, la había destruido en un ataque de histeria, pero tuvo la suerte de salvar una parte del destrozo, y lo rehízo en esa cuna, y al bebé se le ve precioso en ella. Me temo que le di una gran cantidad de dinero por ella, pero una no se encuentra con una cosa tan hermosa todos los días. —Y la niñera quitó una pantalla de delante de la cuna, haciendo que su belleza irrumpiera de pronto y con mayor fuerza.

Sentí un sudor frío en la frente mientras reconocía, en la parte alta y la cabecera de la cuna, la talla de las ramas de hiedra y las bayas que tan inconscientemente le había regalado a Gillam cuando destruí la vieja cama.

—Pensé que te alegraría tanto —dijo Grace, decepcionada ante mi silencio que me tenía allí de pie, hechizado, reconociendo cada línea de la odiosa talla—. Pensé que te alegraría tanto ver al bebé dentro de

have been so pleased to see baby in a cradle really worthy of him."

But I could not speak; I was oppressed by a sense of coming doom.

"It is very unkind of you," said Grace. "I had prepared a pretty surprise for you, and instead of being pleased, you stand and sigh and look as if you saw a ghost. Nurse, take baby out of his lovely cradle; we must get him a common wicker thing to lie in instead!"

And the nurse did as her mistress bade her, and lifted little Heneage from his cradle of death, for while we talked the child had slept his feeble life away.

I have no memory of what happened day by day during the few weeks following. It was one consuming fear lest my wife too should die. Six weeks after our child's death I carried her downstairs, and this was the only progress made towards recovery. She remained at the same stage of convalescence, made wayward by grief, with shattered nerves, and so weak in mind and body that I dared not thwart her in anything. As the dim, sunless days of autumn drew on, my little wife said to me as though we had never spoken on the subject before—

"I want the big empty room furnished for my sitting-room, Humphrey. I shall have a little sunshine there sometimes to cheer me in your dismal English winter, and it will amuse me to furnish it."

As I looked at her white wistful face, I felt that nothing mattered to me now, and I said, "Do exactly as you like, dear, in everything," and she was too listless to thank me.

But the work of transforming the sombre room into a bright boudoir proceeded rapidly, for Grace said with a shudder, "I will have no more old oak furniture."

una cuna realmente digna de él.

Pero me había quedado mudo; sentía una opresión en el pecho con el presentimiento de una terrible fatalidad.

—No estás siendo muy amable —dijo Grace—. Había preparado una bonita sorpresa para ti, y en lugar de alegrarte, te quedas ahí de pie y suspiras y miras como si acabases de ver un fantasma. Nana, saque al bebé de su preciosa cuna; ¡hay que encontrarle una cuna corriente de mimbre para que duerma en ella en lugar de en esta!

Y la niñera hizo lo que su señora le ordenaba, y levantó al pequeño Heneage de su cuna mortuoria; pues mientras nosotros hablábamos, la corta vida del bebé veía su fin.

No recuerdo nada de lo que ocurrió en aquellos días durante las semanas siguientes. Me consumía por temor de que mi esposa también muriera. Seis semanas después de la muerte de nuestro hijo, la bajé en brazos por las escaleras, y esta fue su única señal de recuperación. Permaneció en el mismo estado de convalecencia, anclada en el dolor, con los nervios destrozados, y tan débil, en cuerpo y alma, que no me atreví a contrariarla en nada. Mientras se acercaban los días oscuros y sin sol del otoño, mi joven esposa me dijo como si nunca antes hubiéramos hablado sobre el tema:

—Quiero la gran habitación vacía amueblada como mi sala de estar, Humphrey. A ratos, tendré un poco de sol allí para animarme durante tu triste invierno inglés, y me divertirá amueblarlo.

Al contemplar su rostro pálido y melancólico, sentí que nada me importaba ya, y le dije:

—Haz exactamente lo que quieras, querida, en todo. —Su apatía le impidió agradecerme.

Sin embargo, el proyecto para transformar la lúgubre habitación en una habitación luminosa sucedió inmediatamente, pues Grace, de una sacudida, sentenciaba:

My little wife always went to extremes, and now, in her antipathy to old oak, she filled the room with tawdry chips of furniture, chairs made of gilded matchsticks tied together with ribbons, that must sink into feeble ruins if a cat so much as jumped on them.

I entered into all her little fancies, and feigned excessive admiration of each fresh idea she had on the subject of decoration. I did her bidding, even to placing her couch on the very spot where the hated bed had stood. Thus was my resistance broken down, and I, who three years ago had tried by sheer physical force to thwart destiny, was now unconsciously working to bring about its fulfilment. It did not tarry long.

One gloomy November afternoon, Grace lay on her couch covered with soft shawls, and the window curtains were drawn back to give as much light as possible. The glow of the setting sun illuminated the room, and lent a more living hue to the grey pallor of her face. "How like the day when I first came to Walford Grange!" she said; "the sun is setting with the same fiery light. Do go into the garden, Humphrey, and see if the windows are aglow with red light as they were then."

And I left her to do as she asked me.

Seen from the garden, the house looked precisely as it had done on the day of our homecoming. From garret to basement every window glowed red in the light of the setting sun, as though from fire within. Everything that my eyes rested on was as it had been a year ago. Grace and I only were changed—changed in ourselves and changed to each other. I felt impatient of the changeless aspect of nature and of inanimate things around me, and I entered the house, now dark in contrast with the twilight without, and returned to my wife's room with a heavy heart.

—¡No más viejos muebles de roble!

Mi joven esposa iba siempre de un extremo al otro, y ahora, con su manía en contra de la vieja madera de roble, le dio por llenar la habitación con muebles baratos y de mal gusto, con sillas hechas con cerillas doradas y atados con cintas, que se hundirían en cuanto un gato saltara sobre ellas.

Participé de todas sus pequeñas fantasías y fingí una profunda admiración por cada idea nueva que se le ocurría sobre el tema de la decoración. Hice todo cuanto ella quiso, incluso colocar su sofá en el mismo lugar donde había estado la odiosa cama. Y así fue que se vino abajo mi resistencia, y yo, que hacía tres años había intentado por la fuerza engañar al destino, trabajaba ahora, sin darme cuenta, para hacer que este se cumpliera. No tardó mucho en llegar.

Una tarde gris de noviembre, Grace estaba echada en su sofá. Se había tapado con unos echarpes suaves y las cortinas de las ventanas estaban echadas, para que entrara la mayor cantidad de luz posible. El resplandor del sol poniente iluminaba la habitación, y le daba un tono más vivo a la palidez grisácea de su rostro.

—¡Qué parecido al día que vine por primera vez a Walford Grange! —dijo—. El sol se está poniendo con la misma intensidad. Haz el favor de ir al jardín, Humphrey, y mira si las ventanas brillan con la luz roja como lo hacían entonces.

Y salí afuera, cumpliendo lo que me pedía.

Vista desde el jardín, la casa tenía exactamente el mismo aspecto que tenía el día de nuestra llegada. Desde la buhardilla hasta el sótano, todas las ventanas brillaban de color rojo con la luz del sol poniente, como si ardieran por dentro. Todo sobre cuanto se posaban mis ojos era como lo había sido hacía un año. Solo Grace y yo habíamos cambiado. Habíamos cambiado nosotros mismos, y nos habíamos cambiado el uno al otro. Me inquietó el aspecto inmutable de la naturaleza y de las cosas inanimadas a mi alrededor, y entré en la casa, ahora oscura en contraste con el crepúsculo exterior, y regresé a la habitación de mi esposa con el corazón apesadumbrado.

"The house looks as it did when you first saw it," I said. "Till the sun sank behind the hill, the windows were lighted up with the same strange effect of fire that you noticed a year ago," and I threw a fresh log on the embers as I spoke, sending a bright train of sparks up the wide chimney. "Shall I light the candles?" I asked, turning towards my wife's couch; "the room is growing dark." But there was no reply. I was speaking to the dead.

In vain I had baulked the old bed of its prey, for there on the very spot where it had stood for three centuries and generations of my ancestors had died, the wife of the last of the Walfords lay dead.

I buried my sweet Grace by our little son, and on the night of the funeral, alone in my desolate home, I conceived the idea of freeing myself for ever from the horror of darkness that had fallen on Walford Grange. I sent every servant away. I would have the house and my sorrow to myself.

When I was assured that I was alone in the house, I went rapidly from room to room in a strange exultation, speaking aloud and flinging open doors and windows till the cold night air rushed through chambers and passages, and curtains and hangings flapped in the wind.

"When I destroyed the old bed of death," I said, "I thought to restore joy and brightness to Walford Grange. But I should have destroyed not it alone, but the room in which it stood, and the very house of which it formed a part. Never more shall man dwell in this house glutted with death. Never more shall the voice of the bride and bridegroom be heard in its chambers, or footsteps of children be heard on its stairs. Never more shall fire, subdued to harmless household use be kindled on its hearth, but fire untamed in its ferocity shall devour the accursed pile." And I seized the burning log from the hearth and threw it on the couch where Grace had died.

Carrying a lighted brand, I sped from room to room of the

—La casa tiene el mismo aspecto que tenía cuando la viste por primera vez —le dije—. Hasta que se puso el sol detrás de la colina, las ventanas han brillado con el mismo extraño efecto del fuego que advertiste hace un año. —Y arrojé un nuevo tronco sobre las brasas mientras hablaba, y las chispas se dispararon e iluminaron la ancha chimenea—. ¿Enciendo las velas? —pregunté, volviéndome hacia el sofá de mi esposa—. La habitación se está quedando a oscuras. —Pero no hubo respuesta. Estaba hablando con los muertos.

En vano había tratado de apartar a la vieja cama de su presa, porque allí, en el mismo lugar donde había estado durante tres siglos y donde habían muerto generaciones de mis antepasados, la esposa del último de los Walford yacía muerta.

Enterré a mi dulce Grace junto a nuestro pequeño hijo, y en la noche del funeral, solo, en mi desolado hogar, concebí la idea de liberarme para siempre del gran mal que había recaído sobre Walford Grange. Envié a todos los sirvientes lejos. Me quedaría a solas en la casa con mi pena.

Cuando me aseguré de que estaba solo en la casa, fui rápidamente de habitación en habitación; sentía una extraña exaltación, hablando en voz alta y abriendo puertas y ventanas, hasta que el aire frío de la noche corrió a través de las habitaciones y los pasillos, y las cortinas y las colgaduras aletearon con el viento.

—Cuando destruí la vieja cama de la muerte —dije—, pensé que restablecía la alegría y el júbilo en Walford Grange. Pero no debería haber destruido solo la cama, sino la habitación en la que estaba, y la propia casa de la que formaba parte. Ningún hombre vivirá jamás en esta casa empachada de muerte. Nunca más se oirán la voz de la novia y del novio en sus aposentos, ni se oirán pisadas de niños en sus peldaños. Nunca más se encenderá el fuego, sometido al inofensivo uso doméstico, ni alumbrará el hogar, por el contrario, el fuego indómito y fiero devorará la maldita mansión.

Y agarré el tronco ardiendo de la chimenea y lo lancé al sofá donde Grace había muerto.

Portando un hierro encendido, me precipité de habitación en

doomed house, leaving in each a fiery token of my presence, and then, descending the wide staircase, where flickering shadows were cast from every open door, and the silence was broken by the crackling sound of flames, I let myself out into the darkness, closing the heavy door behind me with a crash.

On through the cold damp air I ran, the moon through a rift in the clouds guiding me by her fitful light, till, drawing her shroud around her, she left me again in darkness. Not once did I turn to right or left or look behind me till I had gained the summit of the hills that bounded the valley. Then I stood and turned to take a last look at the home of my fathers. Just then the moon, issuing forth in cold splendour from her bed of cloud, shed a solemn lustre far and wide. And I saw for the last time the house of my birth, the cradle and grave of my race, and every window from basement to garret glowed with fire, no mere reflected glare, but red from the raging fire within, and keen flames darted from the casement of the room above the porch.

I stood long to watch the fire of my own kindling, till when a sudden burst of light and leaping splendour of flame showed me that the gabled roof had fallen in, I shouted, took off my hat, and waved a last farewell to Walford Grange.

habitación de aquella condenada casa, e iba dejando en cada habitación una muestra ardiente de mi presencia, y luego, después de bajar por la ancha escalera —donde las sombras parpadeaban y se proyectaban desde cada puerta abierta, donde el silencio se rompía con el sonido crepitante de las llamas—, salí a la oscuridad, cerrando de un golpe la pesada puerta tras de mí.

Corrí a través del aire frío y húmedo, con la luna guiándome, a través de una grieta en las nubes, con su luz intermitente, hasta que, dibujando su mortaja alrededor de ella, me dejó de nuevo en la oscuridad. No giré, ni a la derecha ni a la izquierda, ni una sola vez, ni miré detrás de mí, hasta que hube alcanzado la cima de las colinas que rodeaban el valle. Entonces me quedé de pie y giré para echar un último vistazo a la casa de mis padres. Justo en ese momento la luna, emitiendo un frío esplendor desde su lecho de nubes, proyectó un brillo solemne en cada esquina. Y vi por última vez la casa donde nací, la cuna y sepultura de mi linaje, y todas las ventanas desde el sótano hasta la buhardilla brillaban con fuego, no un mero resplandor reflejado, sino rojo del fuego que se propagaba con furia en el interior, e imponentes llamas se disparaban con fuerza desde la ventana de la habitación sobre el porche.

Me quedé allí parado largo rato para ver el fuego que había provocado yo mismo, hasta que una repentina ráfaga de luz y una magnífica llama que saltó por el aire me anunciaron que el techo a dos aguas se había derrumbado; grité, me quité el sombrero y me despedí por última vez de Walford Grange.

THE UNCANNY BAIRN
(A STORY OF THE SECOND SIGHT)

David Galbraith owned a compact estate in East Lothian which he farmed at a considerable profit. The land had passed from father to son for a couple of hundred years. It had always yielded a good livelihood to the owner, but never had it been so highly cultivated or produced such abundant crops as under David Galbraith's liberal and skilful management. The oats and potatoes grown on his farm commanded the highest prices in the market, and his root crops were superior to any in the district. The large, solidly built stone house in which generations of Galbraiths had lived and died stood in the midst of the property, sheltered by a belt of trees on rising ground from the sweeping east wind. And the labourers' cottages, equally well constructed to resist the gales that blew across the Frith of Forth, were models of decent comfort. The live stock on the farm was well fed and cared for. The whole property bore evidence to the wealth, thrift, and intelligence of its owner.

And David Galbraith's wife was well-to-do and thrifty like himself. She too was the child of a Lowland landowner and farmer, and brought her husband no inconsiderable tocher [dowry?], while her industry and housewifely accomplishments might in themselves have served as a marriage portion. She too, like her husband, came of a douce Presbyterian stock, worthy, upright folk, holding by the faith and practice of their forbears; orthodox and thrifty, worshipping as their fathers had done, and hauding the gear as tightly, nothing doubting but that to them was especially assigned not only the good things of this world, but also of that which is to come.

Galbraith did not marry till he was a middle-aged man. But he had long had the cares of a family on his shoulders without its pleasures to lighten the burden. He was the eldest of six orphan sisters and brothers, to whom he had acted the part of a father. And it was not till Colin, the last and youngest, had left Scotland for a sheep run in Australia, with money lent him by his brother, that he felt himself at liberty to marry. But now that his pious duty

EL MISTERIOSO MUCHACHO
(UNA HISTORIA DE CLARIVIDENCIA)

David Galbraith poseía una pequeña propiedad en East Lothian que explotaba con considerables beneficios. La tierra había pasado de padre a hijo durante doscientos años. Siempre había proporcionado un buen sustento a su propietario, pero nunca había sido tan cultivada ni había producido cosechas tan abundantes como bajo la liberal y hábil dirección de David Galbraith. La avena y las patatas cultivadas en su granja alcanzaban los precios más altos del mercado, y los tubérculos eran de calidad superior a los de cualquier otro cultivo de la comarca. La gran casa de piedra, de sólida construcción, en la que habían vivido y muerto generaciones de Galbraith, se alzaba en medio de la propiedad, protegida del viento del este por un cinturón de árboles en un terreno elevado. Y las viviendas de los trabajadores, igualmente bien construidas para resistir los fuertes vientos que soplaban a través del fiordo de Forth, eran a su vez modelos de confort decente. El ganado de la granja estaba bien alimentado y cuidado. Toda la propiedad daba evidencia de la riqueza, el ahorro y la inteligencia de su dueño.

Y la esposa de David Galbraith era rica y ahorradora como él. Ella también era hija de un terrateniente y agricultor de las Tierras Bajas, y había aportado a su marido una dote nada desdeñable, al tiempo que su laboriosidad y sus logros como ama de casa podrían haber servido por sí solas como dote del matrimonio. Ella también, al igual que su marido, procedía de una doble estirpe presbiteriana, gente digna y recta, que se aferraba a la fe y la práctica de sus antepasados; ortodoxa y ahorrativa, rendía culto como sus padres y con su misma firmeza no se desviaba ni un ápice del camino, convencida de que a ellos les estaban especialmente asignados no solo los bienes de este mundo, sino también los del venidero.

Galbraith no se casó hasta que fue un hombre de mediana edad. Pero por mucho tiempo había acarreado las preocupaciones del cuidado de la familia sobre sus hombros y sin placeres que aligeraran la carga. Era el mayor de seis hermanos y hermanas huérfanos, para quienes había hecho el papel de padre. Y no fue hasta que Colin, el último y más joven, abandonó Escocia para ir a pastorear ovejas en Australia, con el dinero que le prestó su hermano, que se sintió libre

towards his family was fulfilled, David Galbraith did not hesitate to take to himself a wife in the person of Miss Alison McGilivray, a lady of some five-and-thirty years of age, with large hands and feet, small grey eyes, high cheek bones, and a complexion betokening exposure to a harsh climate. She was well educated and intelligent, and in talking with her servants and poor neighbours, commonly fell into the comfortable Lowland Scotch that her father and mother had taken a pride in speaking.

Only one child was born to David and his wife in the ample home where there was space, maintenance, and welcome for a dozen. Yet this one was a son, and the Galbraiths were not doomed to die out. The boy was christened Alexander, after his two grandfathers, both of whom were Alexanders, so that there was no chance of dispute as to which side of the house should have the naming of the child.

And a poor, wee, frail child he was, apparently inheriting nothing of the strength and vigour of the Galbraiths and McGilivrays, nor did he resemble father or mother in feature. He seemed a little foreigner that had come to stay with them for awhile, and often in his feeble infancy he bade fair to depart and leave his parents childless. The shrewd bracing winds, that were life and health to them, nipped and shrivelled him. He took every ailment that was to be had, and when there was nothing catching in the neighbourhood, he would originate some illness of his own, severe enough to have shaken the constitution of any but a seasoned weakling like himself. The Lowland farmer would hangover the cradle of his waxen-faced baby, holding his breath for very fear as he looked at the puny thing, and would say, dropping into broad Scotch, as his wont was when strongly moved, "Wha wad ken this for a bairn o' mine, sae strang and bonny and weel set up as the Galbraiths have aye been?"

But the babe won through the troubles and perils of his sickly infancy, and at six years of age had grown into a delicate slip of a child, with an interesting pair of grey eyes in his pale face, and a bright spark of intellect in his big head. The family doctor, to

para casarse. Y ahora que su piadoso deber hacia su familia estaba cumplido, David Galbraith no dudó en tomar para sí una esposa en la persona de la señorita Alison McGilivray, una dama de unos treinta y cinco años de edad, con manos y pies grandes, ojos pequeños y grises, pómulos altos y una tez que delataba la exposición a un clima duro. Tenía una buena educación y era inteligente, y cuando hablaba con sus sirvientes y vecinos pobres, les hablaba de forma natural en el escocés de las Tierras Bajas que, al igual que su padre y su madre, mostraba orgullo de hablar.

A David y a su esposa solo les nació un hijo en aquella amplia casa donde había espacio y alimento donde acoger hasta una docena. Pero seguía siendo un hijo, y los Galbraith no estaban condenados a extinguirse. El niño fue bautizado Alexander, en honor a sus dos abuelos, ambos Alexander, por lo que no había posibilidad de disputa sobre cuál de las dos familias daría su nombre al niño.

Era un niño enclenque, pequeño y frágil, que aparentemente no había heredado nada de la fuerza y el vigor de los Galbraith y los McGilivray, ni se parecía a su padre o a su madre en sus rasgos. Parecía un pequeño extranjero que había venido a quedarse con ellos por un tiempo, y a menudo el frágil niño había estado a punto de partir dejando a los padres sin hijo. Los afilados y vigorizantes vientos, que eran vida y salud para ellos, lo congelaban y marchitaban. Se contagiaba de todas las enfermedades que pudieran contraerse y, cuando no había nada contagioso en los alrededores, se enfermaba de alguna propia, lo bastante grave como para haber tumbado a cualquiera que no fuera un enfermo curtido como él. El granjero de las Tierras Bajas solía inclinarse sobre la cuna de su bebé pálido como la cera, sostenía la respiración por el miedo que sentía al mirar a la enclenque criatura, y decía, hablando en escocés, como solía hacer cuando se emocionaba mucho: «¿Quién lo diría de un hijo mío, tan fuertes, saludables y bien parecidos como lo han sido siempre los Galbraith?».

Pero el bebé superó los problemas y peligros de su enfermiza infancia, y a los seis años de edad se convirtió en un delicado niño, con unos interesantes ojos grises en el pálido rostro y una luminosa chispa de intelecto en su gran cabeza. El médico de la familia, a

whose unceasing care Sandie owed his life almost as much as to his mother's devoted nursing, forbade his parents to attempt anything in the way of systematic education till the boy was eight or nine years of age.

"Canna ye be content to let weel alane," he would say, "and bide till the bairn's strang and healthy before ye trouble him to read and write? Gin ye set his brains ableeze wi' letters and figures, ye'll just be burnin' down the house that's meant to be the habitation of a fine soul; gin ye wad haud your hands aff it, and leave it alane!"

And little Sandie did very well, though unable to read or write till long after the age at which the children of his father's labourers could spell out a psalm, and sign their names in a big round hand. But the child had a memory such as must have been commoner in the world before there were books to refer to at every turn than it is now, and his mind was stored with fairy tales and old border ballads that his mother and his nurse told or sung to him in the winter evenings.

But Mrs Galbraith and Effie were careful never to tell him stories of a weird or ghostly nature, for the doctor had impressed upon them before all things that Sandie must never be frightened. "For gin the bairn be frighted he will na sleep," said the astute mistress to the maid, "and ye'll just ha'e to sit the lang mirk evenings by his bed, while ye hear the maids daffin' by candlelicht below, or walking wi' their laddies; but gin ye never let him hear o' ghaists and wraiths, he'll just sleep like a bird wi' its head under its wing, and whiles ye'll be able to leave him and hae a crack wi' your neebors like ony ither body!"

Though mother and nurse, actuated by different but equally strong motives, kept all knowledge of the supernatural from the child, there came a day when his father accused them both of poisoning his mind with stories of witches, warlocks and ghosts, and making an uncanny bairn of the boy.

cuyos incesantes cuidados Sandie debía su vida casi tanto como a los abnegados cuidados de su madre, impidió a sus padres que intentaran cualquier movimiento en lo que se refiere a una educación sistemática hasta que el niño tuviera ocho o nueve años.

—¿No podéis contentaros con dejarle tranquilo —decía—, y esperar a que el niño esté fuerte y sano antes de molestarle para que lea y escriba? Si lo abrasáis con letras y cifras, estaréis quemando la casa que está destinada a ser la morada de un alma noble; siempre que no estéis encima de él y lo dejéis en paz.

Y al pequeño Sandie le fue muy bien, aunque no supo leer ni escribir hasta mucho después de la edad en que los hijos de los campesinos que empleaba su padre podían deletrear un salmo y firmar sus nombres con letra grande y redonda. Pero el muchacho poseía una memoria tal como había sido más común en otra época cuando en el mundo no había libros a los que poder remitirse a cada paso, y su mente estaba llena de cuentos de hadas y viejas baladas fronterizas que su madre y su niñera le contaban o le cantaban en las noches de invierno.

Pero la señora Galbraith y Effie se cuidaron de no contarle nunca historias de carácter extraño o de fantasmas, porque el médico les había dejado claro que por encima de todo nunca debían asustar a Sandie.

—Porque si el chiquillo se asusta, no dormirá —dijo la astuta ama a la criada—, y tendréis que sentaros por las tardes junto a su cama, mientras oís a las criadas a la luz de las velas o paseando con sus mozos; pero si nunca le dejáis oír hablar de fantasmas y espectros, dormirá como un angelito, y mientras tanto podréis dejarle y salir a charlar con los vecinos como todos los demás.

Aunque la madre y la niñera, impulsadas por motivos diferentes pero de igual peso, ocultaron al niño todo conocimiento de lo sobrenatural, un buen día el padre las acusó de contaminar su mente con historias de brujas, hechiceros y fantasmas, y de convertir al chico en un extraño niño.

When Sandie was seven years of age, a lean and overgrown child without his front teeth, and any comeliness he might possess existed only in his mother's eyes, a strange circumstance happened that greatly perplexed and distressed his parents. One cold afternoon late in October Mrs Galbraith told Effie to take a pudding and a can of broth to an old and very poor woman, called Elspeth McFie, who lived in a lone cottage a mile from the farm, and Sandie was to go with her for the sake of the walk. The trees were already stripped by the autumn gales, to which a dead calm succeeded, and a cold fog had crept up from the sea and brooded over the bare fields, settling on the naked boughs in chilly drops of moisture. The careful mother wrapped a plaid round the boy, and bade him run as he went, to keep himself warm. Away sped Sandie along the high road, driving a ball before him, running after it to send it flying again with a dexterous blow of his stick, till his pale cheeks glowed with exercise, and he overshot his mark, ran past old Elspeth's cottage, and had to be recalled by Effie.

"Ye maun pit the basket in her hand your ain sel'," she said, as she led the reluctant child into the dark close room where the old woman sat shivering by the fire, spreading her skinny hands over the dying embers. But Sandie held back, and neither threatening nor coaxing would induce him to move a step nearer to Elspeth, so that, stigmatising him as "a dour limb," Effie was obliged to set the basket on the table herself.

"It's just a pudding and a few broth that Mistress Galbraith has sent ye, for she's aye mindfu' o' the puir," she said, as she set out the can and bowl before the old woman. Elspeth looked with a bitter smile at the good things spread before her.

"It's a' verra gude sae far as it gaes, but gin I'd been the rich body, and Mistress Galbraith the puir carline, I wad hae sent her a mutchkin o' something stronger than mutton broth. Does she no warm her ain thrapple wi' a drap whusky hersel'?"

"For shame, Elspeth! Ye maun just tak' what's sent ye and be

Cuando Sandie cumplió siete años —era un niño flaco y excesivamente alto, sin las dos paletas, y cualquier atractivo que pudiera poseer solo existía a los ojos de su madre—, ocurrió una extraña circunstancia que dejó perplejos y angustiados a sus padres. Una fría tarde de finales de octubre, la señora Galbraith le dijo a Effie que le llevara un pudin y una lata de caldo a una anciana muy pobre, llamada Elspeth McFie, que vivía en una cabaña solitaria a menos de dos kilómetros de la granja, y Sandie debía acompañarla por el bien que le hacía pasear. Los árboles estaban ya deshojados por los fuertes vientos del otoño, a los que sucedió una calma sepulcral, y una niebla fría que se deslizaba desde el mar y se cernía sobre los campos desnudos, y posaba sobre las ramas desnudas formando frías gotas de humedad. La madre protectora envolvió al niño con una manta escocesa y le ordenó que corriera para mantenerse caliente. Sandie se alejó a toda velocidad por la carretera, lanzando una pelota delante de él, corriendo tras ella para hacerla volar de nuevo con un hábil golpe de su palo, hasta que las pálidas mejillas le brillaron por el ejercicio, y se pasó de su objetivo; había pasado corriendo por delante de la cabaña de la vieja Elspeth y tuvo que regresar al ser avisado por Effie.

—Debes ponerle el cesto en la mano —le indicó, mientras conducía al niño reacio hacia la oscura y estrecha habitación donde estaba la anciana sentada temblando junto al fuego, con las flacas manos extendidas sobre las brasas apagándose. Pero Sandie se contuvo, y ni la amenaza ni la persuasión lograron inducirlo a acercarse un paso más a Elspeth, de modo que, tachándolo de «hueso duro de roer», Effie se vio obligada a poner ella misma la cesta sobre la mesa.

—Ya ves, un pudin y un poco de caldo lo que la señora Galbraith te envía, pues está preocupada —dijo, mientras le tendía a la anciana la lata y el cuenco. Con una sonrisa amarga Elspeth miró las cosas buenas que se extendían ante ella.

—No está mal, pero si yo hubiera sido la rica señora Galbraith, a esta pobre mujer le habría enviado medio litro de algo más fuerte que caldo de cordero. ¿No calienta el gaznate la señora con una gota de whisky?

—¡Qué vergüenza, Elspeth! Deberías simplemente recibir aquello

thankfu'!" said Effie sharply; and turning to Sandie, who stood gazing intently at the old woman, "What ails the bairn that he canna tak' his eyes aff your face? It's no your beauty, I'm thinking Elspeth, that draws him sae!"

The ill-favoured old woman cackled to herself, displaying a few yellow tusks, the last survivors of a set of teeth that had once been as white and strong as Effie's.

"It's lang since manor bairn looked at auld Elspeth wi' sic a gaze. What does the bairn see in an auld wife's face? Ye suld look at the lasses, Sandie, lad," and Elspeth stretched out her lean arm, caught the boy by the wrist, and drew him towards her. She was a hideous old woman, and in the gathering twilight, when the red glare of the embers shed a glow on her harsh features, she appeared positively witch-like. Sandie suffered himself to be drawn close to her as one who walks in his sleep, with wide open eyes void of expression, and then stood opposite her for a moment pale and silent. Before either of the women could speak, the child's voice was heard.

"What for ha'e ye bawbees on your een, Elspeth McFie, and a white claith lappit under your chin?"

Old Elspeth dropped Sandie's hand and sank back with a groan.

"Effie, Effie, hark till him! The bairn has the second sight, and he sees me stricket for the grave, aye, and ye'll all see it sune! I feel the mouls upon me a'ready! Tak' him awa', tak' him awa', he's an awesome bairn!" and Sandie quietly put on his cap and went out into the cold mist. Effie followed him, and relieved her fright and agitation by speaking sharply to the child.

"For shame of yoursel', Sandie, to fright an old woman wi' gruesome words that ye never heard from your mither nor me!"

"But what for suld Elspeth be frighted? There were bawbees on her een, and a white claith round her heid, and I just tauld her

que te envíen y estar agradecida —dijo Effie bruscamente. Y volviéndose hacia Sandie, que estaba de pie mirando fijamente a la anciana dijo—: ¿Qué le pasa al chico que no puede quitarte los ojos de la cara? ¡Y me da a mí qué no es tu belleza, Elspeth, lo que le atrae de esa forma!

La espantosa anciana soltó una carcajada, mostrando unos colmillos amarillos, los últimos supervivientes de una dentadura que antaño había sido tan blanca y fuerte como la de Effie.

—Hacía mucho tiempo que el señorito no miraba así a la vieja Elspeth. ¿Qué ve el chico en el rostro de una mujer enferma? Debes mirar a las muchachas, Sandie, muchacho. —Y Elspeth extendió su brazo flaco, agarró al niño por la muñeca y lo atrajo hacia ella. Era una anciana horripilante, y en el crepúsculo, cuando el rojo resplandor de las brasas iluminaba sus duros rasgos, parecía una bruja. Sandie se dejó acercar a ella como quien camina dormido, con los ojos muy abiertos y vacíos de expresión, y luego permaneció frente a ella un momento, pálido y silencioso. Antes de que cualquiera de las mujeres pudiera hablar, se escuchó la voz del niño.

—¿Por qué tienes monedas sobre los ojos, Elspeth McFie, y un pañuelo blanco envuelto bajo la barbilla?

La vieja Elspeth soltó la mano de Sandie y se echó hacia atrás con un gemido.

—¡Effie, Effie, escúchalo! El chico posee el don de la clarividencia; lista para enterrar, ¡sí, y todos lo veréis pronto! ¡Ya siento la tierra sobre mí! Llévatelo, llévatelo, ¡es un niño increíble! —Y Sandie se puso la gorra en silencio y salió a la fría niebla. Effie lo siguió y alivió su susto y la agitación hablándole bruscamente al niño.

—Qué vergüenza, Sandie, asustar a una anciana con palabras espantosas que nunca oíste de tu madre ni de mí.

—Pero, ¿por qué se asusta Elspeth? Tenía monedas en los ojos y una tela blanca envolviéndole la cabeza, y se lo dije; y si te viera así,

aboot it; and gin I see the like of it on your face, Effie, I will tell ye!"

"My certie! but ye'll be burnt for a warlock gin ye read folks' deaths on their faces, and ye'd best haud your clavers!" and Effie said no more, but thought much on her way back to the farm. She was sure that Sandie did not know the meaning of his own words. He had never seen a dead body, and he did not know how a corpse is prepared for the grave, and he certainly had no information on the subject from books, for he could not read. And the appearance he described on old Elspeth's face did not seem to frighten him. He had gazed at her from the moment in which they entered the cottage till they left it, but with wonder and interest rather than fear. The fright was for Elspeth McFie and herself, and as she watched the child, unconscious of the death wound he had given, bounding along the road still playing with his ball and stick, Effie shuddered with vague and nameless fears.

That night at supper Effie told her fellow-servants of Sandie's weird words, and they took counsel together whether his mother should be told about it or not, and they decided only to speak to her if anything untoward happened to old Elspeth. It was on Thursday that Effie had been sent to Elspeth McFie's cottage, and she resolved to go there again on her own account on the following Sunday afternoon. Her native superstitions were strong upon her, though she had never imparted them to her young charge and she drew near to Elspeth's cottage with a boding heart. It scarcely surprised her when she entered to find old Elspeth lying dead on the bed, with coins on her eyes and a white cloth bound round her head, precisely as Sandy had seen her on Thursday.

Two women were in the room with the dead, eager to tell how Elspeth had taken to her bed on Thursday evening, refused bit or sup, and had died early that morning. Effie trembled, but merely asked of what old Elspeth had died, for three days before she seemed in no likelihood of death. But the only account the women could give of her sudden death was that she appeared to have had no illness at all, and that she had said, "I'm no a sick woman, but a dying, and I maun gae!"

Effie, ¡te lo diría!

—¡Claro que sí!, pero te quemarán por brujo si lees la muerte de la gente en su cara, ¡y más vale que te guardes de ello! —Y Effie no dijo más, pero pensó mucho en el camino de regreso a la granja. Estaba segura de que Sandie no conocía el significado de sus propias palabras. Nunca había visto un muerto, y no sabía cómo se prepara al muerto para la tumba, y ciertamente no tenía información sobre el tema en los libros, porque no sabía leer. Y el aspecto que describía del rostro de la vieja Elspeth no parecía asustarlo. La había mirado fijamente desde el momento en que entraron en la choza hasta que la abandonaron, pero con asombro e interés en lugar de miedo. El susto fue para Elspeth McFie y para ella misma, y mientras observaba al niño, inconsciente de la herida de muerte que le había infligido, brincando por el camino todavía jugando con su pelota y su palo, a Effie la estremecieron temores confusos e indescriptibles.

Aquella noche, durante la cena, Effie contó a sus compañeras de servicio las extrañas palabras de Sandie, y todas se pusieron a deliberar sobre si debía contárselo a su madre o no, y decidieron que solo hablarían con ella si le ocurría algo malo a la vieja Elspeth. Era jueves cuando enviaron a Effie a la cabaña de Elspeth McFie, y Effie resolvió ir allí de nuevo por su propia cuenta al domingo siguiente por la tarde. Las supersticiones lugareñas estaban muy arraigadas en ella, aunque nunca se las había transmitido a su joven pupilo, y se acercó a la cabaña de Elspeth con el corazón lleno de presagios. Apenas se sorprendió cuando entró y encontró a la vieja Elspeth muerta en la cama, con monedas en los ojos y un paño blanco atado a la cabeza, precisamente como la había visto Sandy el jueves.

Dos mujeres estaban en la habitación con la muerta, ansiosas por contar cómo Elspeth se había acostado el jueves por la noche, se había negado a probar bocado o a cenar, y había muerto temprano esa misma mañana. Effie temblaba, pero se limitó a preguntar de qué había muerto la anciana Elspeth, pues tres días antes no parecía estar en peligro de muerte. Pero el único relato que las mujeres pudieron dar de su repentina muerte fue que parecía no haber tenido ninguna enfermedad y que había dicho: «¡No soy una enferma, sino una moribunda, y debo irme!».

Effie hastened home to tell her mistress everything, repeating faithfully every word that old Elspeth and Sandie had said on the previous Thursday. And Mrs Galbraith listened with a white and awe-struck face.

"Ye'll just say naething about it, Effie; it'll be a sair prejudice against the poor bairn, and stand in his way, gin folks think Sandie has the second sight." And Effie did not think it necessary to mention that every servant in the house was acquainted with the result of her visit to old Elspeth's cottage. But she hinted that if she continued to wait on such an awesome bairn, that might see the death tokens on her face any day, and fright her into an early grave, her wages should be raised in proportion to the danger of her service.

When Mrs Galbraith told her husband of Sandie's ghastly remark, its tragic result, and the child's unconsciousness in the matter, he disguised the fears that possessed him beneath a bluster of wrath, and rated her and Effie soundly.

"It stands to reason that the bairn canna speak o' what he does na ken, and you and Effie, but mair likely Effie than you—for I was used to think you a woman of sense—hae been telling Sandie auld wives' tales about the second sight, till he thinks it a fine thing to practice what ye've taught him, and the auld doitered fule Elspeth dies out o' sheer fright in consequence, and ye maun see for your ain sel' what your ain folly has brought about!"

But Mrs Galbraith protested that neither she nor Effie had ever uttered a word about the second sight in the boy's hearing. And David, who in his heart believed his wife, though he did not deem it consistent with his dignity to own as much, abruptly ended the unpleasant affair by saying peremptorily, "I'll no permit the bairn to be tauld any mair ungodly superstitions and auld wives' tales. Effie may gang to the de'il, and Sandie sail be wi' me in his walks and rides, and I'se warrant ye'll hear naething from him but what he learns fra' me, guid sense and sound doctrine!"

Effie se apresuró a llegar a casa para contárselo todo a su ama, repitiendo fielmente cada palabra que la vieja Elspeth y Sandie habían dicho el jueves anterior. Y la señora Galbraith escuchaba con el rostro pálido y atónita.

—No digas nada al respecto, Effie; sería un doloroso prejuicio contra el pobre muchacho, y se interpondría en su camino, si la gente piensa que Sandie es clarividente. —Y Effie no creyó necesario mencionar que todos los criados de la casa conocían el resultado de su visita a la cabaña de la vieja Elspeth. Pero le insinuó que si seguía al cuidado de tan extraña criatura, que cualquier día podría ver las señales de la muerte en su rostro, y asustarla hasta una muerte prematura, su salario debería aumentar en proporción al peligro de su servicio.

Cuando la señora Galbraith le contó a su marido el terrible comentario de Sandie, su trágico resultado y cómo él niño no era consciente en absoluto, él disimuló los temores que le poseían bajo un impostado genio, y las juzgó a ella y a Effie con dureza.

—Parece lógico que el niño no pueda hablar de lo que no sabe, y tú y Effie, pero es más probable Effie que tú, pues pensaba que eras una mujer sensata, le habéis estado contando a Sandie cuentos de viejas sobre la clarividencia, hasta hacerle creer que está bien practicar lo que le habéis enseñado, y la vieja tonta de Elspeth se muere de puro miedo en consecuencia, ¡y tendréis que ver vosotras mismas lo que vuestra propia locura ha provocado!

Pero la señora Galbraith protestó que ni ella ni Effie habían pronunciado una palabra sobre clarividencia a los oídos del niño. Y David, que en el fondo creía a su esposa, aunque no consideraba digno admitirlo, puso fin bruscamente al desagradable asunto concluyendo apremiante:

—No permitiré que se le cuenten al niño más supersticiones impías y cuentos de viejas. Effie puede irse al diablo, y yo acompañaré a Sandie en sus caminatas y paseos a caballo, y te aseguro que no oirás de él más que lo que aprenda de mí, ¡sentido común y sana doctrina!

And Effie was dismissed, to her own great relief, and from that day forth Sandie became his father's outdoor companion, to the visible benefit of his health and spirits.

But no one was so really alarmed at Sandie's uncanny remark and its consequences as David Galbraith himself. His grandmother, a Highland woman, had had the second sight, and his father had told him how she lived to become the terror of her family. Her premonitions of death and calamity were unfailingly true, and the spirit within her never enlightened her as to how the impending evil might be averted. She was simply the medium of announcing approaching doom. What if her ghostly gift had descended to her grandson, a barren heritage, that would make him shunned by his kind!

Poor Alison Galbraith, finding her husband irritable and unreasonable on the subject of Sandie's weird speech, sought comfort in pouring out her fears to their minister, the Rev. Ewan Macfarlane, who gave ear to her with as much patience as could be expected from a man whose chief business it was in life to speak and not to listen.

He drew the very worst inference from what he heard. "It's a clear case o' the second sight, and I canna but fear that there may be waur to come. When the uncanny spirit lights on a body, there's nae predicting what its manifestations may be, and for aught that we ken it may be you or me that Sandie'll see the death tokens on neist. And if ye continue to bring him to the kirk, I wad request that ye'll no let him sit glowering at me, for though sudden death wad doubtless be sudden glory to me, it wad no be consistent wi' the dignity of a Minister o' the Free Kirk that he suld be harried untimely into his grave by an uncanny bairn, that wad hae been burnt for a warlock in times gane by. And if I was spared such a sair visitation, the bairn might yet be permitted to wark a certain perturbation of spirit in me, that wad cause me to curtail the word of God, and bring my discourse to a premature end, to the grievous loss of them that hear. And, Mistress Galbraith, let me tell ye, ye'll fa' into disrepute wi' your neighbours gin Sandie sees bawbees on your minister's honoured een, and aught came of it to his prejudice!"

Y Effie fue despedida, para su gran alivio, y desde ese día Sandie se convirtió en el compañero de su padre al aire libre, en visible beneficio de su salud y su ánimo.

Aunque nadie estaba tan alarmado por el extraño comentario de Sandie y sus consecuencias como el propio David Galbraith. Su abuela, una mujer de las Tierras Altas, poseía la cualidad de la clarividencia, y su padre le había contado cómo vivió hasta convertirse en el terror de su familia. Sus premoniciones de muertes y calamidades resultaban infaliblemente ciertas, aunque el espíritu que habitaba en su interior nunca le aclaraba cómo podía evitarse el mal inminente. Ella era simplemente el medio para anunciar la proximidad de la fatalidad. ¡Y si su nieto hubiera heredado el don sobrenatural, una herencia estéril, que le haría ser rechazado por los suyos!

La pobre Alison Galbraith, al ver que su marido se mostraba irritable y poco razonable con el tema de las extrañas palabras de Sandie, buscó consuelo desahogando sus temores ante su pastor, el reverendo Ewan Macfarlane, que la escuchó con toda la paciencia que cabía esperar de un hombre cuya principal ocupación en la vida era hablar y no escuchar.

Sacó la peor conclusión de lo que escuchó:

—Es un caso claro de clarividencia, y no puedo sino temer que pueda haber algo peor por venir. Cuando el extraño espíritu se enciende en un cuerpo, no se puede predecir cuáles pueden ser sus manifestaciones, y por lo que sabemos puedes ser tú o yo el próximo en quien Sandie vea las señales de la muerte. Y si seguís trayéndole a la iglesia, os ruego que no le dejéis sentarse fulminándome con la mirada, porque aunque la muerte súbita sería sin duda una gloria repentina para mí, sería inoportuno para la dignidad de un ministro de la Iglesia Libre que fuera hostigado hasta la tumba por un extraño muchacho que hubiera sido quemado por brujo en tiempos pasados. Y si me librara de tan amarga aparición, aún podría el muchacho crearme cierta turbación del espíritu, que me haría restringir la palabra de Dios y llevar mi discurso a un final prematuro, para grave pérdida de los que escuchan. Y, señora Galbraith, déjeme decirle, usted caerá en descrédito entre los vecinos si Sandie ve monedas en los honorables ojos de su ministro, lo que resultaría en su perjuicio.

In the following spring David Galbraith's youngest brother Colin returned, after an absence of ten years, to spend a few months with his relations in Scotland. His industry had been prospered in Australia, and he was in a better position than he could have attained by any exertions of his own in the old country. He and his nephew struck up a warm friendship together, and it was a pretty sight to see them golfing on the links at North Berwick, the strong man accommodating his play to that of the puny boy by his side, and restraining his speech so that not a word fell from his lips but what was fit for a child to hear.

One day when they had played till Sandie was tired, they sauntered down to the beach, Uncle Colin to sit on the rocks smoking his morning pipe, his nephew to perch beside him and amuse himself with the shells and seaweed that abound there. Presently Sandie grew weary of sitting still, threw away the handful of shells he had picked up, and proposed that they should go further along the sands to where the children were bathing.

"And gi'e me your hand, Uncle Colin, and I'll tell ye something while we walk that I canna just understand mysel'. I've seen an unco' strange thing; I've seen your house in Australia!"

"Hoot, mon! what havers are ye talking? Ye've been dreaming!" said Uncle Colin cheerily.

"Na, I saw it. It was no dream; I ken weel the difference between dreaming and seeing. Your house has na slates on the roof, like our house; it was theckit like a hay-rick, and it had a wide place round it covered with another little theckit roof, and windows like big glass doors opened on it. And there was fire all about, and tall grass all ableeze, and sheep rinning hither and thither frighted, and a man with a black beard and a gun in his hand ran out o' the house and shouted: 'O'Grady, save the mare and foal! if they're lost, the master will never forgi'e ye!' What ails ye, Uncle Colin, that ye look sae gash?" and the boy looked up in his uncle's face with wonder.

"It's no canny to see such a sight, Sandie! What do ye ken o' bush fires? and ye've never seen a picture of my house; and who

En la primavera siguiente, el hermano menor de David Galbraith, Colin, regresó después de una ausencia de diez años para pasar unos meses con sus parientes en Escocia. Su industria había prosperado en Australia y se encontraba en una posición mejor que la que hubiera podido alcanzar con sus propios esfuerzos en el viejo continente. Él y su sobrino entablaron una cálida amistad juntos, y fue un bonito espectáculo verlos jugar al golf en los campos de North Berwick, el hombre fuerte acomodando su juego al del niño enclenque a su lado, y restringiendo su discurso para que no saliera palabra de sus labios que no fuera apta para que un niño escuchara.

Un día, cuando habían jugado hasta que Sandie se cansó, bajaron a la playa, el tío Colin se sentó en las rocas a fumar su pipa matutina, su sobrino se sentó a su lado y se entretuvo con las conchas y las algas que abundan allí. Pronto se cansó Sandie de estar quieto sentado, tiró el puñado de conchas que había recogido y propuso que fueran más lejos por la arena hasta donde se bañaban los niños.

—Deme la mano, tío Colin, y le contaré algo mientras caminamos que yo no entiendo. He visto una cosa increíblemente extraña; ¡he visto su casa en Australia!

—¿Qué me estás contando? ¿De qué bobadas me estás hablando? ¡Has estado soñando! —dijo alegremente el tío Colin.

—No, lo vi. No era un sueño; entiendo muy bien la diferencia entre soñar y ver. Su casa tiene el tejado de pizarra, como la nuestra; era de teja, como un almiar, y tenía alrededor un amplio espacio cubierto con otro tejadillo de teja, y en él se abrían ventanas como grandes puertas de cristal. Y había fuego por todas partes, y hierba alta en llamas, y ovejas corriendo de aquí para allá asustadas, y un hombre con una barba negra y una pistola en la mano salía corriendo de la casa y gritaba: «¡O'Grady, salva a la yegua y al potro! ¡Si se pierden, el patrón nunca os perdonará!». ¿Qué le pasa, tío Colin, que se ha quedado tan callado? —Y el niño miró a la cara de su tío con asombro.

—¡Es extraño tener tales visiones, Sandie! ¿Qué sabes de incendios forestales? Y nunca has visto fotografías de mi casa; ¿y quién te ha

tauld ye that my groom is an Irishman named O'Grady? for I've tauld naebody here, and the man with the black beard is my Scotch shepherd."

"There was no need to tell me onything about it, Uncle Colin, for I saw it a'; but if the man at the door had na shouted O'Grady, then I suld na hae kenned his name."

Colin made a poor attempt at laughter, that he might hide from the child how shocked and startled he was. But as soon as they reached home he told his brother about his son's vision, and heard from him in return the story of Sandie and old Elspeth. A few days later Colin Galbraith received a telegram from his head shepherd informing him of the heavy loss he had just sustained from a very serious bush fire, and both he and David were convinced that Sandie was an uncanny bairn.

Colin returned to Australia immediately afterwards, and as he parted from his brother and sister-in-law he said with a melancholy smile, "If ony mischance befa's me, ye'll ken as sune as I do mysel'. Your awesome bairn will see it a', and ye may tak' for gospel aught tauld ye by ane that has the second sight."

One fine afternoon, some three weeks after Colin had sailed, David having just then no particular work to keep him on the farm all day, proposed for a great treat to row Sandie to the Bass Rock. Oat-cutting would shortly begin, and then he would not have a spare hour from morning to night. But to-day he and his son would enjoy a holiday together, and Sandie was to take with him the small gun that his father gave him on his last birthday, for he was now nine years of age, and high time that he set about learning to kill something or other. All the latent boy seemed developed in the delicate child by the possession of the small fowling-piece, and he blazed away at the rats under the hay-ricks and at the sparrows on the roof, to the peril alike of the poultry and of the bedroom windows. "Mother, mother, I'll shoot ye a gannet and mak' ye a cushion o' the down!" he shouted in wild excitement as he set forth on the expedition.

dicho que mi mozo de cuadra es un irlandés llamado O'Grady? porque no se lo he contado a nadie aquí, y el hombre de la barba negra es mi pastor escocés.

—No había necesidad de que me dijera nada, tío Colin, porque lo vi; pero si el hombre de la puerta no hubiera gritado O'Grady, entonces no habría sabido su nombre.

Colin hizo un pobre intento de reír, para poder ocultar al niño lo sorprendido y sobresaltado que estaba. Pero tan pronto como llegaron a casa, le contó a su hermano lo de la visión de su hijo y escuchó de él la historia de Sandie y la vieja Elspeth. Unos días más tarde, Colin Galbraith recibió un telegrama del mayoral informándole de la gran pérdida que acababa de sufrir por un incendio forestal muy grave, y tanto él como David se convencieron de que Sandie no era un niño normal.

Colin regresó a Australia inmediatamente después, y al despedirse de su hermano y su cuñada dijo con una sonrisa melancólica:

—Si me ocurre alguna desgracia, lo sabréis tan bien como yo mismo. Vuestro asombroso niño lo verá, y podréis tomar al pie de la letra cualquier cosa que os cuente alguien que tiene el don de la clarividencia.

Una buena tarde, unas tres semanas después de que Colin zarpara, David, que no tenía ningún trabajo que le retuviera en la granja todo el día, propuso como algo especial a Sandie remar hasta la Roca Bass. En breve comenzaría el corte de la avena, y entonces no tendría una hora libre desde la mañana hasta la noche. Pero hoy él y su hijo disfrutarían del día de descanso juntos, y Sandie llevaría la pequeña escopeta que su padre le regaló en su último cumpleaños, pues ya tenía nueve años y era hora de que aprendiera a matar algo. Y el joven latente en el delicado niño pareció haberse desarrollado por completo, ávido por tener en mano la pequeña pieza de caza, y se encendió contra las ratas bajo los almiares y los gorriones en el tejado, poniendo en peligro tanto a las aves de corral como a las ventanas del dormitorio.

—¡Madre, madre, dispararé a un alcatraz para ti y te haré un cojín

Mrs Galbraith stood on the doorstep watching her husband and son leave the house together, David a stout, tall man in the prime of late middle life, red faced and grey haired, and Sandie a lanky lad with pale freckled face, but with more vigour in his step than the fond mother had ever expected to see. He carried his gun over his shoulder and strode along by his father's side, glancing up at him frequently to try to imitate his every look and gesture. David Galbraith was fond of rowing, and as it was a very calm day he dismissed the man in charge of the boat, and taking the oars himself said it would do him good to row as far as the Bass Rock and back again.

The sea was like a mill-pond, a glassy stretch of water with here and there a wind flaw wrinkling its smooth surface. There was not a wave that could have displaced a pebble on the beach, and masses of olive-green seaweed floated motionless in its clear depths. To the left, high above them, stood the ruins of Tantallon Castle, bathed in August sunshine, its grey walls taking warmth and colour from the glow of light that softened and beautified its rugged outline. Before them the sullen mass of the Bass Rock towered above the blue water, circled by countless thousands of sea birds, the glitter of whose white wings was seen as silvery flashes of light, from a distance too great to distinguish the birds themselves.

They were near enough to the shore to hear voices and laughter borne over the water from the grassy enclosure before Tantallon Castle, and lowing of kine in the pastures, and as they neared the Bass Rock these sounds were exchanged for the squealing of wild fowl and the clang of their wings.

To Sandie's delight he was allowed to shoot from the boat, which he did with as little danger to the birds as to the fishes, and the only condition his father imposed was that he should fire with his back towards him, "till your aim is mair preceese, mon." Though it soon became evident even to the sanguine Sandie that he would

de plumón! —gritó con salvaje excitación mientras emprendía la expedición.

La señora Galbraith se quedó de pie en el umbral de la puerta viendo a su esposo e hijo salir juntos de la casa, a David, un hombre corpulento y alto en la flor de la madurez, de cara roja y cabello gris, y a Sandie, un muchacho larguirucho con cara pecosa pálida, pero con más vigor en su paso de lo que la cariñosa madre jamás habría esperado ver. Llevaba el arma sobre el hombro y caminaba al lado de su padre, mirándolo con frecuencia para tratar de imitar cada una de sus miradas y gestos. A David Galbraith le gustaba remar y, como era un día muy tranquilo, despidió al hombre a cargo del bote, y tomando los remos él mismo dijo que le haría bien remar hasta la Roca Bass y regresar.

El mar estaba como el estanque de un molino, una extensión de agua cristalina con una falla provocada por el viento arrugando aquí y allá su lisa superficie. No había ni una ola que pudiera desplazar un solo guijarro en la playa, y masas de algas verde oliva flotaban inmóviles en el fondo cristalino. A la izquierda, muy por encima de ellos, se alzaban las ruinas del castillo de Tantallon, bañado por el sol de agosto, cuyas paredes grises absorbían el calor y el color del resplandor de la luz que suavizaba y embellecía su escarpado contorno. Ante ellos, la tétrica masa de la Roca Bass se elevaba sobre el agua azul, rodeada por innumerables, miles de aves marinas, cuyos brillos de alas blancas parecían destellos plateados de luz, desde la distancia que era demasiado grande como para distinguir a las propias aves.

Estaban lo bastante cerca de la orilla para oír voces y risas que llegaban por encima del agua desde el césped circundante que precede al castillo de Tantallon, y el mugido de las vacas en los pastos, y a medida que se acercaban a la Roca Bass estos sonidos se cambiaban por el chillido de las aves salvajes y el sonido metálico de sus alas.

Para deleite de Sandie, se le permitió disparar desde el bote, lo que hizo con tan poco peligro para las aves como para los peces, y la única condición que impuso su padre fue que disparara de espaldas a él, «hasta que tu puntería sea más precisa, joven». Y a pesar de que pronto resultó evidente, incluso para el optimista Sandie, que

bring home neither gannet nor kittiwako, it was a rapturous delight to be rowed about the island by his father, who told him the name of every bird he saw, and pointed out their nests on the precipitous face of the rock. Then David rested on his oars, and the boat scarcely moved on the still water while Sandie ate the oatcake and drank the milk provided for him by his mother, and his father took a deep draught from his flask till his face grew crimson.

"Father, gi'e me a drink, too," said Sandie, stretching out his hand.

"Na, na; ye'll stick to your milk-drinking till ye ha'e built up a strong frame, and then ye may tak' as much whusky as ye wull to keep it in guid repair."

And now the boat was turned landward once more, and they soon lost sound of the clang of the sea bird's wings, and the lowing of kine was again heard, and David rowed slowly past the rock of Tantallon. Sandie had fallen silent, and sat leaning his arm on the gunwale of the boat looking into the limpid water, dipping his hand into a soft swelling wave, and scattering a shower of glittering drops from his fingers.

Suddenly he ceased his play, and kneeling in the bottom of the boat, clung firmly to the side with both hands, leaned over and gazed intently in the water. His father, who was always on the alert where his son was concerned, at once noticed the change that had come over him, rowed quicker, and said cheerily, "What are ye glowering at, mon? Did ye never see a herring in the sea before?"

Sandie neither spoke nor stirred, and David took comfort in thinking that after all the lad could see nothing uncanny in the water; it was just some daft folly or other he was after, best unnoticed. But when Sandie did speak it was to utter words for which he was unprepared.

"Father, I see Uncle Colin in the water wi' his face turned up to

no traería a casa ni alcatraces ni gaviotas tridáctilas, resultaba una delicia que su padre lo llevara remando por la isla, y fuera diciéndole el nombre de cada ave que veía y le señalara sus nidos en la escarpada cara de la roca. Luego David descansó sobre los remos, y la barca apenas se movió sobre las aguas tranquilas mientras Sandie comía la torta de avena y bebía la leche que le había proporcionado su madre, y su padre le daba un buen trago a su petaca hasta que se le puso la cara colorada.

—Padre, deme un trago a mí también —dijo Sandie, extendiendo la mano.

—No, no; seguirás bebiendo leche hasta que tengas un cuerpo fuerte, y entonces podrás tomar todo el whisky que quieras para mantenerlo a tono.

Y entonces se viró el bote hacia tierra una vez más, y pronto perdieron el sonido del repiqueteo de las alas de las aves marinas, y se oyó de nuevo el mugido de las vacas, y David remó lentamente por delante de la roca de Tantallon. Sandie se había quedado en silencio, y estaba sentado apoyando el brazo en la borda del bote, mirando el agua límpida, metía la mano en una suave ola creciente y desde los dedos salpicaba una lluvia de gotas brillantes.

De repente, dejó de jugar y, arrodillado en el fondo del bote, se aferró firmemente a un lado con ambas manos, se inclinó y miró fijamente al agua. Su padre, que siempre estaba alerta en lo que respectaba a su hijo, de inmediato notó el cambio que se había apoderado de él, remó más rápido y dijo alegremente:

—¿Qué estás mirando, joven? ¿Nunca antes habías visto un arenque en el mar?

Sandie no habló ni se movió, y David se consoló pensando que, después de todo, el muchacho no veía nada extraño en el agua; lo que buscaba era cualquier bobada, que era mejor pasar desapercibida. Pero cuando Sandie habló, fue para pronunciar palabras para las que no estaba preparado.

—Padre, veo al tío Colin en el agua con la cara vuelta hacia mí y los

me, and his een wide open, but he canna see wi' them." And the boy did not raise his head, but continued to gaze into the water. Drops of sweat broke out on Galbraith's brow, and he lifted the dripping oars high in the rowlocks and leaned towards Sandie, his red face now as white as the boy's.

"Whether it's God or the de'il speaks in ye, I dinna ken, but ye'll drive me mad wi' your gruesome clavers! Haud up, man! and fling yoursel' back in the boat, where ye'll see naething waur than yoursel'."

But Sandie did not stir. "It's Uncle Colin that I see floating in the water, lappit in sea weed, and he's nae sleeping, for his een stare sae wide;" and Galbraith, who would not have looked over the gunwale of the boat for his life, with an oath plunged the oars deep into the water and rowed with furious strokes.

"Ye've struck the oar on his white face!" shrieked the boy, and fell back crying in the boat.

A heavy gloom settled on the Galbraiths, and this last hideous vision of Sandie's they kept strictly to themselves. They did not seek counsel of their minister or of anyone. They were certain that Colin was drowned. It was a mere question of time when they could hear how it had happened, but hear it they assuredly would. And Sandie, too, was gloomy and depressed.

"The bairn has frighted himself this time as weel as others," said his father, "and sma' blame to him. But I would rather follow him to the kirk-yard than that he suld grow up wi' the second sight! It may ha'e been a' verra weel in a breekless, starving Hielander a hundred years ago, but it's no consistent for a well-fed Lowlander in these days o' trousers and high farming. How is Sandie to do justice to the land and mind the rotation of crops if he goes daft wi' the second sight?"

The oat harvest was plentiful and got together in fine condition,

ojos abiertos, pero no puede ver con ellos. —Y el niño no levantó la cabeza, sino que siguió mirando al agua. Gotas de sudor brotaron de la frente de Galbraith, que levantó los remos goteantes en lo alto de las remeras y se inclinó hacia Sandie, su cara roja ahora tan blanca como la del muchacho.

—¡Si es Dios o el diablo quien habla en ti, no lo sé, pero me volverás loco con tu horrible lengua! ¡Incorpórate, hombre! Y vuelve al bote, donde no verás nada más que a ti mismo.

Pero Sandie no se movió.

—Es el tío Colin a quien veo flotando en el agua, cubierto de algas, y no está durmiendo, porque tiene los ojos muy abiertos. —Y Galbraith, que por su vida no habría mirado por encima de la borda del bote, con un juramento hundió los remos en el agua y remó con furiosos golpes.

—¡Le has dado con el remo en su blanca cara! —chilló el niño y se echó a llorar en el bote.

Una profunda tristeza se apoderó de los Galbraith, y esta última horrible visión de Sandie se la guardaron estrictamente en secreto. No buscaron el consejo de su ministro ni de nadie. Estaban seguros de que Colin se había ahogado. Era una mera cuestión de tiempo hasta que pudieran escuchar cómo había sucedido, pero escucharlo no había duda que lo harían. Y Sandie también estaba triste y deprimido.

—El chiquillo se ha asustado esta vez, tanto como los otros —dijo su padre—, y poca culpa tiene. ¡Pero prefiero seguirlo al cementerio a que crezca con el don de la clarividencia! Puede haber sido muy bueno para un hombre de las Tierras Altas de hace cien años hambriento y con faldas, pero no tiene sentido para un habitante bien alimentado de las Tierras Bajas en estos días de pantalones y granjas. ¿Cómo va Sandie a cuidar de la tierra y preocuparse por la rotación de cultivos si se vuelve loco con la clarividencia?

La cosecha de avena fue abundante y se recolectó en buen estado,

but neither David nor his wife had any heart to enjoy it. They simply lived through each day waiting for the tidings that must come. Nor had they long to wait. A month after Sandie's vision David read in the newspaper of the safe arrival of his brother's ship at its destination. It reported a prosperous voyage with but one casualty during its course. On the twenty-fourth day after sailing, a passenger booked for Sydney had mysteriously fallen overboard in perfectly calm weather and was drowned. The gentleman's name was Mr Colin Galbraith, and his sudden untimely end had cast a gloom over the ship's company. So far the newspaper report, which, brief as it was, was all that David and Alison could ever learn of their poor brother's fate. They carefully compared the dates, and found that Colin had been drowned three days after Sandie had seen the vision of the body in the sea.

"I winna tell the bairn that puir Colin is dead," said David gloomily.

"Ye'll just tell the bairn he's dead, but you'll say naething of drowning."

"Ye maun do as ye think best, but I canna mention puir Colin's name to him." And it was from his mother that Sandie heard of his Uncle Colin's death. He listened gravely and thoughtfully to the tidings. "Aye, it was him that I saw in the water." And that was all that he had to say about the death of his favourite uncle. He asked no question and made no further remark.

From this time forward a great change came over David Galbraith. From being wholly matter of fact and little inclined to believe more than his senses could attest, he became credulous and superstitious. He trembled at omens, and was unnerved for his day's work if his dreams overnight were unpropitious. He disliked being out on dark nights, and cast uneasy glances over his shoulder as though he heard steps behind him. At times when he was riding he thought that he heard some one following hard on his heels, and he would gallop for miles and reach home, horse

pero ni David ni su esposa tenían el ánimo para disfrutarla. Simplemente vivían día a día esperando las noticias que debían llegar. Tampoco tuvieron que esperar mucho. Un mes después de la visión de Sandie, David leyó en el periódico que el barco de su hermano había llegado sano y salvo a su destino. Informó de un viaje próspero con una sola baja durante su travesía. El vigésimo cuarto día después de zarpar, un pasajero con destino a Sydney se había caído misteriosamente por la borda con la mar en calma, y se había ahogado. El nombre del caballero era el señor Colin Galbraith, y su repentino final había arrojado una sombra sobre la compañía del barco. Hasta ahora, el informe del periódico, por breve que fuera, era todo cuanto David y Alison podían saber sobre el destino de su pobre hermano. Compararon cuidadosamente las fechas y descubrieron que Colin se había ahogado tres días después de que Sandie hubiera visto la visión del cuerpo en el mar.

—No le diré yo al niño que el pobre Colin ha muerto —dijo David con tristeza—. Le dirás tú al niño que está muerto, pero no dirás nada de que se ahogó.

»Puedes hacer lo que creas mejor, pero yo no puedo mencionarle el nombre del pobre Colin. —Y fue a través de su madre que Sandie se enteró de la muerte de su tío Colin. Escuchó con seriedad y consideración las noticias.

—Sí, fue a él a quien vi en el agua. —Y eso fue todo cuanto tenía que decir sobre la muerte de su tío favorito. No hizo ninguna pregunta y no hizo más comentarios.

A partir de ese momento, David Galbraith experimentó un gran cambio. De ser totalmente realista y poco inclinado a creer más de lo que sus sentidos podían atestiguar, pasó a ser crédulo y supersticioso. Temblaba ante los presagios y de día se enervaba en el trabajo si sus sueños nocturnos habían sido adversos. No le gustaba estar afuera en las noches oscuras, y lanzaba miradas incómodas sobre su hombro como si escuchara pasos detrás de él. A veces, cuando montaba, pensaba que escuchaba a alguien seguirle los talones, y galopaba kilómetros hasta llegar a casa, caballo y jinete, ambos su-

and rider both in a sweat of fear. And Sandie, the unconscious cause of the evil change in his father, mutely wondered what had come over him. David scarcely let the boy out of his sight, though his society was a torment to him, and he was always wondering what would be the next shock he would receive. Unhappily he tried to restore tone to his shaken nerves by drinking, and the habit grew quickly on him, to his good wife's great distress. And times were now so changed that Sandie was often more frightened of his father than his father was of him.

Mrs Galbraith proposed sending Sandie to stay with some relations of her own at Linlithgow, thinking that it would do her husband good to have the strain of the boy's constant society removed for awhile. But he would not hear of it, and merely said, "The bairn sail bide at hame. It's my ain weird, and I maun dree it."

Some two years passed by in which Sandie had no visions, and grew steadily healthier and stronger and more like other boys of his age, so that his mother began to think they should make a man of him yet. But though his father noticed the physical improvement in his son with pride, nothing could persuade him that the dreaded gist had departed from him. In vain his wife tried to convince him that there was no further cause for anxiety. He shook his head and said, "Ye'll no get rid of an ill gift sae lightly. It's a fire that burns low, but it'll burst out into flame for a' that."

In the third summer after Colin Galbraith was lost at sea, on a lovely summer evening, Mrs Galbraith sat at the open window, knitting and smiling placidly, as she watched her son at work in his little plot of garden watering the tufts of pinks and pansies. She laid her work in her lap, and her eyes followed his every movement with quiet pleasure. Sandie would make a good gardener. There was not a weed nor a straggling growth in his plot, all was neat and trim. And the flower-beds were prettily bordered with shells he had collected on the beach at North Berwick.

dando de miedo. Y Sandie se preguntaba en silencio por la causa desconocida del malvado cambio en su padre, qué era lo que le había ocurrido. David apenas perdía de vista al muchacho, aunque su compañía era un tormento para él, y siempre se preguntaba cuál sería el siguiente sobresalto que recibiría. Desgraciadamente, trató de calmar sus agitados nervios con la bebida, y el hábito se apoderó rápidamente de él, para gran angustia de su buena esposa. Y los tiempos habían cambiado tanto que Sandie a menudo tenía más miedo de su padre que su padre de él.

La señora Galbraith propuso enviar a Sandie para que se quedara con unos parientes suyos en Linlithgow, pensando que a su marido le vendría bien librarse durante un tiempo de la tensión que suponía la constante compañía del muchacho. Pero él no quiso oír hablar de ello y se limitó a decir:

—El muchacho se quedará en casa. Es mi destino, y debo acatarlo.

Pasaron unos dos años en los que Sandie no tuvo visiones, y creció cada vez más sano y fuerte y más parecido a otros chicos de su edad, de modo que su madre empezó a pensar que aún podrían hacer un hombre de él. Pero aunque su padre notó con orgullo la mejoría física de su hijo, nada pudo persuadirle de que la temida causa había desaparecido. En vano su esposa trató de convencerlo de que no había más motivos de preocupación.

—No te librarás del maldito don tan a la ligera. Es un fuego que arde bajo, pero estallará en llamas a pesar de todo —dijo él, sacudiendo la cabeza.

En el tercer verano después de que Colin Galbraith se perdiera en el mar, en una hermosa tarde de verano, la señora Galbraith estaba sentada junto a la ventana abierta, tejiendo y sonriendo plácidamente, mientras observaba a su hijo trabajando en su pequeña parcela de jardín regando las matas de rosas y pensamientos. Ella puso su trabajo sobre el regazo y sus ojos siguieron cada movimiento suyo con silencioso placer. Sandie sería un buen jardinero. No había una mala hierba ni nada que creciera descontrolado en su parcela, todo estaba limpio y recortado. Y los macizos de flores estaban rodeados de conchas que había recogido en la playa de North Berwick.

He was gathering a posy with fastidious care, and his mother knew that it was for her, and thought to herself that if he had been uncanny in time past, he was a good boy, his heart was in the right place. But something disturbed him in his work. He rose from stooping over the bed, dropped his flowers to the ground, and Alison thought he was listening to some far-away sound, till a change that passed over his face showed her that she was mistaken. Sandie was not listening, he was seeing. His face grew pale and his features pinched, his grey eyes were fixed while the colour faded out of them till they were almost white, and he shuddered as though a cold wind blew over him.

Mrs Galbraith rose silently, and assured by the deep breathing of her husband, who was sitting in an arm-chair by the hearth, that he was asleep, opened the door, softly left the room and hurried into the garden. There in the sunshine surrounded by summer sights and summer scents, stood Sandie, a very image of midnight terror. His mother laid her large warm hands on his shoulders, and gently shook him.

"Sandie, Sandie, if you're seeing again, for God's sake say nothing to your father! He canna bear it; ye'll tell me," she said in a frightened whisper.

The boy gave a sigh, passed his hands over his eyes, and staggered as though he were dizzy. Alison grasped her son firmly by the arm. "Come awa'! if your father wakes and goes to the window he'll see us; come awa'!" and she hurried the boy through the warm evening sunshine that had suddenly grown cold and dim to her, and led him to a retired part of the garden.

"And now what was it that ye saw?" and looking at her with a strange expression of fear and compassion, Sandie said, "I saw my father lying on the road at the foot of the steep brae by Sir Ewen Campbell's gates, and his een were shut, but for a' that he was the same as Uncle Colin!"

Estaba reuniendo un ramillete con cuidado meticuloso, y su madre sabía que era para ella, y pensó para sí misma que si bien no había sido normal en el pasado, era un buen chico, su corazón estaba en el lugar correcto. Pero algo perturbó el trabajo de él. Se levantó del parterre, dejó caer las flores al suelo y Alison pensó que estaba escuchando algún sonido lejano, hasta que un cambio en su rostro le demostró que estaba equivocada. Sandie no estaba escuchando, estaba viendo. Su rostro palideció y sus facciones se contrajeron, sus ojos grises se quedaron fijos mientras el color se desvanecía en ellos hasta dejarlos casi blancos, y se estremeció como si un viento frío soplara sobre él.

La señora Galbraith se levantó en silencio y, convencida por la respiración profunda de su marido, que estaba sentado en un sillón junto a la chimenea, de que dormía, abrió la puerta, salió suavemente de la habitación y se apresuró a salir al jardín. Allí, bajo el sol, rodeado de vistas y aromas veraniegos, se alzaba Sandie, la viva imagen del terror de medianoche. Su madre puso sus grandes y cálidas manos sobre los hombros del muchacho y lo sacudió suavemente.

—¡Sandie, Sandie, si estás teniendo otra visión, por el amor de Dios, no le digas nada a tu padre! No puede soportarlo; me lo dirás a mí —dijo en un susurro atemorizada.

El niño suspiró, se pasó las manos por los ojos y se tambaleó como si estuviera mareado. Alison agarró a su hijo con firmeza por el brazo.

—¡Vamos! Si tu padre se despierta y va a la ventana, nos verá; ¡venga! —Y apremió al muchacho a moverse, bajo el cálido sol del atardecer que de pronto se había vuelto frío y apagado para ella, y lo condujo a un lugar retirado del jardín.

»Y bien, ¿qué fue lo que viste?

Y mirándola con una extraña expresión de miedo y compasión, Sandie dijo:

—Vi a mi padre tendido en el camino al pie de la empinada ladera junto a las puertas de sir Ewen Campbell, y tenía los ojos cerrados,

The self-controlled, unemotional Alison Galbraith gave a smothered scream as she listened to her son, and seizing his arm in a passion of fear, with a grip like a vice, said, "Elspeth McFie was right when she called you an awesome bairn! What for has God in His wrath given me such a child?" and she shook him off, and left him alone in his confused misery.

If David Galbraith had not been overcome with drink that night, he would have seen that something terrible had occurred to agitate his wife. But when the drunken fit was spent he noticed that she looked white and ill. "Alison, woman, you keep too close in the house," he said; "ye should walk to the sea and breathe the caller air, to bring the colour back to your cheeks."

The following Friday was the corn market at Haddington, and David Galbraith, sober, shrewd, and business-like, set out to attend it, bent on driving a hard bargain. Alison stood at the gate as he mounted his horse to wish him good luck, and to add a word of wifely admonition as to the advisability of not drinking too much whisky before the return journey, and "Ye'll no be late coming home the night, Davie?"

"There is no night at this time o' year, Alison."

"And ye'll mind to come by the level road, There's the steep brae beyond the Campbell's gates, and I'd rather ye gave it a wide berth, and came by the long road."

"Not I, woman! Do ye expect me to mak' a midnight ride a mile longer just to avoid a brae that I ken as weel as my ain doorstep? Kelpie'll be sober, douce beast, if his master's not, and he kens every stane on the brae. Ye'll go to bed and leave the house door

¡pero por todo lo demás estaba igual que el tío Colin!

Alison Galbraith, una persona calmada, que no perdía nunca el control de sí misma, lanzó un grito ahogado al escuchar a su hijo, y agarrándole del brazo invadida por una pasión aterradora y apretándolo con fuerza, le dijo:

—¡Elspeth McFie tenía razón cuando te llamaba «el tenebroso muchacho»! ¿Por qué Dios, en su ira, me ha dado un hijo así? —Y ella le dio un empujón para alejarlo de sí y lo dejó solo, triste y confundido.

Si David Galbraith no hubiera bebido esa noche, habría visto que algo terrible había ocurrido para agitar a su mujer. Pero cuando se le pasaron los efectos de la borrachera, notó que estaba pálida y parecía enferma.

—Alison, mujer, pasas demasiado tiempo encerrada en casa —dijo—; deberías pasear hasta el mar y respirar más aire fresco, para devolverle el color a tus mejillas.

Al viernes siguiente era el mercado de maíz en Haddington, y David Galbraith, sereno, sagaz y como hombre de negocios que era, se dispuso a asistir, decidido a hacer un buen negocio. Alison se quedó en la puerta mientras él montaba en su caballo para desearle buena suerte y para advertirle como cualquier esposa lo haría sobre la conveniencia de no beber demasiado whisky antes del viaje de regreso, y también:

—No llegues tarde a casa esta noche, ¿eh, Davie?

—No se hace de noche en esta época del año, Alison.

—Y procura volver por el camino llano. Hay una colina escarpada más allá de las puertas de Campbell, y preferiría que la rodearas y vinieras por el camino largo.

—¡No, mujer! ¿Esperas que haga un recorrido casi dos kilómetros más largo solo para evitar una colina que conozco tan bien como el umbral de mi puerta? Kelpie estará sobrio, mansa bestia, si su amo no lo está, y conoce cada pedrusco de la colina. Te acostarás y deja-

unlocked for me," and David gave his horse a touch with the whip and away he trotted.

Alison stood till the sound of hoofs had died away and then went back into the house with a boding heart. Sandie returned from school at noon in high spirits, and asked his mother's leave to bring home a schoolfellow to play with him in the afternoon. It was wonderful how his spirits had rallied since his vision of a few days before. It seemed as though his body had now grown strong enough to shake off the ghastly influence entirely. But his mother was shattered both by memory and apprehension.

A dreadful restlessness possessed her as night drew on, and after the shouts of the boys at play were over, and silence fell on house and garden, she slipped out unnoticed and walked in the twilight to the beach. It was high midsummer, when in those latitudes the sunset lingers on the western horizon till in the east the vigorous dawn breaks to quench its lesser light. The crescent moon hung low in the sky over the gently murmuring sea that glimmered mysteriously in the diffused twilight, and the brown rocks loomed dark above the water. A time and a place to suggest eerie feelings to the most unimpressionable.

But Alison's whole mind was so filled with apprehensions of approaching doom that the scene had no effect upon her— she scarcely noticed where she was. The fear that possessed her was an inward fear, neither suggested nor increased by the aspect of familiar things. She did not meet a soul in her restless wanderings. As she opened the house door on her return the clock struck twelve. Oh, when would David be home? He was seldom later than midnight. Alison needed no light, and creeping softly upstairs she entered Sandie's room, and drawing aside the curtain, by the solemn twilight of the northern night she saw his sleeping face calm and peaceful as an infant's. Did she grudge him his untroubled slumber, that she would rather have found him awake and oppressed with terror as herself?

While she stood listening to the beating of her own heart, that

rás la puerta de la casa abierta para mí. —Y David le dio un toque al caballo con el látigo y se alejó trotando.

Alison se quedó de pie hasta que el ruido de los cascos se apagó y volvió a entrar en la casa con el corazón encogido. Sandie regresó de la escuela al mediodía de buen humor y pidió permiso a su madre para llevar a casa a un compañero de escuela para jugar con él por la tarde. Era maravilloso cómo se había recuperado su ánimo desde su visión de unos días antes. Parecía como si su cuerpo se hubiera fortalecido lo suficiente como para librarse por completo de la espantosa influencia. Pero su madre estaba destrozada tanto por el recuerdo como por los temores.

Una espantosa inquietud se apoderó de ella a medida que se acercaba la noche, y cuando los gritos de los niños jugando cesaron y se hizo el silencio en la casa y el jardín, salió discretamente sin ser vista y caminó en el crepúsculo hasta la playa. Era pleno verano, cuando en esas latitudes la puesta de sol se prolonga en el horizonte oeste hasta que por el este irrumpe el vigoroso amanecer apagando la mínima luz de poniente. La luna creciente colgaba baja en el cielo sobre el suave murmullo del mar, que brillaba misteriosamente en el crepúsculo tamizado, y las rocas marrones se alzaban imponentes y oscuras sobre el agua. El momento y el lugar para sugerir sensaciones espeluznantes a los menos impresionables.

Pero toda la mente de Alison estaba tan llena de temores de una fatalidad inminente que la escena no tuvo ningún efecto sobre ella; apenas se dio cuenta de dónde estaba. El miedo que la poseía era un miedo interno, ni sugerido ni aumentado por el aspecto de las cosas cercanas. No se encontró con un alma en su inquieto deambular. Cuando abrió la puerta de la casa a su regreso, el reloj dio las doce. «Ay, ¿cuándo estará David en casa? Rara vez llegaba más tarde de la medianoche». Alison no necesitó luz; subió las escaleras sin hacer ruido, entró en la habitación de Sandie y, apartando la cortina, bajo la solemne luz crepuscular de la noche nórdica vio su rostro dormido, tranquilo y en paz como el de un bebé. ¿Acaso le envidiaba su sueño tranquilo, que hubiera preferido habérselo encontrado despierto y con el corazón encogido de miedo como ella?

Mientras escuchaba el latido de su propio corazón, que sonaba

sounded louder than the breathing of her child, she heard the first distant sound of approaching hoofs, and as they rapidly drew nearer she recognised Kelpie's familiar steps.

"Thank God, he is safe home!" she said, and lest her husband should be displeased to find her sitting up for him she hastened to her room and lighted a candle. The horse had stopped opposite the house, and David had had time to dismount, but he had not opened the gate. Some one might be detaining him there. Yet there was no sound of voices to be heard, only Kelpie impatiently striking the ground with one of his fore feet. Alison looked out of the window, but could see nothing for the high wall. As several minutes passed and still her husband did not come, and the horse stamped with increasing impatience, she slipped downstairs out of doors and across the garden to the gate. So deadly a fear lay upon her spirit that when she flung the gate open and saw Kelpie standing riderless on the dusky highway she felt no surprise, only an assurance that Sandie's vision was about to come true.

"Oh, Kelpie lad, your master's no far to seek!" she said as she led the trembling, sweating beast towards the stable yard. Then, without calling up any of the men, just as she was with uncovered head, Alison Galbraith sped through the dusk and silence of the summer night.

"The steep brae by Sir Ewen Campbell's gates! the steep brae by Sir Ewen Campbell's gates!" she said to herself as she ran, and when the dark firs and high wall bounding the park came in sight her limbs almost gave way beneath her. Then she reached the great iron gates between granite pillars, and in the twilight she caught sight through their bars of the black avenue within, and heard the wind sigh in the boughs. Alison pressed her hands to her heart and urged herself on. Now a bat cut its zig-zag flight through the air and startled her. The white scut of a frightened rabbit shone out in the dusk as it flashed across her path in search of a friendly burrow, and her echoing steps woke many a sleeping bird and set it fluttering with fear.

The next turn in the road would bring her to the foot of the brae,

más fuerte que la respiración de su hijo, escuchó el primer sonido distante de los cascos que se acercaban, y a medida que se acercaban deprisa, reconoció los pasos familiares de Kelpie.

—¡Gracias a Dios, está a salvo en casa! —dijo, y para que su esposo no se disgustara al encontrarla esperándolo despierta, se apresuró a ir a su habitación y encendió una vela. El caballo se había detenido frente a la casa, y David tuvo tiempo de desmontar, pero no había abierto la verja. Alguien podría estar reteniéndole allí. Sin embargo, no se oían voces, solo Kelpie golpeando con impaciencia el suelo con una de sus patas delanteras. Alison miró por la ventana, pero no pudo ver nada debido a la altura del muro. Como pasaron varios minutos y su esposo aún no llegaba, y el caballo pataleaba con creciente impaciencia, se deslizó escaleras abajo y cruzó el jardín hasta la verja. El terrible temor que la invadió era tal que cuando abrió la verja y vio a Kelpie allí parado sin jinete en la oscura carretera, no sintió ninguna sorpresa, tan solo la certeza de que la visión de Sandie estaba a punto de hacerse realidad.

—¡Ay, Kelpie, muchacho, no hay que ir muy lejos para buscar a tu amo! —dijo mientras guiaba a la temblorosa y sudorosa bestia hacia el patio del establo. Luego, sin llamar a ninguno de los hombres, tal y como estaba con la cabeza descubierta, Alison Galbraith en el crepúsculo y el silencio de la noche de verano avanzó con prisa.

«¡La empinada ladera junto a las puertas de sir Ewen Campbell!». «¡La empinada ladera junto a las puertas de sir Ewen Campbell!» se dijo a sí misma mientras corría, y cuando los abetos oscuros y el alto muro que delimitaba el parque apareció a la vista, las piernas le flaquearon. Luego llegó a las grandes puertas de hierro entre pilares de granito, y en el crepúsculo divisó a través de sus barrotes la negra avenida del interior, y oyó el susurro del viento entre las ramas. Alison se apretó las manos contra el corazón y siguió adelante. De pronto un murciélago corta su vuelo en zigzag por el aire y la sobresalta. El pelaje blanco de un conejo asustado brilló en el crepúsculo al cruzarse en su camino en busca de una madriguera amiga, y el eco de sus pasos despertaron a muchos pájaros dormidos y los hizo revolotear de miedo.

El siguiente giro en el camino la llevaría al pie de la ladera, y a algo

and to something that she dared not name that she knew was waiting for her there. She closed her eyes for an instant as she rounded the curve of the road and clenched her hands. Then the soft silence of the summer night was broken by a wailing cry, and Alison Galbraith fell senseless on the dead body of her husband.

David was sober that night, but as he rode through the mirk lanes the old horror had overtaken him. He thought that he heard a horseman following hard upon him, and clapped spurs to his beast and galloped down the hill, at the foot of which Kelpie slipped on a rolling stone, threw his rider heavily to the ground, and he neither spoke nor moved again.

Alison Galbraith did not long survive her husband, and her death took place without Sandie having any intimation of its approach. He never had vision or prophetic foresight again after his father died. The weird gist departed from him with his weakly childhood, and he grew up robust and stout, thriving and commonplace as his forebears. Sandie is even a better farmer than his father before him, and is in a fair way to solve the problem of how to make two blades of wheat grow where only one had grown before. He has married a wife, practical and matter of fact as himself, and their sons and daughters are as guiltless of imagination as they are of any touch of the uncanny. The burly Lowland farmer can never be induced to speak of the second sight, even to his most intimate friends. In the early days of their married life his young wife ventured to ask him about the visions of his childhood, of which she had heard. But he silenced her with such severity that she did not again dare to approach the subject, and she will never know whether the stories of her husband's uncanny childhood are wild legends or plain truth.

que no se atrevía a nombrar que sabía que la estaba esperando allí. Cerró los ojos por un instante mientras doblaba la curva de la carretera y apretó las manos. Entonces la quietud del silencio de la noche de verano fue roto por un grito de lamento, y Alison Galbraith cayó sin sentido sobre el cadáver de su marido.

David no montaba ebrio aquella noche, pero mientras avanzaba por la lúgubre y angosta carretera, los viejos miedos se habían apoderado de él. Creyó oír a un jinete que le seguía de cerca, espoleó al animal y bajó al galope por la colina, al pie de la cual Kelpie resbaló con una piedra en el camino, lanzó al jinete al suelo con fuerza y este no volvió a hablar ni a moverse.

Alison Galbraith no sobrevivió mucho tiempo a su marido, y su muerte tuvo lugar sin que Sandie tuviera ningún indicio de su proximidad. Nunca volvió a tener ninguna visión premonitoria tras la muerte de su padre. La extraña causa desapareció junto con su enfermiza infancia, y creció robusto y corpulento, próspero, normal y corriente como sus antepasados. Sandie es incluso mejor agricultor que su padre, y está a punto de resolver el problema de cómo hacer crecer dos espigas de trigo donde antes solo crecía una. Se ha casado con una mujer tan práctica y realista como él, y sus hijos e hijas están libres de visiones como de cualquier otro toque extraño o misterioso. El corpulento agricultor de las Tierras Bajas nunca hablará de clarividencia, ni siquiera a sus amigos más íntimos. En los primeros días de su vida matrimonial, su joven esposa se aventuró a preguntarle sobre las visiones de su infancia, de las que había oído hablar. Pero la silenció con tal severidad que ella no volvió a atreverse a abordar el tema, y nunca sabrá si las historias de la misteriosa infancia de su esposo son leyendas descabelladas o la verdad pura y simple.

Did I not know my old friend John Horton to be as truthful as he is devoid of imagination, I should have believed that he was romancing or dreaming when he told me of a circumstance that happened to him some thirty years ago. He was at that time a bachelor, living in London and practising as a solicitor in Bedford Row. He was not a strong man, though neither nervous nor excitable, and as I said before singularly unimaginative.

If Horton told you a fact, you might be certain that it had occurred in the precise manner he stated. If he told it you a hundred times, he would not vary it in the repetition. This literal and conscientious habit of mind, made his testimony of value, and when he told me a fact that I should have disbelieved from any other man, from my friend I was obliged to accept it as truth.

It was during the long vacation in the autumn of 1857, that Horton determined to take a few weeks holiday in the country. He was such an inveterate Londoner he had not been able to tear himself away from town for more than a few days at a time for many years past. But at length he felt the necessity for quiet and pure air, only he would not go far to seek them. It was easier then than it is now to find a lodging that would meet his requirements, a place in the country yet close to the town, and it was near Wandsworth that Horton found what he sought, rooms for a single gentleman in an old farmhouse. He read the advertisement of the lodgings in the paper at luncheon, and went that very afternoon to see if they answered to the tempting description given. He had some little difficulty in finding Maitland's farm. It was not easy to find his way through country lanes that to his town eyes looked precisely alike, and with nothing to indicate whether he had taken a right or wrong turning. The railway now runs shrieking over what were then green fields, lanes have been transformed into gas-lighted streets, and Maitland's Farm, the old red brick house standing in its high walled garden, has been pulled down long ago. The last time Horton went to look at the old place it was changed beyond recognition, and the orchard in which he had gathered pears and apples during his stay at the farm, was now the site of a public

LAS AGUAS TORRENCIALES NO PODRÁN APAGAR EL AMOR[3]

Si no supiera que mi viejo amigo John Horton es tan sincero como carente de imaginación, habría creído que fantaseaba o soñaba cuando me contó un suceso que le ocurrió hace unos treinta años. En ese momento él era soltero, vivía en Londres y ejercía como abogado en Bedford Row. No era un hombre fuerte, aunque tampoco perdía los nervios ni se alteraba con facilidad y, como he dicho antes, singularmente poco imaginativo.

Si Horton te relatara un hecho, podrías estar seguro de que había ocurrido exactamente tal y como él lo afirmaba. Si te lo contara cien veces, no cambiaría una pizca cada vez. Este hábito literal y meticuloso, característico en él, hacía que su testimonio tuviera peso, y cuando me relató un episodio que yo no habría creído de cualquier otro hombre, viniendo de mi amigo, no cabía más posibilidad que aceptar que era verdad.

Fue durante el largo periodo festivo en el otoño de 1857 que Horton decidió tomarse unas semanas de vacaciones en el campo. Era un londinense tan acérrimo que no había podido alejarse de la ciudad durante más de unos pocos días seguidos durante muchos años. Pero al final sintió la necesidad de aire tranquilo y puro, solo que no iría muy lejos para buscarlos. Era más fácil entonces que ahora encontrar un alojamiento que cumpliera con sus requisitos, un lugar en el campo pero cerca de la ciudad, y fue cerca de Wandsworth donde Horton encontró lo que buscaba, habitaciones para un solo caballero en una antigua granja. Leyó el anuncio del alojamiento en el periódico durante el almuerzo, y esa misma tarde fue a ver si respondían a la tentadora descripción dada. Tuvo algunas pequeñas dificultades para encontrar la Granja de Maitland. No era fácil orientarse por caminos rurales que a sus ojos de hombre de ciudad le parecían exactamente iguales, y sin nada que le indicara si había girado bien o mal. El ferrocarril pasa ahora chirriante por encima de lo que entonces eran verdes campos, los senderos se han transformado en calles iluminadas con luz de gas, y la Granja de Maitland, la vieja casa de ladrillo rojo que se erguía en medio del alto jardín amurallado, fue derribada hace tiempo. La última vez que Horton

3   Cantar de los Cantares, 8:7.

house and a dissenting chapel.

It was on a hot afternoon early in September when Horton opened the big iron gates and walked up the path bordered with dahlias and hollyhocks leading to the front door, and rang for admittance at Maitland's Farm. The bell echoed in a distant part of the empty house and died away into silence, but no one came to answer its summons. As Horton stood waiting, he took the opportunity of thoroughly examining the outside of the house. Though it was called a farm it had not been built for one originally. It was a substantial, four-storey brick house of Queen Anne's period, with five tall sash windows on each floor, and dormer windows in the tiled roof. The front door was approached by a shallow flight of stone steps, and above the fan-light projected a penthouse of solidly carved wood-work. On either side were brackets of wrought iron, supporting extinguishers that had quenched the torch of many a late returning reveller a century ago. Only the windows to right and left of the door had blinds or curtains, or betrayed any sign of habitation.

"Those are the rooms to be let, I wonder which is the bedroom," thought my friend as he rang the bell for the second time. Presently he heard within the sound of approaching footsteps, there was a great drawing of bolts and after a final struggle with the rusty lock, the door was opened by an old woman of severe and cheerless aspect. Horton was the first to speak.

"I have called to see the rooms advertised to be let in this house." The old woman eyed him from head to foot without making any reply, then opening the door wider, nodded to him to enter. He did so and found himself in a large paved hall lighted from the fan-light over the door, and by a high narrow window facing him at the top of a short flight of oak stairs. The air was musty and damp as that of an old church.

fue a ver el antiguo lugar, este había cambiado hasta quedar irreconocible, y el huerto en el que había recogido peras y manzanas durante su estancia en la granja era ahora el emplazamiento de un bar y una capilla disidente.

Era una calurosa tarde de principios de septiembre cuando Horton abrió las grandes verjas de hierro y subió por el sendero bordeado de dalias y malvarrosas que conducía a la puerta principal, y llamó para que le dejaran entrar en la casa. La campana resonó en un extremo de la casa vacía y se sumió en el silencio, pero nadie acudió a responder a su llamada. Mientras Horton esperaba, aprovechó la oportunidad para examinar a fondo el exterior de la casa. Aunque se llamaba granja, originalmente no se había construido para serlo. Se trataba de una imponente casa de ladrillo de cuatro plantas de la época de la reina Ana, con cinco ventanas altas de guillotina en cada planta y ventanas abuhardilladas en el tejado de tejas. A la puerta principal se accedía por un tramo poco profundo de escalones de piedra, y sobre el montante de abanico se proyectaba un saliente de madera maciza tallada. A ambos lados había ménsulas de hierro forjado que sostenían los apagadores que hace un siglo habían apagado la antorcha de muchos juerguistas que regresaban tarde. Solo las ventanas a derecha e izquierda de la puerta tenían persianas o cortinas, o delataban alguna señal de estar habitadas.

«Esas son las habitaciones que se alquilan, me pregunto cuál es el dormitorio», pensó mi amigo mientras llamaba a la campana por segunda vez. En seguida oyó dentro el ruido de pasos que se acercaban, hubo un gran tirón de cerrojos y, tras un último forcejeo con la oxidada cerradura, abrió la puerta una anciana de aspecto severo y sombrío. Horton fue el primero en hablar.

—He llamado para ver las habitaciones que se anuncian para alquilar en esta casa.

La anciana lo miró de la cabeza a los pies sin dar ninguna respuesta, luego abrió más la puerta, le hizo un gesto con la cabeza para que entrara. Así lo hizo, y se encontró en un gran vestíbulo enlosado, iluminado por la luz del montante de abanico que había sobre la puerta y por una ventana alta y estrecha frente a él que había al final de un corto tramo de escaleras de roble. El aire olía a moho y humedad

"A hall this size should have a fire in it," said Horton, glancing at the empty rusty grate.

"Farmers and folks that work out of doors keep themselves warm without fires," said the old woman sharply.

"This house was never built for a farm, why is it called one?" enquired Horton of his taciturn guide as she opened the door of the sitting room.

"Because it was one," was the blunt reply. "When I was a girl it was the Manor House, and may be called that again for all I know, but thirty years since, a man named Maitland took it on a lease and farmed the land, and folks forgot the old name, and called it Maitland's Farm."

"When did Maitland leave?"

"About two months ago."

"Why did he go away from a nice place like this?"

"You are fond of asking questions," remarked the old woman drily. "He went for two good reasons, his lease was up, and his family was a big one. Nine children he had, from a girl of two-and-twenty down to a little lad of four years old. His wife and him thought it best to take 'em out to Australia, where there's room for all. They were glad to go, all but the eldest, Esther, and she nearly broke her heart over it. But then she had to leave her sweetheart behind her. He's a young man on a dairy farm near here, and though he's to follow her out and marry her in twelve months, she did nothing but mourn, same as if she was leaving him altogether."

"Ah, indeed!" said Horton, who could not readily enter into details about people whom he did not know. "So this is the sitting-room; it's large and airy, and has as much furniture in it as a man needs by himself. Now show me the bedroom, if you please."

como el de una antigua iglesia.

—Una sala de este tamaño debería tener una chimenea —dijo Horton, echando un vistazo a la rejilla oxidada y vacía.

—Los granjeros y la gente que trabaja al aire libre se calientan sin fuego —dijo la anciana bruscamente.

—Esta casa nunca se construyó para ser una granja, ¿por qué se llama así? —preguntó Horton a su taciturna guía mientras abría la puerta de la sala de estar.

—Porque lo era —fue la respuesta contundente—. Cuando yo era niña era la Casa Solariega, y puede que vuelva a llamarse así por lo que sé, pero hace treinta años, un hombre llamado Maitland la arrendó y cultivó la tierra, y la gente olvidó el antiguo nombre, y la llamaron la Granja de Maitland.

—¿Cuándo se fue Maitland?

—Hace unos dos meses.

—¿Por qué se fue de un lugar tan bonito como este?

—Le gusta hacer preguntas —comentó la anciana secamente—. Se fue por dos buenas razones, su contrato de arrendamiento había terminado y tenía una gran familia. Tenía nueve hijos, desde una niña de veintidós años hasta un pequeño muchacho de cuatro años. Su esposa y él pensaron que era mejor llevarlos a Australia, donde hay espacio para todos. Estaban contentos de irse, todos menos la mayor, Esther, y casi se le rompe el corazón por ello. Pero se explica porque tuvo que dejar a su novio atrás. Es un joven que trabaja en una granja lechera cerca de aquí, y aunque enseguida la seguirá y se casará con ella dentro de doce meses, ella no hizo más que lamentarse, igual que si lo dejara para siempre.

—Sí, claro... —cortó Horton, a quien le costaba entrar en detalles sobre personas que no conocía—. Así que esta es la sala de estar; es grande y espaciosa, y tiene tantos muebles como un hombre necesita para sí mismo. Ahora muéstreme el dormitorio, por favor.

"Follow me upstairs, sir," and the old woman preceded him slowly up the oak staircase, and opened the door of the back room on the first floor.

"Then the bedroom that you let is not over the sitting-room?"

"No, the front room is mine, and the room next to it is my son's. He's out all day at his work, but he sleeps here, and mostly keeps me company of an evening. I'm alone here all day looking after the place, and if you take the rooms I shall cook for you and wait on you myself."

Horton liked the look of the bedroom. It was large and airy, with little furniture in it beyond a bed and a chest of drawers. But it was delicately clean, and silent as the grave. How a tired man might sleep here! The walls were decorated with old prints in black frames of the "Rake's Progress" and "Marriage a la Mode," and above the high carved mantelpiece hung an engraving of the famous portrait of Charles the First, on a prancing brown horse.

"Those things were on the walls when the Maitlands took the place, and they had to leave 'em where they found 'em," said the old woman. "And they found that sword too," she added, pointing to a rusty cutlass that hung from a nail by the head of the bed; "but I think they'd have done no great harm if they'd sold it for old iron."

Horton took down the weapon and examined it. It was an ordinary cutlass, such as was worn by the marines in George the Third's reign, not old enough to be of antiquarian interest, nor of sufficient beauty of workmanship to make it of artistic value. He replaced it, and stepped to the windows and looked into the garden below. It was bounded by a high wall enclosing a row of poplars, and beyond lay the open country, visible for miles in the clear air, a sight to rest and fascinate the eye of a Londoner.

—Sígame arriba, señor. —Y la anciana lo precedió lentamente por la escalera de roble y abrió la puerta de la habitación trasera en el primer piso.

—¿Entonces el dormitorio que se alquila no está sobre el salón?

—No, la habitación de delante es mía, y la de al lado es de mi hijo. Está fuera todo el día trabajando, pero duerme aquí y casi siempre me hace compañía por la noche. Estoy sola aquí todo el día cuidando el lugar, y si alquila las habitaciones, cocinaré para usted y le atenderé yo misma.

A Horton le gustó el aspecto de la habitación. Era grande y espaciosa, con pocos muebles, más allá de una cama y una cómoda. Pero estaba agradablemente limpia, y era silenciosa como una tumba. ¡Cómo iba a dormir aquí un hombre cansado! Las paredes estaban decoradas con viejas estampas en marcos negros de «El progreso del libertino» y «Casamiento a la moda»[4], y sobre la alta repisa de la chimenea tallada colgaba un grabado del famoso retrato de Carlos I, sobre un caballo marrón rampante.

—Esas cosas estaban en las paredes cuando se instalaron los Maitland, y tuvieron que dejarlas donde las encontraron —dijo la anciana—. Y también encontraron esa espada —añadió, señalando un alfanje oxidado que colgaba de un clavo junto a la cabecera de la cama—, pero creo que no habrían hecho ningún daño si la hubieran vendido como hierro viejo.

Horton bajó el arma y la examinó. Era un alfanje ordinario, como el que usaban los infantes de marina en el reinado de Jorge III, no lo bastante antiguo como para ser de interés anticuario, ni la factura poseía suficiente belleza para que tuviera valor artístico. Lo volvió a colocar en su lugar, se acercó a la ventana y miró hacia el jardín debajo. Estaba delimitado por un alto muro que encerraba una hilera de álamos, y más allá se extendía el campo libre, visible a kilómetros de distancia en el aire puro, un panorama para descansar y fascinar la vista de un londinense.

4   Pinturas y grabados de William Hogarth.

Horton made his bargain with the old woman whom the landlord had put into the house as care-taker, pending his decision about the disposition of the property. She was allowed to take a lodger for her own profit, and as soon as Mrs Belt found that the stranger agreed to her terms, she assured him that everything should be comfortably arranged for his reception by the following Wednesday.

Horton arrived at Maitland's Farm on the evening of the appointed day. A stormy autumnal sunset was casting an angry glow on the windows of the house, the rising wind filled the air with mournful sounds, and the poplars swayed against a background of lurid sky.

Mrs Belt was expecting her lodger, and promptly opened the door, candle in hand, when she heard wheels stopping at the gate. The driver of the fly carried Horton's portmanteau into the hall, was paid his fare, and drove away thinking the darkening lanes more cheerful than the glimpse he had had of the inside of Maitland's Farm.

Horton was thoroughly pleased with his country quarters. The intense quiet of the almost empty house, that might have made another man melancholy, soothed and rested him. In the day time he wandered about the country, or amused himself in the garden and orchard, and he spent the long evenings alone, reading and smoking in his sitting-room. Mrs Belt brought in supper at nine o'clock, and usually stayed to have a chat with her lodger, and many a long story she related of her neighbours, and the Maitland family, while she waited upon him at his evening meal.

On several occasions she told him that Esther Maitland's sweetheart, Michael Winn, had come to talk with her about the Maitlands, or to bring her a newspaper containing tidings that their ship had reached some point on its long voyage in safety.

"You see the 'Petrel' is a sailing vessel, sir, and there's no saying how long she'll take getting to Australia. The last news Michael had, she'd got as far as some islands with an outlandish name, and he's had a letter from Esther posted at a place called Madeira.

Horton hizo su trato con la anciana, a la que el propietario había puesto en la casa como cuidadora, a la espera de su decisión sobre la disposición de la propiedad. Se le permitió tomar un inquilino para su propio beneficio, y en cuanto la señora Belt comprobó que el forastero estaba de acuerdo con sus condiciones, le aseguró que todo estaría cómodamente dispuesto para su recepción el miércoles siguiente.

Horton llegó a la Granja de Maitland la noche del día señalado. Una tormentosa puesta de sol otoñal arrojaba un furioso resplandor sobre las ventanas de la casa, el viento creciente llenaba el aire de sonidos lastimeros y los álamos se balanceaban contra un fondo de cielo refulgente.

La señora Belt esperaba a su inquilino, y rápidamente abrió la puerta, vela en mano, cuando oyó que las ruedas se detenían en la entrada. El conductor del carruaje llevó la maleta de Horton al vestíbulo, recibió el pago de su pasaje y se alejó pensando que las oscuras callejuelas eran más alegres que la visión que había tenido del interior de la Granja de Maitland.

Horton estaba completamente satisfecho con sus aposentos rurales. La intensa calma de la casa casi vacía, que podría haber hecho que otro hombre se sintiera melancólico, lo calmaba y le proporcionaba descanso. Durante el día vagaba por el campo, o se divertía en el jardín y el huerto, y pasaba las largas noches solo, leyendo y fumando en su sala de estar. La señora Belt traía la cena a las nueve en punto, y generalmente se quedaba a conversar con su inquilino, y contaba muchas historias de sus vecinos y de la familia Maitland, mientras lo atendía durante la cena.

En varias ocasiones le contó que el novio de Esther Maitland, Michael Winn, había venido a hablarle de los Maitland o a traerle un periódico con noticias de que su barco había llegado sano y salvo a algún punto de su largo viaje.

—El Petrel es un barco de vela, señor, y no se sabe cuánto tiempo tardará en llegar a Australia. Según las últimas noticias que Michael tuvo, ella había llegado hasta unas islas con un nombre raro, y recibía una carta de Esther enviada desde un lugar llamado Madeira.

And now he gives himself no peace till he can hear that the ship's safe as far as—somewhere, I think he said, in Africa."

"It would be the Cape, Mrs Belt."

"That's the name, sir, the Cape, and he werrits all the time for fear of storms and shipwrecks. But I tell him the world's a wide place, and the sea wider than all, and very likely when the chimney pots is flying about our heads in a gale here, the 'Petrel's' lying becalmed somewhere. And then he takes up my thought and turns it against me. 'Yes,' he says, 'and when it's a dead calm here on shore, the ship may be sinking in a storm, and my Esther being drowned.'"

"Michael Winn must be a very nervous young man."

"That's where it is, sir, and I tell him when he follows the Maitlands it's a good job that he leaves no one behind him that'll werrit after him, same as he's werrited after Esther."

It was the middle of October, and Horton had been a month at the farm. The weather was now cold and wet, and he began to think it was time he returned to his snug London home, for the autumn rain made everything at Maitland's Farm damp and mouldy. It had blown half a gale all day, and the rain had fallen in torrents, keeping him a prisoner indoors. But he occupied himself in writing letters, and reading some legal documents his clerk had brought out to him, and the time passed rapidly. Indeed the evening flew by so quickly he had no idea it was nine o'clock, when Mrs Belt entered the room to lay the cloth for supper.

"It's stopped raining now, sir," she said, as she poked the fire into a cheerful blaze, "and a good job too, for Michael Winn brings me word the Wandle's risen fearful since morning, and it's out in places more than it's been for years. But there's a full moon to-night, so no one need walk into the water unless they've a mind to."

Y ahora no se quedará tranquilo hasta que sepa que el barco está a salvo en algún lugar, creo que dijo, de África.

—Será el Cabo, señora Belt.

—Ese es el nombre, señor, el Cabo, y él se preocupa todo el tiempo por miedo a las tormentas y los naufragios. Pero yo le digo que el mundo es un lugar muy ancho, y el mar más ancho que todo, y que es muy probable que mientras los sombreretes de las chimeneas vuelan sobre nuestras cabezas en medio de un vendaval, el Petrel flota sobre una mar en calma en algún lugar. Y entonces retoma mi pensamiento y lo vuelve en mi contra. «Sí», dice, «y cuando aquí en la orilla reina una calma chicha, el barco puede estar hundiéndose en una tormenta, y mi Esther ahogándose».

—Michael Winn, ese joven debe sufrir de los nervios.

—Eso es, señor, y le digo que cuando siga su camino tras los Maitland, estará bien que no deje a nadie detrás pendiente de él, como queda él pendiente de Esther.

Era mediados de octubre y Horton llevaba un mes en la granja. El clima ahora era frío y húmedo, y comenzó a pensar que era hora de regresar a su acogedora casa de Londres, ya que la lluvia de otoño hacía que todo en la Granja de Maitland estuviera húmedo y con moho. Había soplado casi un vendaval durante todo el día, y la lluvia había caído a cántaros, manteniéndole prisionero bajo techo. Pero se mantuvo ocupado escribiendo cartas y leyendo algunos documentos legales que su secretario le había traído, y el tiempo pasó rápidamente. De hecho, la tarde pasó volando de tal manera que no tenía ni idea de que eran las nueve en punto cuando la señora Belt entró en la habitación para poner el mantel para la cena.

—Ya ha dejado de llover, señor —dijo mientras avivaba el fuego—, y menos mal, porque Michael Winn me ha traído noticias de que el Wandle ha crecido mucho desde esta mañana, y está más crecido de lo que ha estado en años. Pero esta noche hay luna llena, así que nadie tiene que meterse en el agua si no quiere.

Horton's head was too full of a knotty legal point to pay much heed to Mrs Belt, and the old woman, seeing that he was not in a mood for conversation, said nothing further. At half-past ten she brought her lodger some spirits and hot water, and his bedroom candle, and wished him good night. Horton sat reading for some time, and then made an entry in his diary concerning a day of which there was absolutely nothing to record, lighted his candle, and went upstairs. I am familiar with the precise order of each trifling circumstance. My friend has so often told me the events of that night, and never with the slightest addition or omission in the telling. It was his habit, the last thing at night, to draw up the blinds. He looked out of the window, and though the moon was at the full, the clouds had not yet dispersed, and her light was fitful and obscure. It was twenty minutes to twelve as he extinguished the candle by his bedside. Everything was propitious for rest. He was weary, and the house profoundly silent. The rain had stopped, the wind fallen to a sigh, and it seemed to him that as soon as his head pressed the pillow he sank into a dreamless slumber.

Shortly after two o'clock, Horton awoke suddenly, passing instantaneously from deep sleep to the possession of every faculty in a heightened degree, and with an insupportable sense of fear weighing upon him like a thousand nightmares. He started up and looked around him. The perspiration poured from his brow, and his heart beat to suffocation. He was convinced that he had been waked by some strange and terrible noise, that had thrilled through the depths of sleep, and he dreaded the repetition of it inexpressibly. The room was flooded with moonlight streaming through the narrow windows, lying like sheets of molten silver on the floor, and the poplars in the garden cast tremulous shadows on the ceiling.

Then Horton heard through the silence of the house a sound that was not the moan of the wind, nor the rustling of trees, nor any sound he had heard before. Clear and distinct, as though it were in the room with him, he heard a voice of weeping and lamentation, with more than human sorrow in the cry, so that it seemed to him as though he listened to the mourning of a lost soul. He leaped up, struck a match, and lighted the candle, and

La cabeza de Horton estaba demasiado ocupada con un asunto jurídico espinoso como para prestar mucha atención a la señora Belt, y la anciana, al ver que no estaba de humor para conversar, no dijo nada más. A las diez y media le trajo a su inquilino un poco de alcohol y agua caliente, y la vela de su dormitorio, y le deseó buenas noches. Horton se sentó a leer durante algún tiempo, y luego escribió una entrada en su diario sobre un día del que no había absolutamente nada que registrar, encendió la vela y subió las escaleras. Conozco de cerca los detalles, el orden preciso de cada hecho insignificante. Mi amigo me ha contado tantas veces los sucesos de aquella noche, y nunca con el menor añadido u omisión en el relato. Era su costumbre, a última hora de la noche, levantar las persianas. Miró por la ventana, y aunque la luna estaba llena, las nubes aún no se habían dispersado, y su luz era irregular y oscura. Faltaban veinte minutos para las doce cuando apagó la vela junto a su cama. Todo era propicio para el descanso. Estaba cansado, y la casa profundamente silenciosa. La lluvia había cesado, el viento se había reducido a un suspiro, y le parecía que en cuanto su cabeza se hundiera en la almohada se quedaría profundamente dormido.

Poco después de las dos, Horton se despertó súbitamente, pasando instantáneamente del sueño profundo a la posesión de todas sus facultades en grado extremo, y con una insoportable sensación de miedo que pesaba sobre él como mil pesadillas. Se puso en marcha y miró a su alrededor. Le chorreaba la frente de sudor y su corazón latía tan rápido que creyó que se asfixiaba. Estaba convencido de que lo había despertado un ruido extraño y terrible, que lo había estremecido a través de las profundidades del sueño, y temía indeciblemente que se repitiera. La habitación estaba inundada por la luz de la luna que se colaba por las estrechas ventanas, cual láminas de plata fundida en el suelo, y los álamos del jardín proyectaban sombras trémulas en el techo.

Entonces Horton oyó a través del silencio de la casa un sonido que no era el gemido del viento, ni el susurro de los árboles, ni ningún otro sonido que hubiera oído antes. Clara y nítidamente, como si estuviera en la habitación con él, oyó el llanto y el lamento de una voz, su llanto mostraba una pena que no parecía de este mundo, de modo que le pareció como si escuchara el lamento de un alma perdida. Se levantó de un salto, prendió una cerilla, encendió la vela y

seizing the cutlass that hung by the bed, unlocked the door, and opened it to listen.

So far as all ordinary sounds were concerned, the house was silent as death, and the moonlight streamed through the staircase window in a flood of pale light. But the unearthly sound of weeping, thrilling through heart and soul, came from the hall below, and Horton walked downstairs to the landing at the top of the first flight. There, on the lowest step, a woman was seated with bowed head, her face hidden in her hands, rocking to and fro in extremity of grief. The moonlight fell full on her, and he saw that she was only partly clothed, and her dark hair lay in confusion on her bare shoulders.

"Who are you, and what is the matter with you?" said Horton, and his trembling voice echoed in the silent house.

But she neither stirred nor spoke, nor abated her weeping.

Slowly he descended the moon-lit staircase till there were but four steps between him and the woman. A mortal fear was growing upon him. "Speak! if you are a living being!" he cried.

The figure rose to its full height, turned and faced him for a moment that seemed an eternity, and rushed full on the point of the cutlass Horton involuntarily presented. As the impalpable form glided up the blade of the weapon, a cold wave seemed to break over him, and he fell in a dead faint on the stairs.

How long he remained insensible he could not tell. When he came to himself and opened his eyes, the moon had set, and he groped his way in darkness to his room, where the candle had burnt itself out.

When Horton came down to breakfast, he looked as though he had been ill for a month, and his hands trembled like a drunkard's. At any other time Mrs Belt would have been struck

cogió el alfanje que colgaba junto a la cama, descorrió el cerrojo de la puerta y la abrió para escuchar.

En cuanto a los sonidos habituales, reinaba en la casa un silencio sepulcral, y la luz de la luna, un torrente de luz pálida, se colaba por la ventana de la escalera. Pero el sonido sobrenatural del llanto, que estremecía el corazón y el alma, procedía del vestíbulo y Horton bajó las escaleras hasta el rellano del primer piso. Allí, en el escalón más bajo, una mujer estaba sentada con la cabeza inclinada, el rostro oculto entre las manos, meciéndose de un lado a otro presa de un dolor extremo. La luz de la luna la iluminaba por completo, y vio que solo estaba parcialmente vestida y su cabello oscuro era una maraña de pelo sobre los hombros desnudos.

—¿Quién eres?, ¿qué te ocurre? —dijo Horton, y su voz temblorosa resonó en la casa silenciosa.

Pero ella ni se inmutó, ni habló, ni disminuyó su llanto.

Lentamente, él descendió la escalera iluminada por la luna hasta que solo hubo cuatro escalones entre él y la mujer. Un miedo mortal iba invadiéndole.

—¡Habla, si eres un ser de este mundo! —gritó.

La figura se alzó en toda su estatura, se giró y lo miró de frente durante un instante que pareció una eternidad, luego se abalanzó de lleno sobre la punta del alfanje que Horton empuñaba involuntariamente. Cuando la forma incorpórea se deslizó por la hoja del arma, una ola de frío pareció abatirse sobre él y cayó desmayado en las escaleras.

No supo decir cuánto tiempo permaneció inconsciente. Cuando volvió en sí y abrió los ojos, la luna se había puesto, y se dirigió a tientas en la oscuridad a su habitación, donde la vela se había apagado.

Cuando Horton bajó a desayunar, parecía que había estado enfermo un mes entero, y sus manos temblaban como las de un borracho. En cualquier otro momento, a la señora Belt le habría llama-

by his appearance, but this morning she was too much excited by some bad news she had heard, to notice whether her lodger was looking well or ill. Horton asked her how she had slept, for if she had not heard the terrible sounds that waked him, it still seemed impossible she should not have heard his heavy fall on the stairs. Mrs Belt replied, with some astonishment at her lodger's concern for her welfare, that she had never had a better night, it was so quiet after the wind fell.

"But did your son think the house was quiet, did he sleep too?" asked Horton with feverish eagerness.

Mrs Belt was yearning to impart her bad news to her lodger, and remarking that she had something else to do than ask folks how they slept o' nights, she said a neighbour had just told her that Michael Winn had fallen into the Wandle during the night—no one knew how—and was drowned, and they were carrying his body home then.

"What a terrible blow for his sweetheart," said Horton, greatly shocked.

"Aye! there's a pretty piece of news to send her, when she's expecting to see poor Michael himself soon."

"Mrs Belt, have you any portrait of Esther Maitland you could show me? I've heard the girl's name so often I'm curious to know what she is like."

And the old woman retired to hunt among her treasures for a small photograph on glass, that Esther had given her before she went away. Presently Mrs Belt returned, polishing the picture with her apron.

"It's but a poor affair, sir, taken in a caravan on the Common, yet it's like the girl, it's very like."

It was a miserable production, a cheap and early effort in photography, and Horton rose from the table with the picture in

do la atención su aspecto, pero aquella mañana estaba demasiado excitada por unas malas noticias que había escuchado, como para fijarse en si su inquilino tenía buen o mal aspecto. Horton le preguntó cómo había dormido, pues si no había oído los terribles ruidos que lo despertaron, sería más imposible aún que no hubiera oído su pesada caída en la escalera. La señora Belt respondió, con cierto asombro ante la preocupación de su inquilino por su bienestar, que nunca había pasado una noche mejor, que había sido tan tranquila después de que el viento amainara.

—¿Y su hijo también creyó que la casa estuvo tranquila? ¿También pasó una buena noche? —preguntó Horton con afán febril.

La señora Belt ansiaba comunicar las malas noticias a su inquilino, y señalando que tenía algo más que hacer que ir preguntando a la gente cómo dormían por las noches, le informó que un vecino acababa de contarle que Michael Winn se había caído al Wandle durante la noche —nadie sabía cómo— y se había ahogado, y que en aquel momento estaban llevando el cuerpo a casa.

—Qué golpe tan terrible para su novia —dijo Horton, muy conmocionado.

—¡Ay! Menuda noticia para darle cuando ella espera ver al pobre Michael pronto.

—Señora Belt, ¿tiene algún retrato de Esther Maitland que pueda mostrarme? He oído el nombre de la chica tan a menudo que tengo curiosidad por saber cómo es.

Y la anciana se retiró a buscar entre sus tesoros una pequeña fotografía sobre cristal, que Esther le había regalado antes de marcharse. Enseguida regresó la señora Belt, sacándole brillo a la placa de cristal con su delantal.

—No es más que un asunto de pobres, señor, está tomada en una caravana ordinaria, sin embargo, es como la chica, es muy parecida.

Se trataba de una obra pésima, un trabajo de poco valor y temprano en la fotografía; Horton se levantó de la mesa con la fotografía en

his hand to examine it at the window. And there, surrounded by the thin brass frame, he recognised the face of all faces that had dismayed him, the face he beheld in the vision of the preceding night. He suppressed a groan, and turned from the window with a face so white, that, as he handed the picture back to Mrs Belt, she said, "You're not feeling well this morning, sir."

"No, I'm feeling very ill. I must get back to town to-day to be near to my own doctor. You shall be no loser by my leaving you so suddenly, but if I am going to be ill, I am best in my own home." For Horton could not have stayed another night at Maitland's Farm to save his life.

He was at his office in Bedford Row by noon, and his clerks thought that he looked ten years older for his visit to the country.

A little more than three weeks after Horton returned to town, when his nerves were beginning to recover their accustomed tone, his attention was unexpectedly recalled to the abhorrent subject of the apparition he had seen. He read in his daily paper that the mail from the Cape had brought news of the wreck of the sailing vessel 'Petrel' bound for Australia, with loss of all on board, in a violent storm off the coast, shortly before the steamer left for England.

By a careful comparison of dates, allowing for the variation of time, the conviction was forced upon John Horton that the ill-fated ship foundered at the very hour in which he beheld the wraith of Esther Maitland. She and her lover, divided by thousands of miles, both perished by drowning at the same time— Michael Winn in the little river at home, and Esther Maitland in the depths of a distant ocean.

la mano para examinarla junto a la ventana. Y allí, rodeado por el fino marco de latón, reconoció el rostro entre todos los rostros que le había dejado sin sentido, el rostro que contempló en la visión de la noche anterior. Reprimió un gemido y se apartó de la ventana con la cara tan blanca que, al devolver la fotografía a la señora Belt, esta le dijo:

—No se encuentra usted bien esta mañana, señor.

—No, me siento muy mal. Debo volver a la ciudad hoy para estar cerca de mi médico. No voy a despreocuparme de usted a pesar de mi repentina marcha, pero si voy a estar enfermo, mejor en mi propia casa. —Horton no podría haberse quedado otra noche más en la Granja de Maitland por nada en el mundo.

A mediodía ya estaba en su despacho de Bedford Row, y sus empleados pensaron que parecía diez años más viejo por su visita al campo.

Poco más de tres semanas después de que Horton regresara a la ciudad, cuando sus nervios empezaban a recuperar su acostumbrada templanza, su atención volvió inesperadamente al aborrecible tema del espectro que había visto. Leyó en su periódico que el correo del Cabo había traído noticias del naufragio del velero Petrel con destino a Australia, con pérdida de todos los ocupantes, en una violenta tormenta frente a la costa, poco antes de que el vapor del Cabo partiera hacia Inglaterra.

Mediante una cuidadosa comparación de fechas, teniendo en cuenta la diferencia horaria, John Horton llegó a la convicción de que el malogrado barco naufragó a la misma hora en que él vio el espectro de Esther Maitland. Ella y su amante, separados por miles de kilómetros, perecieron ahogados al mismo tiempo: Michael Winn en el pequeño río al lado de casa y Esther Maitland en las profundidades de un océano lejano.

THE REAL AND THE COUNTERFEIT

Will Musgrave determined that he would neither keep Christmas alone, nor spend it again with his parents and sisters in the south of France. The Musgrave family annually migrated southward from their home in Northumberland, and Will as regularly followed them to spend a month with them in the Riviera, till he had almost forgotten what Christmas was like in England. He rebelled at having to leave the country at a time when, if the weather was mild, he should be hunting, or if it was severe, skating, and he had no real or imaginary need to winter in the south. His chest was of iron and his lungs of brass. A raking east wind that drove his parents into their thickest furs, and taught them the number of their teeth by enabling them to count a separate and well-defined ache for each, only brought a deeper colour into the cheek, and a brighter light into the eye of the weather-proof youth. Decidedly he would not go to Cannes, though it was no use annoying his father and mother, and disappointing his sisters, by telling them beforehand of his determination.

Will knew very well how to write a letter to his mother in which his defection should appear as an event brought about by the overmastering power of circumstances, to which the sons of Adam must submit. No doubt that a prospect of hunting or skating, as the fates might decree, influenced his decision. But he had also long promised himself the pleasure of a visit from two of his college friends, Hugh Armitage and Horace Lawley, and he asked that they might spend a fortnight with him at Stonecroft, as a little relaxation had been positively ordered for him by his tutor.

"Bless him," said his mother fondly, when she had read his letter, "I will write to the dear boy and tell him how pleased I am with his firmness and determination." But Mr Musgrave muttered inarticulate sounds as he listened to his wife, expressive of incredulity rather than of acquiescence, and when he spoke it

EL FANTASMA DE MI AMIGO

Will Musgrave decidió que no pasaría las Navidades solo, pero que tampoco pasaría otras Navidades con sus padres y sus hermanas en el sur de Francia. La familia Musgrave emigraba cada año al sur desde su casa de Northumberland, y como Will seguía los pasos de la familia en cada ocasión, para pasar un mes con ellos en la Riviera Francesa, terminó por apenas recordar ya cómo se celebraba la Navidad en Inglaterra. Se rebelaba ante la idea de tener que marcharse del país en una época en la que, si el invierno era templado, estaría cazando, y si, por el contrario, hacía un invierno gélido, estaría patinando sobre hielo; y no le apremiaba ninguna verdadera necesidad, ni sentía ningún deseo, de hibernar en el sur. Tenía un pecho de hierro y los pulmones de acero. El viento helado que soplaba del este —y que hacía que sus padres se zambulleran dentro de los abrigos de piel más gruesos, y que les dolieran hasta los dientes, y fueran capaces de describir con gran detalle todos y cada uno de aquellos dolores, mediante el cálculo pormenorizado de cada dolencia— no hacía sino resaltar el color de las mejillas y el brillo de los ojos en la fortaleza de la juventud. Decididamente, no iría a Cannes, aunque no merecía la pena enfadar a su padre y a su madre, ni decepcionar a sus hermanas, adelantándoles su decisión.

Will sabía muy bien cómo escribir una carta a su madre en la que su deserción debía aparecer como un hecho ineludible acontecido por causa de fuerza mayor, ante el cual los hijos de Adán deben plegarse. Indudablemente, la perspectiva de pasarse los días cazando o patinando —como señale el destino— influyó en su decisión. Pero también era cierto que hacía tiempo que se había prometido a sí mismo el placer de disfrutar de la compañía de un par de amigos de la universidad, Hugh Armitage y Horace Lawley, y pidió permiso para que pasaran dos semanas en su casa de Stonecroft con él, pues su tutor le había pedido encarecidamente que se tomara un descanso.

—Bendito... —comentó cariñosamente su madre después de leer la carta—. Voy a escribirle a mi querido jovencito y a hacerle saber lo encantada que estoy con su firmeza y determinación. —Pero el señor Musgrave masculló unos sonidos ininteligibles mientras escuchaba a su esposa, los cuales expresaban más bien incredulidad antes que

was to say, "Devil of a row three young fellows will kick up alone at Stonecroft! We shall find the stables full of broken-kneed horses when we go home again."

Will Musgrave spent Christmas day with the Armitages at their place near Ripon. And the following night they gave a dance at which he enjoyed himself as only a very young man can do, who has not yet had his fill of dancing, and who would like nothing better than to waltz through life with his arm round his pretty partner's waist.

The following day, Musgrave and Armitage left for Stonecroft, picking up Lawley on the way, and arriving at their destination late in the evening, in the highest spirits and with the keenest appetites. Stonecroft was a delightful haven of refuge at the end of a long journey across country in bitter weather, when the east wind was driving the light dry snow into every nook and cranny. The wide, hospitable front door opened into an oak panelled hall with a great open fire burning cheerily, and lighted by lamps from overhead that effectually dispelled all gloomy shadows. As soon as Musgrave had entered the house he seized his friends, and before they had time to shake the snow from their coats, kissed them both under the mistletoe bough and set the servants tittering in the background.

"You're miserable substitutes for your betters," he said, laughing and pushing them from him, "but it's awfully unlucky not to use the mistletoe. Barker, I hope supper's ready, and that it is something very hot and plenty of it, for we've travelled on empty stomachs and brought them with us," and he led his guests upstairs to their rooms.

"What a jolly gallery!" said Lawley enthusiastically as they entered a long wide corridor, with many doors and several windows in it, and hung with pictures and trophies of arms.

"Yes, its our one distinguishing feature at Stonecroft," said Musgrave. "It runs the whole length of the house, from the

consentimiento, y cuando habló solo fue para decir:

—¡La que pueden armar en Stonecroft esos tres jóvenes solos! Nos vamos a encontrar los establos llenos de caballos con las patas rotas cuando volvamos a casa.

Will Musgrave pasó el día de Navidad con los Armitage, en su casa cerca de Ripon. Y, al día siguiente, por la noche, en el baile que ofrecieron los Armitage se divirtió como solo puede hacerlo un hombre muy joven, quien no se ha hartado aún del baile, y al cual nada agrada tanto como pasarse la vida bailando el vals, con los brazos ocupados en rodear la cintura de su bonita compañera de baile.

Al día siguiente, Musgrave y Armitage salieron para Stonecroft. Recogieron a Lawley de camino y llegaron a su destino al atardecer, exultantes y ansiosos. Stonecroft resultó ser el refugio idílico para descansar al final de tan largo viaje, campo a través, y con aquel frío penetrante —cuando azota el viento del este y la nieve se mete por todas partes—. La amplia y acogedora puerta principal daba al vestíbulo panelado en roble, en cuya chimenea ardía un fuego brillante. Estaba iluminado por lámparas que colgaban del techo, las cuales ahuyentaban a las sombras tenebrosas. Nada más entrar en la casa, Musgrave agarró a sus dos amigos, y antes de que tuvieran tiempo de sacudirse la nieve de los abrigos, los besó bajo la rama de muérdago, lo que provocó la risita nerviosa entre los sirvientes que esperaban al fondo de la habitación.

—Cuando no hay más, contigo Tomás —rio y los apartó de él de un empujón—, pues sería una lástima no aprovechar el muérdago. Barker, espero que la cena esté lista, y que se sirva caliente y sea bien abundante, puesto que llevamos todo el camino con el estómago vacío y venimos hambrientos. —Guio entonces a los invitados a sus habitaciones en la planta de arriba.

—¡Qué hermosa galería! —comentó Lawley con entusiasmo, al entrar al largo y ancho pasillo. Tenía muchas puertas y varias ventanas; y con cuadros y trofeos militares que colgaban de las paredes.

—Sí, es lo que le aporta su carácter a Stonecroft —apuntó Musgrave—, va todo a lo largo de la casa, y la recorre desde el lado más mo-

modern end of it to the back, which is very old, and built on the foundations of a Cistercian monastery which once stood on this spot. The gallery's wide enough to drive a carriage and pair down it, and it's the main thoroughfare of the house. My mother takes a constitutional here in bad weather, as though it were the open air, and does it with her bonnet on to aid the delusion."

Armitage's attention was attracted by the pictures on the walls, and especially by the life-size portrait of a young man in a blue coat, with powdered hair, sitting under a tree with a stag-hound lying at his feet.

"An ancestor of yours?" he said, pointing at the picture.

"Oh, they're all one's ancestors, and a motley crew they are, I must say for them. It may amuse you and Lawley to find from which of them I derive my good looks. That pretty youth whom you seem to admire is my great-greatgrandfather. He died at twenty-two, a preposterous age for an ancestor. But come along Armitage, you'll have plenty of time to do justice to the pictures by daylight, and I want to show you your rooms. I see everything is arranged comfortably, we are close together. Our pleasantest rooms are on the gallery, and here we are nearly at the end of it. Your rooms are opposite to mine, and open into Lawley's in case you should be nervous in the night and feel lonely so far from home, my dear children."

And Musgrave bade his friends make haste, and hurried away whistling cheerfully to his own room.

The following morning the friends rose to a white world. Six inches of fine snow, dry as salt, lay everywhere, the sky overhead a leaden lid, and all the signs of a deep fall yet to come.

"Cheerful this, very," said Lawley, as he stood with his hands in

derno hasta la parte trasera, que es muy antigua; se construyó sobre los cimientos de un monasterio cisterciense que, alguna vez, se erigió sobre este mismo punto. La galería es suficientemente ancha como para cruzarla en carruaje, y con un par de caballos. Es el paso principal de la casa. Con mal tiempo, mi madre da su paseo diario dentro de esta galería, como si paseara al aire libre, y lo hace con la capota puesta para hacer más real la ilusión.

Armitage, atraído por los cuadros, los miraba con atención, y en especial el retrato, a tamaño real, de un hombre joven vestido con un traje azul y el pelo empolvado. Estaba sentado bajo un árbol, con un perro de caza a los pies.

—¿Un antepasado tuyo? —preguntó Armitage, señalando el cuadro.

—¡Oh, son todos los antepasados de uno! Y menuda panda más heterogénea que son. Puede que os divierta saber, a ti y a Lawley, de quién heredé esta buena presencia. Ese hermoso joven que, al parecer, ha despertado tu admiración es mi tatarabuelo. Murió a los veintidós años, una edad ridícula para un antepasado. Pero continuemos, Armitage, que ya tendrás tiempo de hacer justicia a todos los cuadros a plena luz del día, y quiero mostraros vuestras habitaciones. Creo que todo se ha dispuesto para que os halléis cómodos. Nuestras habitaciones están cerca. Las habitaciones más agradables de la casa están ubicadas sobre la galería. Y aquí nos hallamos, casi al final de la misma. Vuestras habitaciones están justo enfrente de la mía; y comunicadas entre sí, por si os sintieseis inquietos y solos en medio de la noche, tan lejos de casa, mis queridos niños.

Y Musgrave apremió a sus amigos a que entraran en sus habitaciones, mientras él se apresuraba a la suya, silbando alegremente.

A la mañana siguiente, cuando los amigos se despertaron, estaba todo completamente nevado. Quince centímetros de nieve magnífica, tan seca como la sal, lo cubría todo; el cielo sobre sus cabezas parecía una cubierta de acero, y todas las señales anunciaban otra fuerte nevada.

—Pues vaya —se quejó Lawley, después del desayuno. Se había

his pockets, looking out of the window after breakfast. "The snow will have spoilt the ice for skating."

"But it won't prevent wild duck shooting," said Armitage, "and I say, Musgrave, we'll rig up a toboggan out there. I see a slope that might have been made on purpose for it. If we get some tobogganing, it may snow day and night for all I care, we shall be masters of the situation anyway."

"Well thought of, Armitage," said Musgrave, jumping at the idea.

"Yes, but you need two slopes and a little valley between for real good tobogganing," objected Lawley, "otherwise you only rush down the hillock like you do from the Mount Church to Funchal, and then have to retrace your steps as you do there, carrying your car on your back. Which lessens the fun considerably."

"Well, we can only work with the material at hand," said Armitage; "let's go and see if we can't find a better place for our toboggan, and something that will do for a car to slide in."

"That's easily found—empty wine cases are the thing, and stout sticks to steer with," and away rushed the young men into the open air, followed by half a dozen dogs barking joyfully.

"By Jove! if the snow keeps firm, we'll put runners on strong chairs and walk over to see the Harradines at Garthside, and ask the girls to come out sledging, and we'll push them," shouted Musgrave to Lawley and Armitage, who had outrun him in the vain attempt to keep up with a deer-hound that headed the party.

After a long and careful search they found a piece of land exactly suited to their purpose, and it would have amused their friends to

parado de pie frente a la ventana, con las manos en los bolsillos, y miraba por la ventana—. La nieve nos habrá estropeado la pista de hielo.

—Pero no impedirá que vayamos a cazar patos —replicó Armitage—, y digo yo, Musgrave, que podemos montar un tobogán ahí fuera. Veo ahí una ladera que parece que estuviera hecha a medida para nuestro propósito. Si podemos tirarnos por ese tobogán, ya puede nevar todo el día y toda la noche, por lo que a mí respecta. ¡Seremos los reyes!

—Buena idea, Armitage —celebró Musgrave, saltando de alegría ante la idea.

—Sí, pero hacen falta dos laderas y un poco de valle en el medio para poder deslizarse de verdad —objetó Lawley—, de lo contrario bajarás por la loma como si te deslizaras desde Mount Church a Funchal, y luego te pasaría igual que allí, que tendrías que desandar los pasos con el trineo a cuestas, lo cual disminuye la diversión considerablemente.

—Bien, solo podemos trabajar con el material que tenemos a mano —resolvió Armitage—. Vamos a ver si podemos encontrar un mejor lugar para deslizarnos ladera abajo, y algo que pueda servirnos de trineo para deslizarnos con ello.

—Eso es fácil de encontrar, las cajas de vino vacías son ideales y unos palos gruesos para maniobrar. —Los jóvenes se fueron corriendo al campo en busca del material, seguidos por media docena de perros que ladraban alegres.

—¡Por Júpiter! Si cuaja la nieve, les pondremos unos patines a unas sillas robustas y nos acercaremos hasta la casa de los Harradine, en Garthside, e invitaremos a las chicas a venir en trineo, y empujaremos los trineos —les gritó Musgrave a Lawley y a Armitage, quienes se le habían adelantado en el vano intento por alcanzar al galgo, el cual lideraba la partida.

Tras una larga y minuciosa búsqueda, encontraron el terreno que encajaba con sus propósitos, y les habría divertido a sus compañe-

see how hard the young men worked under the beguiling name of pleasure. For four hours they worked like navvies making a toboggan slide. They shovelled away the snow, then with pickaxe and spade, levelled the ground, so that when a carpet of fresh snow was spread over it, their improvised car would run down a steep incline and be carried by the impetus up another, till it came to a standstill in a snow drift.

"If we can only get this bit of engineering done to-day," said Lawley, chucking a spadeful of earth aside as he spoke, "the slide will be in perfect order for to-morrow."

"Yes, and when once it's done, it's done for ever," said Armitage, working away cheerfully with his pick where the ground was frozen hard and full of stones, and cleverly keeping his balance on the slope as he did so. "Good work lasts no end of a time, and posterity will bless us for leaving them this magnificent slide."

"Posterity may, my dear fellow, but hardly our progenitors if my father should happen to slip down it," said Musgrave.

When their task was finished, and the friends were transformed in appearance from navvies into gentlemen, they set out through thick falling snow to walk to Garthside to call on their neighbours the Harradines. They had earned their pleasant tea and lively talk, their blood was still aglow from their exhilarating work, and their spirits at the highest point. They did not return to Stonecroft till they had compelled the girls to name a time when they would come with their brothers and be launched down the scientifically prepared slide, in wine cases well padded with cushions for the occasion.

Late that night the young men sat smoking and chatting together in the library. They had played billiards till they were tired, and Lawley had sung sentimental songs, accompanying himself on the banjo, till even he was weary, to say nothing of what his listeners might be. Armitage sat leaning his light curly head

ros de clase ver con qué afán trabajaron los tres jóvenes, a las órdenes del puro placer. Trabajaron sin parar durante cuatro horas para construir el tobogán. Retiraban la nieve que escarbaban con las palas. Luego nivelaron el terreno con el pico y la pala, para que cuando se esparciera la capa de nieve virgen por encima, su improvisado vehículo pudiera correr cuesta abajo por la pendiente inclinada y de nuevo, con el ímpetu de la fuerza, remontara por encima de otro montículo, hasta detenerse por la inercia en un ventisquero.

—Si al menos pudiéramos terminar esta pequeña obra de ingeniería —dijo Lawley, lanzando una palada de tierra a un lado mientras hablaba—, el tobogán estaría en perfecto estado para mañana.

—Sí, y una vez construido, quedaría para siempre —respondió Armitage, mientras trabajaba con gran alegría, y hundía el pico en la tierra congelada y dura y llena de piedras, y sin perder el equilibrio en la pendiente mientras tanto—. El buen trabajo dura toda la vida. En la posteridad, nos agradecerán el legado de un tobogán tan magnífico.

—La posteridad tal vez, mi querido amigo, pero nuestros progenitores nos lo agradecerían bien poco si, por casualidad, se le ocurriera a mi padre bajar por él —dijo Musgrave.

Cuando terminaron con la tarea, y los trabajadores se convirtieron de nuevo en caballeros, pusieron rumbo a Garthside en medio de la fuerte nevada para ir a visitar a sus vecinos, los Harradine. Se habían ganado el placer del té y de la charla animada; aún les bullía la sangre tras el estimulante trabajo, y se encontraban muy animados. No regresaron a Stonecroft hasta que lograron que las chicas fijaran una hora en la que podrían venir con sus hermanos para ser lanzados cuesta abajo por el tobogán —empíricamente probado—, metidos en cajas de vino que habían acolchado para la ocasión con cojines.

Ya tarde, aquella noche, los jóvenes se sentaron a fumar y charlar en la biblioteca. Habían jugado al billar hasta que se sintieron cansados. Y Lawley había cantado canciones románticas, acompañado por el banjo, hasta que se sintió exhausto; ni qué decir cuánto lo estarían sus oyentes. Armitage se había sentado inclinado hacia atrás,

back in the chair, gently puffing out a cloud of tobacco smoke. And he was the first to break the silence that had fallen on the little company.

"Musgrave," he said suddenly, "an old house is not complete unless it is haunted. You ought to have a ghost of your own at Stonecroft."

Musgrave threw down the yellow-backed novel he had just picked up, and became all attention.

"So we have, my dear fellow. Only it has not been seen by any of us since my grandfather's time. It is the desire of my life to become personally acquainted with our family ghost."

Armitage laughed. But Lawley said, "You would not say that if you really believed in ghosts."

"I believe in them most devoutly, but I naturally wish to have my faith confirmed by sight. You believe in them too, I can see."

"Then you see what does not exist, and so far you are in a fair way to see ghosts. No, my state of mind is this," continued Lawley, "I neither believe, nor entirely disbelieve in ghosts. I am open to conviction on the subject. Many men of sound judgment believe in them, and others of equally good mental capacity don't believe in them. I merely regard the case of the bogies as not proven. They may, or may not exist, but till their existence is plainly demonstrated, I decline to add such an uncomfortable article to my creed as a belief in bogies."

Musgrave did not reply, but Armitage laughed a strident laugh.

"I'm one against two, I'm in an overwhelming minority," he said. "Musgrave frankly confesses his belief in ghosts, and you are neutral, neither believing nor disbelieving, but open to conviction. Now I'm a complete unbeliever in the supernatural,

y apoyaba en la silla la cabellera rizada. Expulsaba las caladas del humo del tabaco con delicadeza. Fue el primero en romper el silencio del pequeño grupo.

—Musgrave —dijo de pronto—, una casa vieja no está completa si no está encantada. Deberías tener un fantasma propio en Stonecroft.

Musgrave dejó caer al suelo la novela de tapas amarillas que acababa de coger y todas las miradas se concentraron en él.

—Pero sí que lo tenemos, mi querido amigo, lo que sucede es que no se ha dejado ver desde la época de mi abuelo. Ese es el deseo que llevo anhelando toda mi vida: llegar a conocer al fantasma de la familia.

Armitage rio, por el contrario, Lawley le espetó:

—No dirías eso si creyeras en fantasmas de verdad.

—Creo en ellos con devoción. Pero, como es natural, deseo ver para creer. Ya veo que tú también crees en ellos.

—Ves lo que no existe, y, por lo tanto, reúnes todas las condiciones para ver fantasmas. No, mi opinión es la siguiente —prosiguió Lawley—, ni creo en ellos, ni niego su existencia. Tengo la mente abierta a las diferentes convicciones sobre la materia. Muchas personas de gran juicio creen en ellos, y otros, con la misma capacidad mental, no creen. Simplemente, creo que el caso de los fantasmas está sin resolver. Puede que existan o que no existan, pero que, hasta que su existencia quede plenamente demostrada, rehúso añadir tal incómodo artículo a mi credo, como es el hecho de creer en fantasmas.

Musgrave no respondió, pero Armitage soltó una risa estridente.

—Uno contra dos, sois una abrumadora mayoría —concluyó—. Musgrave confiesa abiertamente que cree en fantasmas, y tú eres neutral, ni crees ni dejas de creer, aunque estás dispuesto a que te convenzan de su existencia. Ahora bien, yo me considero un des-

root and branch. People's nerves no doubt play them queer tricks, and will continue to do so to the end of the chapter, and if I were so fortunate as to see Musgrave's family ghost to-night, I should no more believe in it than I do now. By the way, Musgrave, is the ghost a lady or a gentleman?" he asked flippantly.

"I don't think you deserve to be told."

"Don't you know that a ghost is neither he nor she?" said Lawley. "Like a corpse, it is always *it.*"

"That is a piece of very definite information from a man who neither believes nor disbelieves in ghosts. How do you come by it, Lawley?" asked Armitage.

"Mayn't a man be well informed on a subject although he suspends his judgment about it? I think I have the only logical mind among us. Musgrave believes in ghosts though he has never seen one, you don't believe in them, and say that you would not be convinced if you saw one, which is not wise, it seems to me."

"It is not necessary to my peace of mind to have a definite opinion on the subject. After all, it is only a matter of patience, for if ghosts really exist we shall each be one in the course of time, and then, if we've nothing better to do, and are allowed to play such unworthy pranks, we may appear again on the scene, and impartially scare our credulous and incredulous surviving friends."

"Then I shall try to be beforehand with you, Lawley, and turn bogie first; it would suit me better to scare than to be scared. But, Musgrave, do tell me about your family ghost; I'm really interested in it, and I'm quite respectful now."

"Well, mind you are, and I shall have no objection to tell you what I know about it, which is briefly this: Stonecroft, as I told you, is built on the site of an old Cistercian Monastery destroyed

creído en lo que a lo sobrenatural respecta, de pies a cabeza. Cuando la gente pierde los nervios, estos les juegan una mala pasada, y seguirán haciéndolo hasta el final de los días. Y si yo tuviera la gran fortuna de ver al fantasma de la familia de Musgrave esta noche, no creería más en ellos de lo que lo hago en este mismo momento. Por cierto, Musgrave, ¿es el fantasma un hombre o una mujer? —preguntó frívolamente.

—No creo que merezca la pena responderte.

—¿No sabíais que un fantasma no es él ni ella? —apuntó Lawley—. Igual que un cadáver, es siempre asexual.

—Una información crucial, teniendo en cuenta que proviene de un hombre que ni cree ni deja de creer en los fantasmas. ¿Cómo se entiende eso, Lawley? —dijo Armitage.

—¿No es posible que un hombre esté bien informado sobre un asunto sin que llegue a tomar posición? Creo que soy el único que posee una mente lógica entre nosotros. Musgrave cree en ellos, aunque nunca ha visto uno. Tú no crees en ellos, y dices que no te convencerías de lo contrario, aunque vieras uno, lo cual no tiene mucha lógica para mí. No es necesario, para mi tranquilidad, poseer una opinión definitiva sobre el asunto. Después de todo, es solo una cuestión de paciencia, porque si los fantasmas existen de verdad, todos nos convertiremos en uno con un poquito de tiempo, y entonces, si no tenemos nada mejor que hacer, y se nos permite gastar tales ridículas bromas, podremos aparecer de nuevo en escena y asustar, de igual modo, tanto a los crédulos como a los incrédulos de cuantos amigos nos sobrevivan.

—Entonces, trataré de adelantarme a ti, Lawley, y me convertiré en fantasma primero. Me veo más asustando a otros que siendo yo el blanco de tales bromas. Pero, Musgrave, haz el favor de hablarme del fantasma de tu familia. Estoy muy interesado en el asunto, y seré respetuoso.

—Bien, lo tengo en cuenta, y no tengo ninguna objeción en contaros lo que conozco al respecto, que, en pocas palabras, se traduce en lo siguiente: Stonecroft, como os comenté, está construido sobre un

at the time of the Reformation. The back part of the house rests on the old foundations, and its walls are built with the stones that were once part and parcel of the monastery. The ghost that has been seen by members of the Musgrave family for three centuries past, is that of a Cistercian monk, dressed in the white habit of his order. Who he was, or why he has haunted the scenes of his earthly life so long, there is no tradition to enlighten us. The ghost has usually been seen once or twice in each generation. But as I said, it has not visited us since my grandfather's time, so, like a comet, it should be due again presently."

"How you must regret that was before your time," said Armitage.

"Of course I do, but I don't despair of seeing it yet. At least I know where to look for it. It has always made its appearance in the gallery, and I have my bedroom close to the spot where it was last seen, in the hope that if I open my door suddenly some moonlight night I may find the monk standing there."

"Standing where?" asked the incredulous Armitage.

"In the gallery, to be sure, midway between your two doors and mine. That is where my grandfather last saw it. He was waked in the dead of night by the sound of a heavy door shutting. He ran into the gallery where the noise came from, and, standing opposite the door of the room I occupy, was the white figure of the Cistercian monk. As he looked, it glided the length of the gallery and melted like mist into the wall. The spot where he disappeared is on the old foundations of the monastery, so that he was evidently returning to his own quarters."

"And your grandfather believed that he saw a ghost?" asked Armitage disdainfully.

"Could he doubt the evidence of his senses? He saw the thing as clearly as we see each other now, and it disappeared like a thin

antiguo monasterio cisterciense, el cual fue destruido en la época de la Reforma. Como ya os comenté, la parte de atrás de la casa se erige sobre los cimientos antiguos de un monasterio, y las paredes son de piedra. Las cuales, en su día, conformaban íntegramente el edificio del monasterio. El fantasma que ha sido visto por los miembros de la familia Musgrave, desde hace tres siglos, es el de un monje cisterciense que va vestido con el hábito blanco de la orden. De quién se trata, o por qué lleva tanto tiempo vagando por la tierra, continúa siendo un misterio para nosotros. El fantasma ha sido visto una o dos veces en cada generación. Pero, como dije, no nos ha visitado desde la época de mi abuelo, por lo que, al igual que un cometa, se prevé que se presente de nuevo ahora.

—Cuánto debes de lamentar que sucediera en una época anterior a la tuya —dijo Armitage.

—Por supuesto que sí, pero aún no he perdido las esperanzas de verlo. Por lo menos, sé dónde buscarlo. Siempre se ha aparecido en la galería, y he dispuesto mi habitación cerca del lugar donde fue visto por última vez, con la esperanza de abrir la puerta una noche de luna llena y, de pronto, encontrármelo allí plantado.

—¿Plantado dónde? —preguntó incrédulo Armitage.

—En la galería, sin lugar a dudas, a medio camino entre vuestras dos puertas y la mía. Ahí es donde mi abuelo lo vio por última vez. Le despertó, en medio de la noche, el ruido de una puerta pesada cerrándose. Corrió a la galería, desde donde provenía el ruido, y de pie, frente a la puerta de la habitación en la que me hospedo, estaba la blanca figura del monje cisterciense. Se quedó mirándolo, y vio cómo se deslizaba a lo largo de la galería y se esfumaba dentro de la pared. El lugar donde desapareció se ubica sobre los cimientos del antiguo monasterio, por lo que es evidente que regresaba a su antigua morada.

—¿Y tu abuelo creyó que había visto un fantasma? —preguntó Armitage con desdén.

—¿Podía negar la evidencia de sus sentidos? Vio tal cosa con la nitidez que nos vemos ahora nosotros, y desapareció por la pared en

vapour against the wall."

"My dear fellow, don't you think that it sounds more like an anecdote of your grandmother than of your grandfather?" remarked Armitage. He did not intend to be rude, though he succeeded in being so, as he was instantly aware by the expression of cold reserve that came over Musgrave's frank face. "Forgive me, but I never can take a ghost story seriously," he said. "But this much I will concede—they may have existed long ago in what were literally the dark ages, when rush-lights and sputtering dip candles could not keep the shadows at bay. But in this latter part of the nineteenth century, when gas and the electric light have turned night into day, you have destroyed the very conditions that produced the ghost—or rather the belief in it, which is the same thing. Darkness has always been bad for human nerves. I can't explain why, but so it is. My mother was in advance of the age on the subject, and always insisted on having a good light burning in the night nursery, so that when as a child I woke from a bad dream I was never frightened by the darkness. And in consequence I have grown up a complete unbeliever in ghosts, spectres, wraiths, apparitions, dopplegangers, and the whole bogie crew of them," and Armitage looked round calmly and complacently.

"Perhaps I might have felt as you do if I had not begun life with the knowledge that our house was haunted," replied Musgrave with visible pride in the ancestral ghost. "I only wish that I could convince you of the existence of the supernatural from my own personal experience. I always feel it to be the weak point in a ghost story, that it is never told in the first person. It is a friend, or a friend of one's friend, who was the lucky man, and actually saw the ghost."

And Armitage registered a vow to himself, that within a week from that time Musgrave should see his family ghost with his own eyes, and ever after be able to speak with his enemy in the gate.

Several ingenious schemes occurred to his inventive mind

la forma de un fino vapor.

—Mi querido amigo, ¿no te parece que esa anécdota sería más propia de tu abuela que de tu abuelo? —señaló Armitage. No era su intención mostrarse irreverente, si bien lo había conseguido; el gesto frío, reticente, que revelaba la cara de Musgrave fue suficiente para que se diera cuenta de ello al instante—. Perdóname, pero no me puedo tomar una historia de fantasmas en serio —añadió—, aunque podría concederte que, tal vez, hayan existido hace muchos años en lo que literalmente era la época oscura, cuando las velas de junco y los candelabros parpadeantes y titilantes eran incapaces de mantener las sombras alejadas. Pero en esta parte del siglo XIX, cuando el gas y la luz eléctrica han transformado la noche en el día, hemos destruido las condiciones que eran propicias para fabricar fantasmas —o, más bien, las creencias en su existencia, que viene a ser lo mismo—. La oscuridad siempre ha sido mala compañera para los humanos, les altera los nervios. No puedo explicar la razón, pero es así. Para la época, mi madre era una adelantada en la materia e insistía siempre en que se dejara una luz encendida por la noche en el cuarto de los niños, por lo que de niño, cuando me despertaba de una pesadilla, nunca me asustaba la oscuridad. Y, en consecuencia, me he convertido en un completo escéptico en lo que se refiere a los fantasmas, espectros, espíritus, apariciones, desdoblamientos, y en toda la prole. —Y Armitage miró a su alrededor despacio, complaciente.

—Tal vez, habría sentido lo mismo que tú si no hubiera crecido con el conocimiento de que mi casa estaba encantada —replicó Musgrave. Mostraba un evidente orgullo por su antepasado fantasma—. Tan solo quisiera convenceros de la existencia de lo sobrenatural desde mi propia experiencia. Siempre tengo la sensación de que ahí radica el punto débil de una historia de fantasmas, que nunca se cuenta en primera persona. Resulta que se trata de un amigo, o del amigo de un amigo, quien fue el agraciado, quien, en efecto, vio al fantasma.

Armitage entonces se hizo un juramento: al cabo de una semana, a partir de aquel mismo momento, Musgrave vería al fantasma de la familia con sus propios ojos. Y, en adelante, siempre podrá ha-

for producing the desired apparition. But he had to keep them burning in his breast. Lawley was the last man to aid and abet him in playing a practical joke on their host, and he feared he should have to work without an ally. And though he would have enjoyed his help and sympathy, it struck him that it would be a double triumph achieved, if both his friends should see the Cistercian monk. Musgrave already believed in ghosts, and was prepared to meet one more than half way, and Lawley, though he pretended to a judicial and impartial mind concerning them, was not unwilling to be convinced of their existence, if it could be visibly demonstrated to him.

Armitage became more cheerful than usual as circumstances favoured his impious plot. The weather was propitious for the attempt he meditated, as the moon rose late and was approaching the full. On consulting the almanac he saw with delight that three nights hence she would rise at 2 a.m., and an hour later the end of the gallery nearest Musgrave's room would be flooded with her light. Though Armitage could not have an accomplice under the roof, he needed one within reach, who could use needle and thread, to run up a specious imitation of the white robe and hood of a Cistercian monk. And the next day, when they went to the Harradines to take the girls out in their improvised sledges, it fell to his lot to take charge of the youngest Miss Harradine. As he pushed the low chair on runners over the hard snow, nothing was easier than to bend forward and whisper to Kate, "I am going to take you as fast as I can, so that no one can hear what we are saying. I want you to be very kind, and help me to play a perfectly harmless practical joke on Musgrave. Will you promise to keep my secret for a couple of days, when we shall all enjoy a laugh over it together?"

"O yes, I'll help you with pleasure, but make haste and tell me what your practical joke is to be."

blar con el enemigo en la puerta[5]. Su ingeniosa mente urdió varios planes para que se produjera la tan ansiada aparición. Pero hubo de mantener aquellos planes en secreto, dejando que se consumieran por dentro. Lawley sería el último hombre en prestarse a ofrecerle su ayuda y hacer de cómplice en la broma instructiva que le quería gastar a su anfitrión, y se temió que iba a tener que trabajar sin un aliado. Y, a pesar de que habría disfrutado de su apoyo y de su colaboración, le pareció que se trataría de un doble triunfo si sus dos amigos veían al monje cisterciense. Musgrave ya creía en fantasmas, y estaba más que dispuesto a encontrarse a uno, y Lawley, a pesar de presumir de tener un juicio imparcial en lo que a fantasmas concernía, tampoco se mostraba reacio a que le convencieran de su existencia, si, en efecto, se lo podían demostrar.

Armitage se mostró más alegre que de costumbre al ver que las circunstancias favorecían su despiadado plan. El tiempo era propicio para sus intenciones, puesto que la luna salía más tarde y pronto habría luna llena. Al consultar el calendario, pudo comprobar con gran satisfacción que, al cabo de tres días, la luna saldría a las dos de la madrugada y, una hora más tarde, el fondo de la galería más cerca de la habitación de Musgrave se llenaría de luz. Aunque Armitage sabía que no iba a poder contar con un cómplice bajo el mismo techo, iba a necesitar a uno cerca, el cual fuera diestro con el hilo y la ajuga, para poder coser el disfraz, la sotana blanca y la capucha del monje cisterciense. Y, cuando al día siguiente, fue a casa de los Harradine para sacar a pasear a las chicas en los improvisados trineos, tuvo la suerte de tocarle llevar a la más joven de las Harradine. Mientras empujaba la silla con patines sobre la nieve dura, nada fue más fácil que inclinarse y susurrar al oído de Kate:

—Voy a llevarla lo más rápido que pueda para que nadie pueda escuchar lo que decimos. Preciso de su amable colaboración, necesito que me ayude a gastarle una broma a Musgrave, algo inofensivo y muy instructivo. ¿Me promete guardar el secreto durante un par de días, hasta que nos riamos todos de la broma?

—Oh, sí, le ayudaré con sumo placer, pero no se demore y cuénteme cuál es esa broma tan instructiva que le quiere gastar.

5   Salmos, 127:5.

"I want to play ancestral ghost to Musgrave, and make him believe that he has seen the Cistercian monk in his white robe and cowl, that was last seen by his respected credulous grand-papa."

"What a good idea! I know he is always longing to see the ghost, and takes it as a personal affront that it has never appeared to him. But might it not startle him more than you intend?" and Kate turned her glowing face towards him, and Armitage involuntarily stopped the little sledge. "For it is one thing to wish to see a ghost, you know, and quite another to think that you see it."

"Oh, you need not fear for Musgrave! We shall be conferring a positive favour on him, in helping him to see what he's so wishful to see. I'm arranging it so that Lawley shall have the benefit of the show as well, and see the ghost at the same time with him. And if two strong men are not a match for one bogie, leave alone a home-made counterfeit one, it's a pity."

"Well, if you think it's a safe trick to play, no doubt you are right. But how can I help you? With the monk's habit, I suppose?"

"Exactly. I shall be so grateful to you if you will run up some sort of garment, that will look passably like a white Cistercian habit to a couple of men, who I don't think will be in a critical frame of mind during the short time they are allowed to see it. I really wouldn't trouble you if I were anything of a sempster (is that the masculine of sempstress?) myself, but I'm not. A thimble bothers me very much, and at college, when I have to sew on a button, I push the needle through on one side with a threepenny bit, and pull it out on the other with my teeth, and it's a laborious process."

Kate laughed merrily. "Oh, I can easily make something or other out of a white dressing gown, fit for a ghost to wear, and fasten a hood to it."

Armitage then told her the details of his deeply laid scheme, how he would go to his room when Musgrave and Lawley went

—Quiero hacerme pasar por el fantasma de la familia de Musgrave, y hacerle creer a Musgrave que ha visto al monje cisterciense vestido con el hábito de la orden, el que fue visto por última vez por su respetado e ingenuo abuelo.

—¡Qué buena idea! Sé que está deseando ver al fantasma, y se lo toma como una afrenta personal que no se le haya aparecido nunca a él. Pero ¿no le asustará más allá de lo debido? —Kate giró la cara ruborizada hacia él, y Armitage paró el pequeño trineo sin querer—. Porque una cosa es desear ver un fantasma, sepa usted, y otra bien distinta creer que lo has visto.

—Oh, no se preocupe por Musgrave. Estaremos haciéndole un favor, haciéndole ver lo que tanto desea. Estoy organizándolo todo de tal manera que Lawley también podrá disfrutar del espectáculo, y verá al fantasma a la vez. Y, si dos hombres fuertes, juntos, son capaces de enfrentarse a un fantasma, mucho más cierto será que se enfrenten a uno de fabricación casera, una lástima si no.

—Bien, si considera que se trata de una broma inofensiva, sin duda, llevará razón. Pero ¿cómo podría yo ayudarle? ¿Supongo que con el hábito del monje?

—Exacto. La estaré sumamente agradecido si pudiera confeccionar algún tipo de prenda que pueda pasar por el hábito de un monje cisterciense a los ojos de dos hombres (quienes, de todos modos, no estarán muy en sus cabales durante el breve tiempo que durará la aparición). No la importunaría si yo mismo fuera un buen costurero (¿es este el masculino de «costurera»?). Los dedales me resultan un incordio y, en la universidad, cuando tengo que coser un botón, paso la aguja empujándola con una moneda, y tiro de ella por el otro lado agarrándola con los dientes. El proceso resulta laborioso.

Kate rio alegremente:

—Oh, puedo hacer sin problemas alguna cosa con una bata blanca que le vaya bien a un fantasma, y coserle una capucha.

Armitage le contó entonces a Kate los detalles de su plan, trazado a conciencia. Cómo él iría a su habitación, cuando Musgrave y

to theirs on the eventful night, and sit up till he was sure that they were fast asleep. Then when the moon had risen, and if her light was obscured by clouds he would be obliged to postpone the entertainment till he could be sure of her aid, he would dress himself as the ghostly monk, put out the candles, softly open the door and look into the gallery to see that all was ready. "Then I shall slam the door with an awful bang, for that was the noise that heralded the ghost's last appearance, and it will wake Musgrave and Lawley, and bring them both out of their rooms like a shot. Lawley's door is next to mine, and Musgrave's opposite, so that each will command a magnificent view of the monk at the same instant, and they can compare notes afterwards at their leisure."

"But what shall you do if they find you out at once?"

"Oh, they won't do that! The cowl will be drawn over my face, and I shall stand with my back to the moonlight. My private belief is, that in spite of Musgrave's yearnings after a ghost, he won't like it when he thinks he sees it. Nor will Lawley, and I expect they'll dart back into their rooms and lock themselves in as soon as they catch sight of the monk. That would give me time to whip back into my room, turn the key, strip off my finery, hide it, and be roused with difficulty from a deep sleep when they come knocking at my door to tell me what a horrible thing has happened. And one more ghost story will be added to those already in circulation," and Armitage laughed aloud in anticipation of the fun.

"It is to be hoped that everything will happen just as you have planned it, and then we shall all be pleased. And now will you turn the sledge round and let us join the others; we have done conspiring for the present. If we are seen talking so exclusively to each other, they will suspect that we are brewing some mischief together. Oh, how cold the wind is! I like to hear it whistle in my hair!" said Kate as Armitage deftly swung the little sledge round

Lawley fueran a las suyas, en la noche señalada; cómo se quedaría sentado esperando a que los otros estuvieran profundamente dormidos. Entonces, cuando saliera la luna —y si las nubes tapaban a la luna, y en el caso de no poder contar con su luz, cómo tendría entonces que retrasar su plan—, se disfrazaría del fantasma del monje, apagaría las velas, abriría la puerta con cuidado y miraría dentro de la galería para comprobar que todo estaba preparado:

—Entonces, daré un tremendo portazo, que fue lo que anunció la aparición del fantasma la última vez, y despertará a Musgrave y Lawley, y los hará salir disparados de la habitación. La puerta de Lawley esta junto a la mía, y la de Musgrave justo enfrente, por lo que ambos dispondrán de unas vistas magníficas del fantasma en el mismo instante, y podrán comparar sus observaciones más tarde en los ratos libres.

—¿Y qué hará si le descubren enseguida?

—Oh, no lo harán. La capucha cubrirá mi rostro y me pondré de espaldas a la luna. Mi más íntima convicción es que, a pesar de los anhelos de Musgrave por ver el fantasma, no le gustará cuando crea que ve uno. Tampoco a Lawley, y sospecho que se irán corriendo a sus habitaciones y se encerrarán en las mismas en cuanto atisben al monje. Ello me daría tiempo para volver a todo correr a mi habitación, cerrar con llave, desprenderme de mis galas, esconderlas, y desperezarme, recién despertado de un profundo sueño, y levantarme de la cama despacio cuando ellos vengan a tocar a la puerta de mi habitación para contarme el horrible suceso que acaba de ocurrir. Y una nueva historia de fantasmas se añadirá a la lista de las que ya circulan.

Y Armitage, anticipando la diversión, rio muy alto.

—Esperemos que todo salga exactamente como lo ha planeado, y nos sentiremos todos felices Y, ahora, ¿le importaría girar el trineo para volver con los demás? Ya hemos conspirado lo suficiente. Si nos ven a los dos hablando tan apartados del grupo, sospecharán que estamos tramando alguna fechoría. Oh, ¡qué viento más frío! Es delicioso escuchar cómo silba el viento al pasar por el pelo —dijo Kate. Armitage, mientras tanto, había girado con gran habilidad el peque-

and drove it quickly before him, facing the keen north wind, and she buried her chin in her warm furs.

Armitage found an opportunity to arrange with Kate, that he would meet her half way between Stonecroft and her home, on the afternoon of the next day but one, when she would give him a parcel containing the monk's habit. The Harradines and their house party were coming on Thursday afternoon to try the toboggan slide at Stonecroft. But Kate and Armitage were willing to sacrifice their pleasure to the business they had in hand.

There was no other way but for the conspirators to give their friends the slip for a couple of hours, when the important parcel would be safely given to Armitage, secretly conveyed by him to his own room, and locked up till he should want it in the small hours of the morning.

When the young people arrived at Stonecroft, Miss Harradine apologised for her younger sister's absence, occasioned, she said, by a severe headache. Armitage's heart beat rapidly when he heard the excuse, and he thought how convenient it was for the inscrutable sex to be able to turn on a headache at will, as one turns on hot or cold water from a tap.

After luncheon, as there were more gentlemen than ladies, and Armitage's services were not necessary at the toboggan slide, he elected to take the dogs for a walk, and set off in the gayest spirits to keep his appointment with Kate. Much as he enjoyed maturing his ghost plot, he enjoyed still more the confidential talks with Kate that had sprung out of it, and he was sorry that this was to be the last of them. But the moon in heaven could not be stayed for the performance of his little comedy, and her light was necessary to its due performance. The ghost must be seen at three o'clock next morning, at the time and place arranged, when the proper illumination for its display would be forthcoming.

ño trineo y lo conducía rápido delante de él, encarando el viento norte. Kate hundió la barbilla entre las pieles del abrigo.

Al cabo de dos días, por la tarde, Armitage halló el momento oportuno para llevar a cabo el encuentro con Kate, a medio camino entre las dos casas; era entonces que ella debía entregarle el paquete que contenía el hábito del monje. Los Harradine y toda su prole vendrían el jueves por la tarde para probar el tobogán en Stonecroft. Pero Kate y Armitage estaban dispuestos a sacrificar tal placer por el negocio que se traían entre manos.

Los conspiradores no hallaron otro modo para esquivar a sus amigos durante un par de horas, cuando, bajo estrictas medidas de seguridad, se realizaría la importante entrega a Armitage. Él lo llevaría entonces, con mucho sigilo, a su habitación y lo guardaría bajo llave hasta que fuera a necesitarlo de madrugada.

Aquella tarde, cuando los jóvenes llegaron a Stonecroft, la señorita Harradine se disculpó por la ausencia de su hermana, debida a, según dijo ella, un fuerte dolor de cabeza.

A Armitage, se le aceleró el corazón al escuchar tal excusa, y pensó lo práctico que podía resultarle aquello al misterioso sexo. La habilidad que tenían las mujeres para inventarse un dolor de cabeza a su antojo, de igual modo que uno abre o cierra el grifo del agua caliente o de la fría.

Después de la merienda, como había más caballeros que señoras, y los servicios de Armitage no eran requeridos en el tobogán, este decidió sacar a pasear a los perros. Con gran entusiasmo, se puso en marcha para reunirse con Kate. A pesar de lo mucho que disfrutaba que el plan madurara, aún disfrutaba más de la íntima conversación con Kate, la cual había surgido a raíz del mismo, y le lastimaba que el encuentro fuera a ser el último. Pero la luna no podía esperarse quieta en el cielo para representar su comedieta, y la luz de la luna resultaba imprescindible para representar la comedia, tal y como la había previsto. El fantasma debía ser visto a las tres de la madrugada del día siguiente, en el lugar y hora fijados, cuando se dieran las condiciones de iluminación necesarias para llevarlo a término.

As Armitage walked swiftly over the hard snow, he caught sight of Kate at a distance. She waved her hand gaily and pointed smiling to the rather large parcel she was carrying. The red glow of the winter sun shone full upon her, bringing out the warm tints in her chestnut hair, and filling her brown eyes with soft lustre, and Armitage looked at her with undisguised admiration.

"It's awfully good of you to help me so kindly," he said as he took the parcel from her, "and I shall come round to-morrow to tell you the result of our practical joke. But how is the headache?" he asked smiling, "you look so unlike aches or pains of any kind, I was forgetting to enquire about it."

"Thank you, it is better. It was not altogether a made-up headache, though it happened opportunely. I was awake in the night, not in the least repenting that I was helping you, of course, but wishing it was all well over. One has heard of this kind of trick sometimes proving too successful, of people being frightened out of their wits by a make-believe ghost, and I should never forgive myself if Mr Musgrave or Mr Lawley were seriously alarmed."

"Really, Miss Harradine, I don't think that you need give yourself a moment's anxiety about the nerves of a couple of burly young men. If you are afraid for anyone, let it be for me. If they find me out, they will fall upon me and rend me limb from limb on the spot. I can assure you I am the only one for whom there is anything to fear," and the transient gravity passed like a cloud from Kate's bright face. And she admitted that it was rather absurd to be uneasy about two stalwart young men compounded more of muscle than of nerves. And they parted, Kate hastening home as the early twilight fell, and Armitage, after watching her out of sight, retracing his steps with the precious parcel under his arm.

He entered the house unobserved, and reaching the gallery by a back staircase, felt his way in the dark to his room. He deposited his treasure in the wardrobe, locked it up, and attracted by the sound of laughter, ran downstairs to the drawing-room. Will Musgrave and his friends, after a couple of hours of glowing

Mientras Armitage caminaba ligero por la nieve, atisbó la figura de Kate a cierta distancia. Ella, sonriente, le saludó con la mano y señaló el paquete —parecía grande— que traía. El resplandor rojizo del sol de invierno brillaba sobre Kate, resaltaba los cálidos colores del pelo castaño, y hacía brillar sus ojos marrones. Armitage la miró sin esconder la admiración que sintió.

—Es tan amable por su parte ofrecerme su ayuda —dijo él, mientras recibía el paquete—. Volveré mañana para contarle cómo fue la instructiva broma. Pero, dígame, ¿cómo sigue ese dolor de cabeza? —inquirió sonriente—. Tiene un aspecto tan diferente del habitual en estos casos, con dolores o achaques, que olvidé preguntárselo.

—Muchas gracias, estoy mejor. No fue del todo un dolor impostado, si bien me sobrevino muy oportunamente. Me desvelé anoche, no porque me estuviera arrepintiendo en lo más mínimo de prestarle mi ayuda, por supuesto que no; sin embargo, deseaba que todo se pasara rápido. Una ha oído hablar de estas cosas, de estos trucos que, en ocasiones, resultan tan certeros que la gente termina perdiendo la cabeza con el susto, y no me lo perdonaría nunca si los señores Musgrave y Lawley se murieran del susto.

—En serio, señorita Harradine, me parece que no hay necesidad alguna de preocuparse por la salud mental de dos jóvenes fuertes y sanos. Si por alguno debe temer, es por mí. Si me descubren, se abalanzarán sobre mí y me destrozarán en el acto. Le aseguro que yo soy la única persona por la que se ha de temer. —Y la expresión grave, pasajera, cruzó como una nube el radiante rostro de Kate; y Kate admitió que resultaba bastante absurdo sentirse inquieta por aquellos dos hombres jóvenes, fornidos, más llenos de músculo que de nervios. Y partieron, Kate apresurándose a ir a casa pues se acercaba el crepúsculo, y Armitage, después de verla desaparecer, retrocediendo sobre sus pasos con el preciado paquete bajo el brazo.

Entró en la casa sin ser visto, y tras alcanzar la galería por una escalera trasera, avanzó a tientas hasta su habitación. Depositó su tesoro en el armario, lo cerró con llave, y atraído por el ruido de las risas, corrió abajo, al salón. Will Musgrave y sus amigos, tras un par de horas de ejercicio al sol, habían entrado en casa en cuanto oscu-

exercise, had been driven indoors by the darkness, nothing loath to partake of tea and hot cakes, while they talked and laughed over the adventures of the afternoon.

"Wherever have you been, old fellow?" said Musgrave as Armitage entered the room. "I believe you've a private toboggan of your own somewhere that you keep quiet. If only the moon rose at a decent time, instead of at some unearthly hour in the night, when it's not of the slightest use to anyone, we would have gone out looking for you."

"You wouldn't have had far to seek, you'd have met me on the turnpike road."

"But why this subdued and chastened taste? Imagine preferring a constitutional on the high road when you might have been tobogganing with us! My poor friend, I'm afraid you are not feeling well!" said Musgrave with an affectation of sympathy that ended in boyish laughter and a wrestling match between the two young men, in the course of which Lawley more than once saved the tea table from being violently overthrown.

Presently, when the cakes and toast had disappeared before the youthful appetites, lanterns were lighted, and Musgrave and his friends, and the Harradine brothers, set out as a bodyguard to take the young ladies home. Armitage was in riotous spirits, and finding that Musgrave and Lawley had appropriated the two prettiest girls in the company, waltzed untrammelled along the road before them lantern in hand, like a very will-o'-the-wisp.

The young people did not part till they had planned fresh pleasures for the morrow, and Musgrave, Lawley, and Armitage returned to Stonecroft to dinner, making the thin air ring to the jovial songs with which they beguiled the homeward journey.

Late in the evening, when the young men were sitting in the library, Musgrave suddenly exclaimed, as he reached down a book from an upper shelf, "Hallo! I've come on my grandfather's diary! Here's his own account of how he saw the white monk in the

reció. De buena gana fueron a tomar juntos el té y los pasteles, mientras charlaban y se reían al recordar las aventuras de aquella tarde.

—¿Dónde te habías metido, viejo amigo? —preguntó Musgrave cuando Armitage entró en la habitación—. Me parece a mí que tú tienes un tobogán privado en algún lugar secreto. Si la luna saliera a una hora decente y no a unas horas intempestivas, cuando a nadie le sirve ya su luz, hubiéramos ido a buscarte.

—No habrías tenido que ir muy lejos. Me habríais encontrado en el camino cerca del peaje.

—Pero ¿por qué ese ánimo tan apagado y sumiso? ¡Cómo puedes preferir pasear por la carretera cuando podrías haber estado deslizándote por el tobogán con nosotros! —dijo Musgrave con afectada simpatía, quien terminó riendo como un chiquillo y enredándose en una pelea de lucha libre entre los jóvenes, durante la cual Lawley evitó, en más de una ocasión, que se volcara la mesa donde habían servido el té.

Poco después, una vez desaparecidos los pasteles y las tostadas ante el apetito de los jóvenes, encendieron las linternas, y Musgrave y sus amigos y los hermanos de las Harradine se dispusieron —como guardaespaldas— a acompañar a las jóvenes damas a casa. Armitage estaba alborotado, y como le pareció que Musgrave y Lawley se habían apropiado de la compañía de las dos jóvenes más bonitas del grupo, bailaba desaforado a lo largo del camino, por delante de ellos, con la linterna en la mano como el mismísimo fuego fatuo.

Los jóvenes no se despidieron hasta planear nuevos placeres para el día siguiente, y Musgrave, Lawley y Armitage regresaron para la cena en Stonecroft. De regreso, llenaron el aire con canciones alegres con las que amenizaron el camino a casa.

Tarde por la noche, cuando los jóvenes estaban sentados en la biblioteca, Musgrave exclamó de pronto, mientras cogía un libro de lo alto de la biblioteca:

gallery. Lawley, you may read it if you like, but it shan't be wasted on an unbeliever like Armitage. By Jove! what an odd coincidence! It's forty years this very night, the thirtieth of December, since he saw the ghost," and he handed the book to Lawley, who read Mr Musgrave's narrative with close attention.

"Is it a case of 'almost thou persuadest me'?" asked Armitage, looking at his intent and knitted brow.

"I hardly know what I think. Nothing positive either way at any rate." And he dropped the subject, for he saw Musgrave did not wish to discuss the family ghost in Armitage's unsympathetic presence.

They retired late, and the hour that Armitage had so gleefully anticipated drew near. "Good-night both of you," said Musgrave as he entered his room, "I shall be asleep in five minutes. All this exercise in the open air makes a man absurdly sleepy at night," and the young men closed their doors, and silence settled down upon Stonecroft Hall.

Armitage and Lawley's rooms were next to each other, and in less than a quarter of an hour Lawley shouted a cheery good-night, which was loudly returned by his friend. Then Armitage felt somewhat mean and stealthy. Musgrave and Lawley were both confidingly asleep, while he sat up alert and vigilant maturing a mischievous plot that had for its object the awakening and scaring of both the innocent sleepers. He dared not smoke to pass the tedious time, lest the tell-tale fumes should penetrate into the next room through the keyhole, and inform Lawley if he woke for an instant that his friend was awake too, and behaving as though it were high noon.

—¡Ey! ¡Me he encontrado el diario de mi abuelo! He aquí su propio relato de cómo vio al monje del hábito blanco en la galería. Lawley, puedes leerlo si quieres, pero no será desperdiciado ante un escéptico como Armitage. ¡Por Júpiter! ¡Qué extraña coincidencia! Hace exactamente cuarenta años esta noche, el treinta de diciembre, desde que vio al fantasma —le pasó el diario a Lawley, quien leyó la narración del señor Musgrave con gran atención.

—¿Es esto como aquello de «por poco me convences»?[6] —preguntó Armitage, percatándose de su intención y viendo que fruncía el ceño.

—Apenas sé lo que creo. Nada positivo en cualquier caso. —Y cambió de tema porque se dio cuenta de que Musgrave no tenía ninguna intención de debatir sobre el fantasma de la familia en la antipática presencia de Armitage.

Se retiraron pronto y la hora que Armitage tan alegremente había anticipado se acercaba.

—Buenas noches a los dos —se despidió Musgrave y entró en su habitación—. Me quedaré dormido en cinco minutos. Todo este ejercicio al aire libre hace que un hombre sienta una inexplicable somnolencia por la noche. —Y los jóvenes cerraron las puertas de sus habitaciones, y se hizo el silencio en Stonecroft Hall.

Las habitaciones de Armitage y de Lawley estaban una al lado de la otra, y en menos de un cuarto de hora, Lawley soltó un alegre «buenas noches», al cual correspondió el amigo del mismo modo. Entonces, Armitage se sintió mezquino y traidor. Musgrave y Lawley dormían profundamente, mientras él se mantenía despierto, sentado y vigilante madurando el malvado plan que tenía por objeto despertar y asustar a los dos inocentes durmientes. No se atrevía a fumar para pasar el rato, no fuera a ser que el humo del tabaco se colara por el ojo de la cerradura y lo delatara, informando a Lawley al instante —si se despertaba— de que su amigo estaba también despierto y actuando como si fuera pleno día.

6   Hechos, 26:28-30.

Armitage spread the monk's white habit on the bed, and smiled as he touched it to think that Kate's pretty fingers had been so recently at work upon it. He need not put it on for a couple of hours yet, and to occupy the time he sat down to write. He would have liked to take a nap. But he knew that if he once yielded to sleep, nothing would wake him till he was called at eight o'clock in the morning. As he bent over his desk the big clock in the hall struck one, so suddenly and sharply it was like a blow on the head, and he started violently. "What a swinish sleep Lawley must be in that he can't hear a noise like that!" he thought, as snoring became audible from the next room. Then he drew the candles nearer to him, and settled once more to his writing, and a pile of letters testified to his industry, when again the clock struck. But this time he expected it, and it did not startle him, only the cold made him shiver. "If I hadn't made up my mind to go through with this confounded piece of folly, I'd go to bed now," he thought, "but I can't break faith with Kate. She's made the robe and I've got to wear it, worse luck," and with a great yawn, he threw down his pen, and rose to look out of the window.

It was a clear frosty night. At the edge of the dark sky, sprinkled with stars, a faint band of cold light heralded the rising moon. How different from the grey light of dawn, that ushers in the cheerful day, is the solemn rising of the moon in the depth of a winter night. Her light is not to rouse a sleeping world and lead men forth to their labour, it falls on the closed eyes of the weary, and silvers the graves of those whose rest shall be broken no more. Armitage was not easily impressed by the sombre aspect of nature, though he was quick to feel her gay and cheerful influence, but he would be glad when the farce was over, and he no longer obliged to watch the rise and spread of the pale light, solemn as the dawn of the last day.

He turned from the window, and proceeded to make himself into the best imitation of a Cistercian monk that he could contrive. He slipped the white habit over all his clothing, that he might seem of portly size, and marked dark circles round his eyes, and

Armitage extendió el hábito blanco de monje sobre la cama y sonrió al tocarlo, al pensar que los bonitos dedos de Kate habían estado trabajando sobre la tela hacía tan poco. No necesitaba ponérselo aún hasta dentro de un par de horas, y para ocupar el tiempo se sentó a escribir. Le habría gustado echarse una siesta. Pero sabía que si se dejaba vencer por el sueño, no habría quien lo despertara hasta que fueran a llamarle a las ocho de la mañana. Mientras se inclinaba sobre su escritorio, en el gran reloj daba la una de la madrugada, tan repentino y agudo fue que le pareció como un golpe en la cabeza y se sobresaltó con violencia:

«¡Lawley duerme como un ceporro, incapaz de oír un ruido así!», pensó, mientras subía el volumen de los ronquidos en la habitación de al lado. Entonces acercó las velas y prosiguió escribiendo, y un montón de cartas fueron testigos de su labor, hasta que de nuevo el reloj anunció la siguiente hora. Pero esta vez la esperaba, y no se sobresaltó, solo que el frío le hizo temblar: «Si no estuviera convencido de llevar a cabo este maldito y disparatado plan, ahora me iría a la cama —pensó—, pero no puedo romper mi palabra con Kate. Ella ha hecho el traje y debo ponérmelo, mala suerte», y, con un gran bostezo, dejó caer la pluma y se levantó para mirar por la ventana.

Era una noche clara y gélida. En el extremo del cielo negro, salpicado de estrellas, una borrosa franja de fría luz anunciaba que la luna estaba a punto de salir. Qué diferente de la tenue luz del amanecer, que preludia el alegre día, es la solemne salida de la luna en medio de una noche de invierno. Su luz no está hecha para despertar al mundo durmiente y llevarlo a sus tareas, cae sobre los ojos cerrados, cansados, y tiñe de plata las tumbas de aquellos cuyo descanso no será importunado jamás. Armitage no se dejaba impresionar fácilmente por el aspecto sombrío de la naturaleza —por el contrario, enseguida se dejaba seducir por su alegre y jovial influencia—, sin embargo, se alegraría de ver que la farsa había terminado y él ya no estaba obligado a vigilar la pálida luz elevarse y extenderse, solemne como el amanecer del último día.

Se volvió y alejó de la ventana, y procedió a convertirse en la mejor imitación del monje cisterciense que podía imaginar. Se echó por encima de la ropa el hábito blanco, para que pudiera parecer más grande, y marcó los círculos negros alrededor de los ojos, y espolvo-

thickly powdered his face a ghastly white.

Armitage silently laughed at his reflection in the glass, and wished that Kate could see him now. Then he softly opened the door and looked into the gallery. The moonlight was shimmering duskily on the end window to the right of his door and Lawley's. It would soon be where he wanted it, and neither too light nor too dark for the success of his plan. He stepped silently back again to wait, and a feeling as much akin to nervousness as he had ever known came over him. His heart beat rapidly, he started like a timid girl when the silence was suddenly broken by the hooting of an owl. He no longer cared to look at himself in the glass. He had taken fright at the mortal pallor of his powdered face. "Hang it all! I wish Lawley hadn't left off snoring. It was quite companionable to hear him."

And again he looked into the gallery, and now the moon shed her cold beams where he intended to stand. He put out the light and opened the door wide, and stepping into the gallery threw it to with an echoing slam that only caused Musgrave and Lawley to start and turn on their pillows. Armitage stood dressed as the ghostly monk of Stonecroft, in the pale moonlight in the middle of the gallery, waiting for the door on either side to fly open and reveal the terrified faces of his friends.

He had time to curse the ill-luck that made them sleep so heavily that night of all nights, and to fear lest the servants had heard the noise their master had been deaf to, and would come hurrying to the spot and spoil the sport. But no one came, and as Armitage stood, the objects in the long gallery became clearer every moment, as his sight accommodated itself to the dim light.

"I never noticed before that there was a mirror at the end of the gallery! I should not have believed the moonlight was bright enough for me to see my own reflection so far off, only white stands out so in the dark. But is it my own reflection? Confound

reó la cara de un blanco espectral.

Armitage rio en silencio al ver su reflejo en el espejo y deseaba que Kate pudiera verle ahora. Entonces abrió la puerta con cuidado y miró dentro de la galería. La luz de la luna resplandecía sobre la oscuridad de la ventana del fondo, a la derecha de su habitación y de la de Lawley. Pronto estaría donde él la quería, ni demasiada luz ni demasiado oscuro, para que su plan tuviera éxito. Dio unos pasos atrás en silencio para seguir esperando, y se apoderó de él un sentimiento —lo más parecido al nerviosismo— que jamás había sentido antes. Su corazón latía acelerado, comenzaba a sentirse como una niña asustada, cuando un búho ululó y rompió el silencio. Ya no le interesó mirarse en el reflejo del cristal. Se había asustado con la palidez espectral de su cara empolvada.

«¡Al diablo con todo! Ojalá Lawley no hubiera dejado de roncar. Se agradecía la compañía».

Y de nuevo miró a la galería y ahora la luna proyectaba sus fríos rayos donde pensaba colocarse. Apagó la luz y abrió la puerta completamente, y dando unos pasos dentro de la galería, la dejó caer con un fuerte golpe cuyo eco resonó, pero que solo consiguió que Musgrave y Lawley se dieran media vuelta sobre sus almohadas. Armitage estaba allí de pie, vestido como el fantasma de Stonecroft, en medio de la galería, bajo la pálida luz de la luna, esperando a que las puertas de ambos lados se abrieran de golpe y revelaran las caras aterrorizadas de sus amigos.

Le dio tiempo a maldecir la mala suerte de que, justo aquella noche, ellos tuvieran el sueño tan profundo, y temió que los sirvientes hubieran oído el ruido que los señores no oyeron, y que vinieran corriendo al lugar, y estropearan el juego. Pero nadie vino, y mientras Armitage estaba allí parado, los objetos de la galería se hacían más y más claros por momentos, pues su vista se había ido acostumbrando a la oscuridad.

—¡No me había dado cuenta antes de que hubiera un espejo al fondo de la galería! Parecería impensable que la luna pudiera iluminar tanto para que sea capaz de ver mi propio reflejo tan lejos, solo el blanco resalta tanto en la oscuridad. ¿Pero es mi propio reflejo?

it all, the thing's moving and I'm standing still! I know what it is! It's Musgrave dressed up to try to give me a fright, and Lawley's helping him. They've forestalled me, that's why they didn't come out of their rooms when I made a noise fit to wake the dead. Odd we're both playing the same practical joke at the same moment! Come on, my counterfeit bogie, and we'll see which of us turns white-livered first!"

But to Armitage's surprise, that rapidly became terror, the white figure that he believed to be Musgrave disguised, and like himself playing ghost, advanced towards him, slowly gliding over the floor which its feet did not touch. Armitage's courage was high, and he determined to hold his ground against the something ingeniously contrived by Musgrave and Lawley to terrify him into belief in the supernatural.

But a feeling was creeping over the strong young man that he had never known before. He opened his dry mouth as the thing floated towards him, and there issued a hoarse inarticulate cry, that woke Musgrave and Lawley and brought them to their doors in a moment, not knowing by what strange fright they had been startled out of their sleep. Do not think them cowards that they shrank back appalled from the ghostly forms the moonlight revealed to them in the gallery. But as Armitage vehemently repelled the horror that drifted nearer and nearer to him, the cowl slipped from his head, and his friends recognised his white face, distorted by fear, and, springing towards him as he staggered, supported him in their arms. The Cistercian monk passed them like a white mist that sank into the wall, and Musgrave and Lawley were alone with the dead body of their friend, whose masquerading dress had become his shroud.

¡Maldita sea, esa cosa se mueve y yo sigo aquí parado! ¡Sé lo que es! Es Musgrave disfrazado, tratando de darme un susto, y Lawley ayudándole. Se me han adelantado, por eso no salieron de sus habitaciones cuando hice tanto ruido como para despertar a los muertos. ¡Qué raro que estemos todos haciéndonos, a la vez, la misma broma aleccionadora! ¡Acércate aquí, falso fantasma, y ya veremos cuál de los dos se vuelve más blanco!

Pero, para sorpresa de Armitage, la cual muy pronto se transformaría en terror, la figura blanca que creyó que se trataba de Musgrave disfrazado, y que, al igual que él, andaba jugando a los fantasmas, comenzó a avanzar hacia él, despacio, deslizándose por encima del suelo, sin tocar el suelo con los pies. El valor de Armitage era grande, y estaba decidido a mantenerse en pie, frente a aquello tan ingeniosamente urdido por Musgrave y Lawley para asustarlo y hacerle creer en lo sobrenatural.

Pero un sentimiento que no había sentido jamás hasta entonces se apoderó del fuerte joven. Abrió la boca reseca mientras aquella cosa flotaba hacia él, y profirió un grito áspero e inarticulado, el cual despertó a Musgrave y a Lawley, que se presentaron en sus puertas al instante, sin entender qué extraño susto los había despertado de un sobresalto. No penséis que fueron unos cobardes, encogiéndose paralizados, a causa de las espectrales formas que la luna llena descubría en la galería. Pero, mientras Armitage trataba de ahuyentar la espantosa visión que se acercaba a él, cada vez más, la capucha resbaló de su cabeza, y los amigos reconocieron su pálido rostro, descompuesto por el miedo, y corrieron hacia el amigo tambaleante y lo sujetaron en sus brazos. El monje cisterciense pasó por delante de ellos como una nube blanca y desapareció por la pared, y Musgrave y Lawley se quedaron solos con el cadáver de su amigo, cuyo disfraz se había convertido en mortaja.

Some years ago it was my doleful hap to spend five months as a patient in one of our London hospitals. They were the dreariest months in the whole year, from November to February, when the great city is shorn of its summer attractions, and rain, fog, and frost alternately strive for the supremacy, so that I did not lose many out-door pleasures owing to my illness. My life had been an up-and-downhill journey, full of varied experiences. I had travelled much and seen many peoples and countries; I had had wealth and squandered it, and now at length poverty and I were fairly face to face. I had only myself to thank for my reverse of fortune, and I could not complain of the result of my own actions. The boon companions who helped me to spend my money forsook me at the approach of adversity, as midges that dance in the sunshine disappear when the sky is overcast.

I could not but admire the symmetry and completeness of my misfortunes. Penniless, friendless, and for the first time in my life, at thirty-five years of age, fallen seriously ill. Health, without which I could do nothing and be nothing, was drawn precisely at the time when it was the one thing needful to enable me to retrieve my position. I had wealthy relations, but as I had not cared to know them in my prosperity I had no claim on them in my adversity, nor any desire to imitate the return of the Prodigal Son on the baseless presumption that a fatted calf would be killed for me. I remember it struck me as odd, when the doctor who visited me in my cheap lodgings gave me an in-patient's ticket for the hospital, whose pleasant lot it had been hitherto to bestow, instead of receive favours. But there was no flavour of private charity in the proffered aid. I accepted it as coming from that great impersonal body, the public, towards whom no one ever felt a burdensome sense of obligation,

The principle on which I had always chosen my friends probably made it easier than it would have been to most men of my education, to pass twenty weeks on amicable terms with the very mixed specimens of humanity that passed through the hospital ward as my fellow-patients. If a man pleased and

Hace algunos años tuve la mala fortuna de pasar cinco meses como paciente en uno de nuestros hospitales de Londres. Eran los meses más deprimentes de todo el año, de noviembre a febrero, cuando la gran ciudad se ve despojada de sus atracciones estivales, y la lluvia, la niebla y las heladas luchan alternativamente por su supremacía, de modo que no perdí muchos placeres al aire libre debido a mi enfermedad. Mi vida había sido un viaje de subidas y bajadas, lleno de experiencias variadas. Había viajado mucho y visto muchos pueblos y países; había poseído riquezas y las había despilfarrado, y ahora al fin la pobreza y yo nos hallábamos cara a cara. Yo era el único responsable del revés de mi fortuna, y no podía quejarme a mí mismo del resultado de mis propias acciones. Los amigos íntimos que me ayudaban a gastar mi dinero me abandonaron al acercarse la adversidad, como los mosquitos que bailan bajo el sol desaparecen cuando el cielo está nublado.

No podía sino admirarme de la proporción de mis desgracias. Sin un céntimo, sin amigos, y por primera vez en mi vida, a los treinta y cinco años de edad, gravemente enfermo. La salud, sin la cual no podría hacer nada ni ser nadie, me era arrebatada precisamente en el momento en que era la única cosa necesaria para permitirme recuperar mi posición. Tenía parientes ricos, pero como no me había preocupado de conocerlos en mi prosperidad, no tenía ningún derecho sobre ellos en mi adversidad, ni ningún deseo de imitar el regreso del Hijo Pródigo con la infundada presunción de que matarían por mí un ternero cebado. Recuerdo que me pareció extraño, cuando el médico que me visitó en mi alojamiento barato me dio un volante de hospitalización para el hospital a mí, a alguien acostumbrado hasta entonces a otorgar, en lugar de recibir favores. Pero en la ayuda ofrecida no había ningún atisbo de obra de caridad. Lo acepté como procedente de ese gran ente impersonal que es lo público, por el que nunca nadie siente la pesada carga del sentido del deber.

El principio por el que siempre había elegido a mis amigos probablemente hizo más fácil de lo que habría sido para la mayoría de los hombres de mi educación pasar veinte semanas en términos amistosos con el variopinto grupo de especímenes humanos que pasaron por la sala del hospital con los que me relacionaba: mis compa-

interested me, that was his letter of recommendation. I enjoyed his society regardless of social distinctions. I thought no more of him if he happened to be a duke, or less if he chanced to be a cabman.

Many were the changes I saw during my long stay in the hospital. Some of my fellow-patients died, but most recovered and went away, while I remained till the population of the beds had changed repeatedly, and I grew to be the oldest inhabitant and father of the house. Our ward was a long narrow room with folding doors at each end, a large fireplace in the middle, with four high windows at either side, six beds under each row of windows, and twelve beds along the opposite side of the room, making twenty-four in all. The walls were stained a cheerful blue, and hung with engravings of more or less merit, and garnished here and there with texts and mottoes inciting us to be very joyful, or, where that was not possible, to try resignation as a useful work-a-day substitute. The floor was of polished wood, unrelieved by carpet or rug. The windows opened easily by an arrangement of ropes and pulleys, and ventilators close under the ceiling at the opposite side of the ward ensured a thorough current of air when it was necessary to change the atmosphere. But nothing can prevent the peculiar flatness of hospital air. I never lost the consciousness of it while the smell of carbolic filled me with loathing. It is supposed to overpower other and so-called worse odours than itself; but to me it seemed merely a substituting of one evil for another.

The illness that kept me so long in the hospital was a surgical case of great interest to the doctors and considerable suffering to myself, but gratifying to my invalid's egotism, because it was the only case of the kind in the ward, where nine diseases were apportioned among twenty-four patients. To have one all to oneself out of that limited number conferred a certain distinction upon one.

An Anglican sisterhood was in charge of the nursing at the hospital, and splendidly they performed their duties. I think of them still with respect and gratitude. The nurses were strong,

ñeros-pacientes. Si un hombre me agradaba e interesaba, esa era su carta de recomendación. Disfrutaba de su compañía sin importar las distinciones sociales. No le daba más importancia si resultaba ser un duque, o menos si, por casualidad, era un taxista.

Muchos fueron los cambios que vi durante mi larga estancia en el hospital. Algunos de mis compañeros murieron, pero la mayoría se recuperaron y se marcharon, mientras que yo permanecí hasta que el número de camas cambió repetidamente, y llegué a ser el residente más antiguo y el más veterano del lugar. Nuestra sala era una habitación larga y estrecha con puertas plegables en cada extremo, una gran chimenea en el medio, con cuatro ventanas altas a cada lado, seis camas debajo de cada fila de ventanas y doce camas a lo largo del lado opuesto de la habitación, haciendo veinticuatro en total. Las paredes estaban pintadas de un alegre azul, colgaban de sus paredes grabados de más o menos mérito, y estaban adornadas aquí y allá con textos y lemas que nos incitaban a ser muy alegres, o, cuando eso no era posible, a probar la resignación como un útil sustituto del trabajo diario. El suelo era de madera pulida, sin alfombra ni moqueta. Las ventanas se abrían fácilmente mediante un sistema de cuerdas y poleas, y los ventiladores situados bajo el techo en el lado opuesto de la sala garantizaban una corriente de aire constante cuando era necesario cambiar la atmósfera. Pero nada puede impedir el peculiar carácter aséptico del aire de hospital. En ningún momento dejé de ser consciente de ello mientras el olor a carbólico me llenaba de repugnancia. Se supone que dominan otros olores supuestamente peores que el suyo, pero a mí me pareció una mera sustitución de un mal por otro.

La enfermedad que me retuvo tanto tiempo en el hospital fue un caso quirúrgico de gran interés para los médicos y de considerable sufrimiento para mí, pero gratificante para mi enfermizo egocentrismo, porque era el único caso de ese tipo en la sala, donde nueve enfermedades se repartían entre veinticuatro pacientes. Tener una enfermedad para sí solo entre el reducido número que los demás se repartían entre todos le confería a uno cierta distinción.

Una orden religiosa anglicana de hermanas se encargaba de la enfermería en el hospital, y cumplían espléndidamente con su cometido. Pienso en ellas todavía con respeto y gratitud. Las enfermeras

capable women, for the most part wonderfully forbearing with ill-tempered and thankless patients. During the time I spent under their care I gained some insight into the trials and difficulties of a hospital nurse's life. I came to the conclusion that, if I were a woman, I would do or be anything that was honest, except stewardess on board ship, rather than nurse sick people for a livelihood.

It is a marvel to me how anyone used to quiet and privacy in his own home when he is ill ever recovers in a hospital, where he has neither one nor the other. But I had such a splendid nervous system that it was only on days of prostration following an operation that I really suffered from living in public, and then I did so acutely. In spite of the screen put round my bed to form a make-believe room to myself, in imagination I still saw the seven faces on the pillows to my right hand and four to my left in the long row of beds. I heard every groan, every impatient exclamation of the weary sufferers, and at night I listened with a frightfully exalted sense of hearing to the long-drawn snores of such of them as were happy enough to be able to sleep. The crowd of medical students, who accompanied and thronged about the doctors when they made the round of the wards, was in itself enough to kill a sensitive and nervous patient. They clustered like bees round any especially interesting case, and the more hideous the sights they saw, or the details they listened to, the happier they were and the more notes they took. I looked at the dignified bearing and fine face of the celebrated operating surgeon to whom they were listening by a patient's beside, and wondered could he ever have been an uncouth lad like so many of his pupils. Could those penetrating eyes, full of the fire of genius, ever have winked at a fellow-student behind the back of the great doctor of the day some forty years ago?

I soon became interested in the routine of hospital life, and on those days when I was fairly well and free from pain I should never wish to be better entertained than I was in studying my fellow-patients.

We were a motley crew, surely the oddest four-and-twenty men

eran mujeres fuertes y capaces, en su mayor parte maravillosamente tolerantes con los pacientes malhumorados e ingratos. Durante el tiempo que pasé a su cuidado, me hice una idea de las pruebas y dificultades de la vida de una enfermera de hospital. Llegué a la conclusión de que, si fuera mujer, trabajaría en cualquier cosa que fuera honesta, excepto azafata a bordo de un barco, antes que cuidar a personas enfermas para ganarse la vida.

Me maravilla cómo alguien acostumbrado a la tranquilidad y la intimidad en su propia casa cuando está enfermo pueda recuperarse en un hospital, donde no tiene ni lo uno ni lo otro. Pero yo tenía un temple tan espléndido que fue solo en los días de postración tras una operación cuando realmente sufrí por vivir sin intimidad, y entonces lo sufrí de manera aguda. A pesar de la pantalla puesta alrededor de mi cama para formar una habitación imaginaria para mí, en mi imaginación aún seguía viendo las siete caras sobre las almohadas a mi derecha y cuatro a mi izquierda en la larga fila de camas. Escuchaba cada gemido, cada quejido de los convalecientes extenuados, y por la noche escuchaba con el oído horriblemente alerta los largos ronquidos de aquellos de ellos que eran lo bastante felices como para poder dormir. La multitud de estudiantes de medicina, que acompañaba y se agolpaba alrededor de los médicos cuando estos hacían la ronda por las salas, bastaba por sí sola para matar a un paciente sensible y agitado. Se agrupaban como abejas en torno a cualquier caso especialmente interesante, y cuanto más horribles eran las imágenes que veían o los detalles que escuchaban, más contentos se ponían y más notas tomaban. Contemplé el porte digno y el rostro fino del célebre cirujano de operaciones, a quien escuchaban junto a un paciente, y me pregunté si alguna vez habría sido un muchacho rudo como tantos de sus alumnos. ¿Es posible que esos ojos penetrantes, con todo el fulgor del genio, hayan guiñado el ojo a un compañero de estudios a espaldas del gran médico de la época hace unos cuarenta años?

Enseguida me interesé por la rutina de la vida hospitalaria, y en los días en que me encontraba bastante bien, sin dolores, mi pasatiempo más querido era estudiar a mis compañeros-pacientes.

Éramos un grupo variopinto, seguramente los veinticuatro hom-

that circumstances could have thrown together. The changes in our population were so rapid that a bed had scarcely time to grow cold before it was in possession of a fresh occupant. We were of all ages, shapes and sizes, and of a variety of nationalities; being, I think, at our most representative when our company consisted of Englishmen, Irishmen, and Scotchmen, with a choleric little Welshman, Germans, a Yankee, a Frenchman, a Swede, a Lascar seaman, a Jew and a Negro. By chance the Yankee on the day of his arrival was put in the next bed to the Negro; but after much nasal vituperation, the arrangement was altered for peace and quiet's sake. We also represented many trades, and had amongst us tailors, policemen, costermongers, postmen, a butler, cabmen, a grave digger, a sugar refiner, shoemakers, and an omnibus conductor.

We also had some of those mysterious gentlemen of no particular calling or visible means of sustenance, who live at the back of everywhere, that a crowd or an accident brings into the street in swarms, as heavy rain brings worms to the surface of the soil. They are always open to an odd job, when it is highly paid for and not of an arduous nature. They spend their Sunday afternoons demonstrating in the park, clothed in long topcoats and woollen comforters, and never without a short pipe and tobacco, which presumably cost money. Where they sleep at night when they were not in hospital I have no idea. One of our company, who afforded me much amusement, was a genteel and sensitive young clerk, who had it on his mind to explain to me how he came to be in such a vulgar institution as a public hospital. He was consumed by a haunting dread lest, when he had recovered and returned to his place in the office of Messrs Scrawley and McNib in Lincoln's Inn, he might be recognised in the street and spoken to by one of his fellow-patients, a chimney-sweep of too friendly a disposition. "His face, sir, would be black in the pursuit of his avocation and I shouldn't know him, but he'd see me a mile off and run after me; and if a man in my position is seen talking to a sweep I shall be ruined," said my sensitive little clerk.

bres más extraños que las circunstancias hubieran podido reunir. Los cambios en nuestra población eran tan rápidos que una cama apenas tenía tiempo de enfriarse antes de estar en posesión de un nuevo ocupante. Éramos de todas las edades, formas y tamaños, y de diversas nacionalidades; siendo, creo, los más representativos, pues nuestra compañía estaba formada por ingleses, irlandeses y escoceses, con un pequeño y colérico galés, alemanes, un yanqui, un francés, un sueco, un marinero lascar, un judío y un negro. Por casualidad, pusieron al yanqui, el día de su llegada, en la cama contigua a la del negro; pero tras muchas execraciones nasales, se produjo un cambio en la disposición en aras de la paz y la tranquilidad. También representábamos a muchos oficios, y entre nosotros había sastres, policías, vendedores ambulantes, carteros, un mayordomo, taxistas, un sepulturero, un refinador de azúcar, zapateros y un conductor de ómnibus.

También tuvimos algunos de esos misteriosos caballeros sin vocación particular ni medios visibles de sustento, que viven en la trastienda de todas partes, y que una multitud o un accidente saca a la calle en enjambres, como la lluvia torrencial saca los gusanos a la superficie de la tierra. Siempre están dispuestos a aceptar un trabajo esporádico, siempre que esté bien pagado y no sea penoso. Pasan las tardes de domingo manifestándose en el parque, ataviados con largos abrigos y mantas de lana, y nunca sin una pipa corta y tabaco, que presumiblemente cuestan dinero. No tengo ni idea de dónde duermen por la noche cuando no están en el hospital. Uno de nuestros compañeros, que me divirtió mucho, era un joven empleado, gentil y sensible, que quería explicarme cómo había llegado a una institución tan vulgar como un hospital público. Le consumía un inquietante temor de que, cuando se hubiera recuperado y regresado a su puesto en la oficina de los señores Scrawley y McNib en Lincoln's Inn[7], podría ser reconocido en la calle y se dirigiera a él uno de sus compañeros pacientes, un deshollinador en actitud demasiado amistosa. «Su cara, señor, estaría negra en el ejercicio de su ocupación y yo no lo reconocería, pero él me vería a menos de dos kilómetros de distancia y correría tras de mí; y si un hombre de mi

7   La Honorable Sociedad de Lincoln's Inn, comúnmente conocida como Lincoln's Inn, es una de las cuatro *Inns of Court,* asociaciones profesionales de abogados y jueces de Londres.

I made a great variety of friends among my fellow-patients who stayed long enough to feel some interest in others, as the terrible egotism of their own sufferings abated. I parted on excellent terms with a butler, who taught me the kind of whistle I must give at the area gate when I called to see him after nightfall. A hansom-driver, bidding me good-bye, in the fullness of his heart, offered to take me in his cab down Piccadilly for my first airing after I left the hospital. A thoughtful little German baker with whom I talked metaphysics in accordance with the definition, that, "when a man talks to you in a way that you don't understand, about a thing which he doesn't understand, them's metaphysics," as a parting gift presented me with a list of shops whose bread one would do well to avoid, from the baker's custom of working the sponge with unwashed hands, and I thanked him. A costermonger acquaintance taught me how, when buying fruit off a barrow in the street, to detect the tricks of the trade. In short, I picked up a great deal of information that, if it was not useful, amused me and afforded me a glimpse into the lives of other men.

I had been three months in bed, and was recovering from the effects of an operation, when I became acquainted with a man who interested me more than any other of my fellow-patients. I remember the day that he came into the hospital. It was in the first week of the new year, and a nurse had congratulated me on the good luck of having had the bed to the right of mine standing empty for two whole days. Its last occupant had been a dull, heavy fellow, absorbed in the contemplation of his own symptoms and doggedly convinced that he was the head martyr in the universe, unable perhaps, and certainly unwilling, to take part in the courtesies and amenities of invalid life. We did not miss him when he left, and the blank pillow was a pleasanter object to look at than the furrowed, irritable face and bald head that had lain upon it. It occurred to me, how fortunate I should be if the fates should send me an intelligent, sympathetic fellow-sufferer in the bed that I had seen so diversely occupied during the past twelve weeks.

posición es visto hablando con un deshollinador, significa su ruina», me explicaba mi sensible oficinista.

Hice muchas amistades entre los compañeros-pacientes que se quedaban el tiempo suficiente para sentir cierto interés por los demás, a medida que la excesiva preocupación por su propio sufrimiento disminuía. Me despedí en excelentes términos de un mayordomo, que me enseñó el tipo de silbido que debía dar en el portón de entrada cuando le llamara para verle al caer la noche. Un chófer, al despedirse de mí, se ofreció de todo corazón a llevarme en su taxi por Piccadilly en mi primera salida al aire libre cuando dejara el hospital. Un considerado panadero alemán con el que hablé de metafísica según la definición de que «cuando un hombre te habla de una manera que no entiendes, sobre una cosa que él no entiende, eso es metafísica», me dio como regalo de despedida una lista de tiendas cuyo pan uno haría bien en evitar, por la costumbre del panadero de trabajar la masa con las manos sin lavar, y se lo agradecí. Un vendedor ambulante me enseñó cómo, al comprar fruta de un puesto ambulante en la calle, detectar los trucos del oficio. En resumen, recogí una gran cantidad de información que, si no era útil, me divertía y me permitía vislumbrar la vida de otros hombres.

Llevaba tres meses en cama, recuperándome de los efectos de una operación, cuando conocí a un hombre que me interesó más que ningún otro de mis compañeros. Recuerdo el día que llegó al hospital. Era la primera semana del año nuevo, y una enfermera me había felicitado por la buena suerte de haber tenido la cama a la derecha de la mía vacía durante dos días enteros. Su último ocupante había sido un tipo aburrido y pesado, absorto en la contemplación de sus propios síntomas y obstinadamente convencido de que era el mártir principal del universo, incapaz tal vez, y desde luego poco dispuesto a participar en las cortesías y distracciones de la vida de un enfermo. No le echamos de menos cuando se marchó, y la almohada en blanco era un objeto más agradable de contemplar que el rostro arrugado e irritable y la cabeza calva que habían yacido sobre ella. Se me ocurrió lo afortunado que sería si el destino me enviara un compañero de fatigas inteligente y comprensivo en la cama que había visto tan diversamente ocupada durante las últimas doce semanas.

The previous night my rest had been troubled, and in the forenoon, between the disturbance of the doctor's visit and dinner being brought to us, I fell asleep. When I awoke I was astonished to find the bed that an hour and a half before had been empty occupied by a fresh patient, looking as comfortable and established as though he had been there a week.

The newcomer was a tall, swarthy-complexioned man of about thirty years of age. He lay on his back with his eyes closed and his head inclined towards me, so that I had a good view of his very remarkable face. That he was not an Englishman I felt sure, though to what country he belonged I could not tell. He was clean shaven as I thought, but I afterwards found that no hair grew on his face, and a month without a razor did not darken his lip or chin. His skin was of a yellowish-brown, and his straight black hair that covered his ears and lay on his cheek was cut square across the forehead. The nose was large and prominent, the mouth large, thin-lipped and well-shaped, and the jaw formed a powerful angle from the ear. The length of the face from the eyes to the mouth was greater than is usual, and the finely-modelled long hollow of the cheek gave a melancholy and dignified outline to his countenance. I wondered what he would be like when he awoke, and as I watched he opened his dark eyes, large and set wide apart, with a clear and penetrating expression.

As I looked in his face, that in spite of its smoothness was essentially masculine, and in expression a quaint mixture of shrewdness and childlike simplicity, I said to myself, "My friend, I cannot off-hand assign you to any particular country, but I can date your type of face for you. You have no business at all wandering about in the nineteenth century. You ought never to have stirred from the fourteenth, nor emerged from the pages of Froissart, to which you really belong."

There was a quiet dignity about the man that forbade me to ask the usual questions that inaugurate a hospital acquaintance, such as, "What's your name? where do you come from? and what's the matter with you?" and I waited my time for a favourable opportunity of speaking to him.

La noche anterior mi descanso había sido agitado, y por la mañana, entre el trastorno de la visita del médico y la cena que nos traían, me quedé dormido. Cuando desperté me quedé asombrado al encontrar la cama que hora y media antes estaba vacía ocupada por un nuevo paciente, que parecía tan cómodo y establecido como si llevara allí una semana.

El recién llegado era un hombre alto y de complexión morena de unos treinta años de edad. Se acostó boca arriba con los ojos cerrados y la cabeza inclinada hacia mí, de modo que tuve una buena visión de su extraordinario rostro. Estaba seguro de que no era inglés, aunque no podía decir a qué país pertenecía. Parecía recién afeitado, me dije, pero después comprobé que no le crecía pelo en la cara, y un mes sin afeitarse no le oscurecía el borde de los labios ni la barbilla. Su piel era de un color marrón amarillento, y su cabello negro y liso que le cubría las orejas y le caía sobre la mejilla estaba cortado a escuadra en la frente. La nariz era grande y prominente, la boca grande, de labios finos y bien formados, y la mandíbula formaba un poderoso ángulo con la oreja. La longitud de la cara desde los ojos hasta la boca era mayor de lo habitual, y el largo hueco de la mejilla, finamente modelado, daba un contorno melancólico y digno a su semblante. Me preguntaba cómo sería cuando se despertara, y mientras lo observaba abrió sus ojos oscuros, grandes y separados, con una expresión clara y penetrante.

Mientras miraba su rostro, que a pesar de su suavidad era esencialmente masculino, y su expresión, una pintoresca mezcla entre astucia e inocencia infantil, me dije a mí mismo: «Amigo mío, no puedo asignarte de buenas a primeras a ningún país en particular, pero puedo fechar tu tipo de rostro por ti. No tienes nada que hacer vagando por el siglo XIX. Nunca deberías haberte movido del XIV, ni salido de las páginas de Froissart, a las que realmente perteneces».

Había una serena dignidad en aquel hombre que me impidió hacerle las preguntas habituales con las que se inicia una relación hospitalaria, tales como: «¿Cómo te llamas?, ¿de dónde eres? y ¿qué te pasa?». Y esperé mi oportunidad para hablar con él.

When the nurse gave me my dinner I asked her, "Who is the man in the next bed?"

"A Frenchman; he was brought here while you were asleep."

"Good," thought I; "then I shall amuse myself by rubbing up my rusty French with him. Can you tell me his name?"

"No, I can't remember French names, and besides, he has a string of them, those foreigners always have."

I reached paper and pencil from the locker by my side and gave them to the nurse. "Just oblige me by copying his name from the card over his bed and bring it to me, will you?" She did as she was requested, and returning handed me the paper, on which she had written the names Jean Marie Thégonnec Pipraic. "Why, the man must be a Breton," said I, repeating the two last names to myself.

"A Briton! A Frenchman never yet was a Briton, and couldn't be if he tried," said the nurse promptly, her national susceptibilities rubbed the wrong way in an instant through her misapprehension.

"A Breton, my good woman, a Breton, not a Briton," said I; "and a Breton is no more a Frenchman, though he may happen to speak French, than a Welshman is an Englishman, even if he talks English. When did that solemn, dignified, fourteenth century face ever belong to a Frenchman, I should like to know?" and I wished to argue with my nurse concerning racial differences. But she cut the matter short by turning to the new patient and asking him plainly whether he was a Frenchman or what, for an Englishman in the next bed would not take her word for it. Our stranger, who was sitting up with his table across his knees, waiting for dinner,

Cuando la enfermera me dio la cena, le pregunté:

—¿Quién es el hombre de la cama de al lado?

—Un francés; lo trajeron aquí mientras dormía usted.

«Bien», pensé; «entonces me entretendré practicando con él mi francés oxidado».

—¿Puede decirme su nombre?

—No, no consigo aprenderme los nombres franceses, y además, tiene una pila de ellos, esos extranjeros siempre tienen un montón.

Alcancé papel y lápiz del casillero a mi lado y se los di a la enfermera.

—Tan solo hágame el favor de copiar el nombre de su tarjeta sobre la cama y démelo, ¿quiere? —Hizo lo que se le pedía; volvió y me entregó el papel, en el que había escrito los nombres Jean Marie Thégonnec Pipraic.

—Vaya, el hombre debe ser de Bretaña —dije, repitiéndome los dos apellidos.

—¡De la Gran Bretaña! Un francés nunca ha sido un británico, y no podría serlo aunque lo intentara —saltó la enfermera, pues en unos segundos su sensibilidad patriótica tomó el camino equivocado debido al malentendido.

—De Bretaña, mi buena mujer, Bretaña, no Gran Bretaña —dije yo—; y un bretón no es más francés, aunque hable francés, que un galés es inglés, aunque hable inglés. Dígame, ¿en qué momento ese rostro solemne y digno del siglo XIV perteneció jamás a un francés? —Y quise discutir con mi enfermera sobre las diferencias raciales. Pero ella cortó el asunto volviéndose hacia el nuevo paciente y preguntándole claramente si era francés o qué, porque un inglés en la cama de al lado no le creía. Nuestro forastero, que estaba sentado con la mesa sobre las rodillas, esperando la cena, se inclinó gravemente, primero ante la enfermera y luego ante mí.

bowed gravely, first to the nurse and then to me.

"I am a Breton, madame, and I come from Roscoff, in the department of Finistère," he said in a low, melancholy voice, speaking with a strong foreign accent; and he added with dignified simplicity: "My name is Jean Marie Thégonnec Pipraic, but I am everywhere called Jean Marie."

"I thought you a Breton from your name," I said. "I know your part of Brittany very well. I used to know Finistère and Morbihan from end to end. I once spent a summer there."

"Does monsieur know Bretagne?" said my new acquaintance, with flashing eyes. "Has he been to Morlaix, Landenau, Quimper, S. Pol de Léon, Carnac, Plougastel?" and then followed a torrent of names of places, some on the coast and some inland, just as they rushed into his mind.

"I know them all my friend," I said, smiling at his eagerness, "and when you have eaten your dinner you shall ask me as many questions as you please, and see if I speak the truth."

"I should not doubt that monsieur spoke the truth, but it is wonderful; it is wonderful!"

I noticed that Jean Marie, as I already called him to myself, devoutly crossed himself on the forehead and on the breast, before and after he took food. I tried to talk French with him, though not always with lucid results, for he had learned French as a second language, and spoke a strange patois, while mine, such as it was, had been acquired in Paris. An acquaintance sprang up rapidly between us, founded on my knowledge of the scenes of his childhood, and the places dearest to him in his manhood. And I grew fond of Jean Marie, so that my heart sank when I learnt how badly the doctors thought of his case. By degrees he told me the simple story of his life.

Jean Marie Thégonnec Pipraic was the son of a poor fisherman and his wife who lived near Roscoff, on the coast of Finistère. He and his younger sister, Anne— namesake of La Bonne Duchesse,

—Soy bretón, *madame,* y vengo de Roscoff, en el departamento de Finisterre —dijo en voz baja y melancólica, hablando con un fuerte acento extranjero. Y añadió con digna sencillez—: Me llamo Jean Marie Thégonnec Pipraic, pero en todas partes me llaman Jean Marie.

—Creía que eras bretón por tu nombre —le dije—. Conozco muy bien tu región de Bretaña. Llegué a conocer Finisterre y Morbihan de cabo a rabo. Una vez pasé un verano allí.

—¿Conoce *monsieur la Bretagne?* —dijo mi nuevo compañero, con ojos brillantes. ¿Ha estado en Morlaix, Landenau, Quimper, S. Pol de Léon, Carnac, Plougastel? —Y luego siguió un torrente de nombres de lugares, algunos en la costa y otros en el interior, tal como le venían a la mente.

—Los conozco todos, amigo mío —dije, sonriendo ante su entusiasmo—, y cuando haya cenado, podrá preguntarme lo que quiera y verá que es verdad lo que le cuento.

—No pongo en duda que *monsieur* diga la verdad, pero es maravilloso; ¡es maravilloso!

Observé que Jean Marie, como ya le llamaba yo, se persignaba devotamente en la frente y en el pecho, antes y después de tomar alimento. Intenté hablar francés con él, aunque no siempre con claros resultados, pues él había aprendido francés como segunda lengua y hablaba un *patois* extraño, mientras que el mío, tal como era, lo había adquirido en París. Surgió rápidamente una amistad entre nosotros, basada en mi conocimiento de las escenas de su infancia y de los lugares más queridos por él en su madurez. Y me encariñé con Jean Marie, de modo que se me hundió el corazón cuando me enteré de lo grave que consideraban los médicos su caso. Poco a poco me contó la sencilla historia de su vida.

Jean Marie Thégonnec Pipraic era hijo de un pobre pescador y su esposa que vivían cerca de Roscoff, en la costa de Finisterre. Él y su hermana menor, Anne, homónima de *La Bonne Duchesse,* de la

who after four centuries is still spoken of in Brittany as though she had been dead but a generation or so—were the only children, and had been brought up in such poverty and hard work as sounded incredible to my pampered English ears. They never tasted meat. Their food was the coarsest bread, with onions and potatoes, and occasionally on festival days a little fish and milk. They rose at four in the morning to make or mend fishing-nets, or to work on the small plot of ground surrounding the hut in which they lived. The father was out fishing every night, and the mother burnt a taper in the window that in calm weather he could see as a glimmering point of light, when his boat was tossing on the water far from shore. When he came safely home out of the teeth of the western gales that ravage that coast, the pious mother took her children to the church, to thank the Blessed Virgin for her protection. Once when the husband and father had been miraculously preserved in a storm, they made a votive offering of a model of a fishing boat, which was hung suspended from the roof of the chancel before the altar of their patron saint, in visible token of the mercy of Heaven and the gratitude of man.

But there came a fearful night in autumn when a sudden squall of wind struck the little fleet of fishing boats, and in the dismal dawn, when stormy sea and sky seemed torn together in one grey mist, out of the welter of devouring waves, the drowned bodies of brave fishermen were washed ashore. And among them that of Thégonnec Pipraic, the father of Jean Marie.

"The sea is cruel on the coast of Finistère, monsieur; it makes many widows and orphans; and on winter nights we hear it howling like a hungry wolf at our door. But in the summer it is often still and blue as the sky above, and the little islands are like clouds floating on its surface. In the summer, monsieur, the sea is like the love of the Bon Dieu; in the winter it is like his wrath, and we tremble before it."

Jean Marie was to have been a fisherman, like his father before him. But the mother, dreading lest the cruel sea should take from her her son as well as her husband, moved a short distance to S.

que después de cuatro siglos se sigue hablando en Bretaña como si solo llevara muerta una generación más o menos, eran los únicos hijos y se habían criado en una pobreza y un trabajo tan duros que a mis mimados oídos ingleses le parecía increíble. Nunca probaban la carne. Su comida era el pan duro, con cebollas y patatas, y de vez en cuando en los días festivos un poco de pescado y leche. Se levantaban a las cuatro de la mañana para hacer o reparar redes de pesca, o para trabajar en la pequeña parcela de terreno que rodeaba la cabaña en la que vivían. El padre salía a pescar todas las noches, y la madre encendía una vela en la ventana que, cuando el tiempo estaba en calma, él podía ver como un punto de luz cuando su barca se agitaba en el agua, lejos de la orilla. Cuando regresaba sano y salvo a casa, fuera de las fauces de los vendavales del oeste que asolan aquella costa, la piadosa madre llevaba a sus hijos a la iglesia, para agradecer a la Santísima Virgen su protección. En una ocasión, cuando el esposo y padre se había salvado milagrosamente de una tormenta, hicieron una ofrenda votiva de la maqueta de un barco pesquero, que colgaba suspendido del techo del presbiterio ante el altar de su santo patrón, en señal visible de la misericordia del Cielo y la gratitud del hombre.

Pero llegó una temible noche de otoño en la que una repentina borrasca azotó la pequeña flota de barcos pesqueros, y en el funesto amanecer, cuando el tempestuoso mar y el cielo parecían una sola masa desgarrada dentro de la niebla gris, de entre la masa revuelta de olas devoradoras, los cuerpos ahogados de los valientes pescadores fueron arrastrados hasta la orilla. Y entre ellos el de Thégonnec Pipraic, el padre de Jean Marie.

—El mar es cruel en la costa de Finisterre, *monsieur;* deja muchas viudas y huérfanos; y en las noches de invierno lo oímos aullar como un lobo hambriento a nuestra puerta. Pero en verano a menudo está en calma y azul como el cielo arriba, y las pequeñas islas son como nubes que flotan en su superficie. En el verano, *monsieur*, el mar es como el amor del *bon Dieu;* en el invierno es como su ira, y temblamos ante él.

Jean Marie debía haber sido pescador, como su padre antes que él. Pero la madre, temiendo que el cruel mar le arrebatara tanto a su hijo como a su esposo, se mudó a poca distancia de S. Pol de Leon,

Pol de Leon, where she found work for herself and little Anne in the fields. Jean Marie, only ten years old, worked his twelve hours daily as a farm labourer for a trifling pittance; but, as he said, "the Bon Dieu saw that I wanted for nothing. I had bread; I had health and strength; and as I grew older I was able to succour my mother and my sister."

Jean Marie saw the Bon Dieu in everything. I have never met man or woman with the same childlike faith.

When he was twenty years of age his mother died, worn out with toil and scanty living. Work as they would, the three of them, they could not earn more than enough to meet each day's recurring want. They could not lay by a sou against sickness or accident, or afford the weary mother a little rest before she died. Shortly after her death her daughter married a fisherman and went to live on the island of Batzoff, the soil of which is tilled by the women, while the men plough the sea. And there she still lives in many-childed poverty.

"How come you to speak English, Jean Marie?" I asked him one day when he was free from pain and able to enjoy conversation.

"Monsieur, I learnt it from an excellent compatriot of yours, who lived for many years at Carnac, trying to find out the meaning of the great stones there. Monsieur Smitt was like a father to me. I was his servant, I dug his garden and tended his horse and cow, and he taught me to speak his difficult language. For several years I lived with my master. He was not Catholic, monsieur; Pere Croisac would have it that he was not even Christian, but the Bon Dieu had given him a good heart, and the poor prayed for him. I tried to convert my master, and I assured him of the miracles that the holy saints still work in Bretagne. But Monsieur Smitt would not be convinced. He had a way like so many Englishmen—pardon me, monsieur, but it is not a good way of jesting at holy things. But in his heart I think my master believed, for he let me go all the way to Helgoet when our cow had cast her calf, and was suffering like a Christian, to intercede with Saint Herbot for the poor beast."

"I remember Saint Herbot's church perfectly well," I said. "He

donde encontró trabajo para ella y para la pequeña Anne en el campo. Jean Marie, con solo diez años, trabajaba sus doce horas diarias como jornalero agrícola por una miseria insignificante; pero, como él decía, «el *bon Dieu* dispuso que no me faltara de nada. Tenía pan; tenía salud y fuerza; y al hacerme mayor pude socorrer a mi madre y a mi hermana».

Jean Marie veía al *bon Dieu* en todo. Nunca he conocido a un hombre o una mujer con semejante fe infantil.

Cuando tenía veinte años, su madre murió, agotada por el trabajo y la escasez. Por mucho que trabajaran, los tres no podían ganar más que lo suficiente para satisfacer las necesidades recurrentes de cada día. No tenían un céntimo para hacer frente a las enfermedades o accidentes, ni para proporcionarle a su madre un poco de descanso antes de morir. Poco después de su muerte, su hija se casó con un pescador y se fue a vivir a la isla de Batzoff, cuya tierra la labran las mujeres, mientras los hombres salen a la mar. Y allí sigue viviendo en la pobreza, rodeada de muchos niños.

—¿Cómo es que hablas inglés, Jean Marie? —le pregunté un día cuando no sentía dolores y podía disfrutar de la conversación.

—*Monsieur,* lo aprendí de un excelente compatriota suyo, que vivió durante muchos años en Carnac, tratando de averiguar el significado de las grandes piedras que hay allí. *Monsieur* Smitt era como un padre para mí. Fui su sirviente, cavé su jardín y cuidé de su caballo y su vaca, y me enseñó a hablar su difícil idioma. Durante varios años viví con mi amo. No era católico, *monsieur;* Père Croisac diría que ni siquiera era cristiano, pero el *bon Dieu* le había dado un buen corazón, y los pobres rezaban por él. Intenté convertir a mi amo y le aseguré los milagros que los santos aún obran en Bretaña. Pero *monsieur* Smitt no se dejó convencer. Tenía una manera de bromear como tantos ingleses... Perdóneme, *monsieur*, pero no es una buena costumbre bromear sobre cosas sagradas. Pero en el fondo creo que mi amo creía, porque me dejó ir hasta Helgoet cuando nuestra vaca tuvo al ternero, y sufría como un cristiano, para pedirle a San Herbot por la pobre bestia.

—Recuerdo perfectamente la iglesia de San Herbot —dije—. Ha to-

has taken the cattle under his special protection, and I saw tufts of the hair of sick animals laid on his altar by their unfortunate owners, who had come to pray for their recovery."

"Then monsieur must have seen the very wisp of hair from our poor cow's tail that I laid on the altar of the holy saint myself," said Jean Marie with animation. "It was red, with here and there a white hair mixed; monsieur could not forget it."

I was obliged to evade the difficulty by saying that when I visited Saint Herbot's church, the altar was so thickly covered with tufts of goats', horses', and cows' hair that Jean Marie's lock must have been hidden beneath them.

"And did the cow recover?" I asked.

"Monsieur, when I returned from my pilgrimage on the third day the poor beast was dead."

"What, when you had walked two whole days to lay a tuft of her hair before Saint Herbot? What could the saint be dreaming of?"

"Monsieur, the Holy Saint Herbot has two ways of answering prayer for *les pauvres bestiaux malades.* If he judges it best for them to recover, they will get better; but if not, they will die," and as though unwilling further to discuss the saint with an unbeliever, Jean Marie passed on to other reminiscences.

"When I was twenty-five years of age my master took me with him to Paris; the first time that I had left my native Bretagne. But, monsieur, what a thing it was, the people there treated me as if I was a savage. They laughed at me in the street, at my long hair, my wide hat, my excellent bragous bras—breeches is your English word for them, monsieur, of the pattern that my forefathers had worn since the days of La Bonne Duchesse. They jeered at me when I went to mass, and their churches were empty; in Bretagne they are crowded with men. My money was stolen from me, and when I politely asked my way in the street, I was directed to the

mado el ganado bajo su protección especial, y vi mechones de pelo de animales enfermos que habían depositado los desafortunados dueños de los animales, que habían venido a rezar por su recuperación.

—Entonces, *monsieur*, debe haber visto el mechón de pelo de la cola de nuestra pobre vaca que yo mismo puse en el altar del santo —dijo Jean Marie animado—. Era rojo, con aquí y allá un pelo blanco mezclado; *monsieur* no podría olvidarlo.

Me vi obligado a eludir el aprieto diciendo que, cuando visité la iglesia de Saint Herbot, el altar estaba tan densamente cubierto de mechones de pelo de cabra, caballo y vaca que el mechón de Jean Marie debía de estar oculto bajo ellos.

—¿Y la vaca se recuperó? —pregunté.

—*Monsieur*, cuando volví de mi peregrinación al tercer día, el pobre animal estaba muerto.

—¡No!, ¿cuando habías caminado dos días enteros para poner un mechón de su pelo ante San Herbot? ¿En qué estaría pensando el santo?

—*Monsieur*, el Sagrado San Herbot tiene dos maneras de responder a la oración por *les pauvres bestiaux malades*[8]. Si juzga que es mejor que se recuperen, mejorarán; pero si no, morirán. —Y como si no quisiera seguir hablando del santo con un incrédulo, Jean Marie pasó a otros recuerdos.

»Cuando tenía veinticinco años, mi amo me llevó con él a París; era la primera vez que salía de mi Bretaña natal. Pero, *monsieur*, qué cosa, la gente de allí me trataba como si fuera un salvaje. Se reían de mí en la calle, de mi larga cabellera, de mi amplio sombrero, de mis excelentes bombachos *bretones*, *«breeches»*, es como los llaman ustedes los ingleses, *monsieur*, del modelo que mis antepasados habían llevado desde los días de *La Bonne Duchesse*. Me hacían burlas cuando iba a misa, y sus iglesias estaban vacías; en Bretaña están llenas de

8   Las pobres bestias enfermas.

wrong place. The very children used vile words, and the young girls said things to me that a man in Bretagne would blush to think of."

One day when we had grown quite intimate, Jean Marie confided to me the love he had borne to his fellow servant Françoise.

"Monsieur, I have never loved but one woman, my Françoise. For five years we ate at the same table, we worked in the same garden, we went to mass together, we prayed together. We were not married because I desired to save a little money first, that my wife might not have to toil as my poor mother had done. Monsieur, I cannot tell you whether my Françoise was beautiful or not, but the Bon Dieu had given her to me, and I never looked in another woman's face. We were to be married: Monsieur Smitt would still keep me as his servant, and we were to live in a little cottage near him, and he would have another woman for his cook, though my Françoise was still to help in the housework. Within a fortnight of our intended marriage our good master fell ill of a fever, and my Françoise nursed him, and took it from him and died. They both died, monsieur, my master and my Françoise, and I tried to take the fever from them that I might die too, but the fever had no more power to kill me than fire has to burn the holy saints. And to think, monsieur, that we might have been man and wife if I had not loved my Françoise so well. Monsieur, this rosary is all that I have that belonged to my Françoise, for she was as poor as the Blessed Virgin herself."

And Jean Marie stretched his long, thin arm towards me, and laid on the locker by my bedside a cheap rosary, made of a string of small berries, with a crucifix attached to it.

After the death of his master and Françoise, Jean Marie returned to the neighbourhood of Roscoff and worked under a well-to-do farmer, who grew great quantities of the onions for which that part of Finistère is renowned. He was an enterprising man, and anxious to find the best market for his produce. Jean Marie served him faithfully and intelligently, and when he had

hombres. Me robaron el dinero y, cuando pregunté educadamente por una dirección en la calle, me dirigieron al lugar equivocado. Los propios niños usaban palabras viles, y las jovencitas me decían cosas que un hombre de Bretaña se sonrojaría al imaginar.

Un día, cuando ya habíamos intimado bastante, Jean Marie me confió el amor que había sentido por su compañera de servicio, Françoise.

—Señor, nunca he amado más que a una mujer, mi Françoise. Durante cinco años comimos en la misma mesa, trabajamos en el mismo jardín, fuimos a misa juntos, rezamos juntos. No nos habíamos casado porque yo deseaba ahorrar un poco de dinero primero, para que mi esposa no tuviera que trabajar como lo había hecho mi pobre madre. *Monsieur*, no puedo decirle si mi Françoise era hermosa o no, pero el *bon Dieu* me la había concedido, y nunca miré a la cara a otra mujer. Íbamos a casarnos: *monsieur* Smitt seguiría teniéndome como su criado, viviríamos en una casita cerca de él y tendría a otra mujer como cocinera, aunque mi Françoise seguiría ayudando en las tareas domésticas. A los quince días de nuestro pretendido matrimonio, nuestro buen amo cayó enfermo de fiebre, y mi Françoise lo cuidó, se contagió y murió. Ambos murieron, señor, mi amo y mi Françoise, y traté de contagiarme para morir yo también, pero la fiebre no tenía más poder para matarme que el fuego para quemar a los santos. Y pensar, *monsieur*, que podríamos haber sido marido y mujer si yo no hubiera querido tanto a mi Françoise. *Monsieur*, este rosario es todo lo que tengo que perteneció a mi Françoise, porque ella era tan pobre como la misma Santísima Virgen.

Y Jean Marie extendió hacia mí su largo y delgado brazo, y depositó sobre el armario junto a mi cama un rosario barato, hecho con una ristra de pequeñas bayas, con un crucifijo atado a él.

Tras la muerte de su amo y Françoise, Jean Marie regresó al barrio de Roscoff y trabajó para un agricultor acomodado, que cultivaba grandes cantidades de las cebollas por las que es famosa esa parte de Finisterre. Era un hombre emprendedor y ávido por encontrar el mejor mercado para sus productos. Jean Marie le sirvió fiel y hábilmente, y cuando llevaba tres años con él le aumentó el sueldo, y

been with him three years he increased his wages, and as he spoke English he sent him to London, to negotiate for the sale of his onions with English dealers. I was astounded to find how astute my fourteenth-century friend was in business matters. He had made bargains profitable to his employer and to himself, and Monsieur Ploumel was highly satisfied with the honesty and ability of his agent.

And now, on his third journey to England, Jean Marie was smitten with a mortal illness, and would never return to his native land.

"I have been ill for more than a year, monsieur. I know it by the pain I have suffered. But it does not matter; it is over now. I have finished my work. The day before I came into this hospital I sent to Monsieur Ploumel every sou I had made for him, and a draft for three hundred francs that I had saved for my poor sister and her children. I have come here to die," he said, in quiet unemotional tones, as though he were speaking of a stranger.

I listened in silence, for I knew what the doctors thought of his case; that nothing could be done to cure, but only to palliate the disease. Never had there been a more patient sufferer in the hospital. In spite of his mediaeval superstition, Jean Marie was a most courageous Christian, and put us all to shame. When he was sufficiently free from pain to speak, it was with a gentle courtesy, and no word of complaint or of impatience ever escaped his lips. He was always ready to listen to the egotistic grumbling of his fellow-patients, though he tried, by example and precept, to lift us out of the narrow groove of self-centred suffering.

One day I saw that he was enduring agony. His dark face was livid, and when he could speak he said quietly, "Monsieur, these pains are pin-pricks compared with those the Blessed Redeemer suffered for us."

That night Jean Marie was very ill, and I lay awake, partly from sympathy with him, partly because his restlessness made

como hablaba inglés le envió a Londres, a negociar la venta de sus cebollas con comerciantes ingleses. Me sorprendió descubrir lo astuto que era mi amigo del siglo XIV en asuntos de negocios. Había hecho negocios provechosos para su patrón y para él mismo, y *monsieur* Ploumel estaba muy satisfecho con la honradez y la habilidad de su agente.

Y ahora, en su tercer viaje a Inglaterra, Jean Marie se vio afectado por una enfermedad mortal, y nunca regresaría a su tierra natal.

—He estado enfermo durante más de un año, *monsieur.* Lo sé por el dolor que he padecido. Pero no importa; ya se acabó. He terminado mi trabajo. El día anterior a mi ingreso en este hospital envié a *monsieur* Ploumel hasta el último céntimo que había ganado para él, y un giro de trescientos francos que había ahorrado para mi pobre hermana y sus hijos. He venido aquí a morir —dijo, en tono tranquilo e impasible, como si estuviera hablando de un extraño.

Escuché en silencio, porque sabía lo que los médicos pensaban de su caso; que no se podía hacer nada para curar, sino solo paliar la enfermedad. Nunca había habido un enfermo más paciente en el hospital. A pesar de su superstición medieval, Jean Marie era un cristiano muy valiente y ninguno de nosotros estábamos a su altura. Cuando conseguía librarse del dolor lo bastante como para poder hablar, lo hacía con suave cortesía, y nunca escapaba de sus labios una palabra de queja o de impaciencia. Siempre estaba dispuesto a escuchar las quejas egoístas de sus compañeros, aunque intentaba, con el ejemplo y los preceptos, sacarnos de la estrechez de miras del sufrimiento egoísta.

Un día vi que estaba agonizando. Su rostro moreno estaba lívido, y cuando pudo hablar dijo en voz baja:

—*Monsieur*, estos dolores son pequeños pinchacitos comparados con los que el Santísimo Redentor sufrió por nosotros.

Aquella noche Jean Marie estaba muy enfermo, y yo permanecí despierto, en parte por simpatía hacia él, en parte porque su inquie-

it difficult for me to sleep, as he muttered and talked to himself without ceasing. The nurse was in constant attendance upon him, and she said to me: "His sleeping draught has not suited him to-night; he is terribly restless."

Between two and three o'clock in the morning I thought that she was again leaning over Jean Marie. On the opposite side of his bed, facing me, a woman stood wearing a white cap, but not such as our nurses wore, and she was bending over Jean Marie as though she would kiss him. Then she knelt, holding his hand in hers, and the light in the ward was sufficient for me to see that she wore the costume of a Brittany peasant, with the coloured cotton kerchief on the shoulders, tucked into the bib of the black apron in front. I raised myself in bed, and a nurse, who was sitting by the fire, came to me at once.

"Do you want anything?" she asked.

"Yes; who is that woman?" and I pointed to the figure still standing by Jean Marie.

"What woman?" she said, looking in the direction I indicated.

"That Brittany peasant woman, to be sure, by Jean Marie's bedside, talking to him and holding his hand."

"You have been dreaming!" said the nurse; "there is no one there. Lie down and try to go to sleep, though I daresay that poor fellow makes it hard for you to rest."

I had not been dreaming, though Jean Marie had, for afterwards he awoke with a little sigh as if he were sorry to return to consciousness, and said in his quiet tones, "Monsieur, the Bon Dieu has been very good to me. He has sent my Françoise to me in a dream, and I have seen her and held her hand in mine. I am only to suffer three days more, for on Sunday morning at two o'clock my Françoise is to fetch me!" And he laughed to himself, a little laugh of incomparable happiness, and soon afterwards became again delirious.

tud me dificultaba el sueño, ya que murmuraba y hablaba consigo mismo sin cesar. La enfermera lo atendía constantemente y me dijo: «Su somnífero no le ha sentado bien esta noche; está terriblemente inquieto».

Entre las dos y las tres de la madrugada me pareció que la enfermera estaba de nuevo inclinada sobre Jean Marie. En el lado opuesto de su cama, frente a mí, una mujer estaba de pie con un gorro blanco, pero no como el que llevaban nuestras enfermeras, y se inclinaba sobre Jean Marie como si fuera a besarlo. Luego se arrodilló, cogiéndole la mano con la suya, y la luz de la sala me bastó para ver que llevaba el traje de una campesina de Bretaña, con el pañuelo de algodón de colores sobre los hombros, metido en el peto del delantal negro por delante. Me incorporé en la cama y una enfermera, que estaba sentada junto al fuego, vino enseguida a verme.

—¿Necesita algo? —preguntó ella.

—Sí; ¿quién es esa mujer? —Y señalé la figura que todavía estaba de pie junto a Jean Marie.

—¿Qué mujer? —dijo, mirando en la dirección que le indiqué.

—Esa campesina de Bretaña, sin duda, al lado de la cama de Jean Marie, hablándole y sosteniéndole la mano.

—¡Ha estado soñando! —dijo la enfermera—. No hay nadie ahí. Acuéstese y trate de dormir, aunque me atrevería a decir que ese pobre tipo se lo está poniendo difícil.

Yo no había estado soñando, pero Jean Marie sí, porque después se despertó con un pequeño suspiro, como si lamentara volver en sí, y dijo en su tono tranquilo:

—*Monsieur,* el *bon Dieu* ha sido muy bueno conmigo. Él me ha enviado a mi Françoise en un sueño, y yo la he visto y sostenido su mano en la mía. Solo he de sufrir tres días más, pues el domingo a las dos de la mañana mi Françoise ha de venir a buscarme. —Y se rio para sus adentros, una risita de incomparable felicidad, y poco después volvió a delirar.

All Thursday, Friday, and Saturday, my friend grew steadily worse, though the doctors did not anticipate an immediate end of his sufferings. His mind wandered the whole time, and he talked to himself incessantly in Breton. When occasionally he dropped into French, and I understood what he said, he was imagining he was a child again, playing on the sands, or sitting on the rocks with his little sister, mending their father's fishing-nets. I grew feverish with excitement and anticipation of what would happen to Jean Marie. I had certainly seen his Françoise, and I dreaded her return. But I did not dare confide in either doctor or nurse. My strange experience could only be regarded by them as a sick man's fancy. But my state of nervous excitement was duly noticed and commented on by one of the house surgeons, a pleasant young man who had shown me much kindness.

"What in the world are you exciting yourself about?" he asked me on the Saturday afternoon. "You haven't had a pulse like this since before your first operation, and you've nothing of the kind in anticipation to account for it now."

But I could not tell him the truth, because from me it would appear incredible. I said that I had slept badly for several nights past, and that might account for my not being so well as usual. And I wound up with the apparently inconsequent request, "Do come and see Jean Marie at two o'clock in the morning, doctor."

I spoke so earnestly that the surgeon ceased tapping his palm with the stethoscope he held in his right hand. "I shall be in the ward at four o'clock under any circumstances, so that unless you have any very good reasons for asking me to see him earlier, your request is absurd. If I could do the poor fellow any good by seeing him, then it would be another thing. And I'm almost run off my legs as it is."

"But I have a perfectly valid reason for asking you to see Jean Marie precisely at that hour," I urged. "I cannot tell you now what it is, but I will do so afterwards, if you will only come." And he felt my pulse again, and I knew that he thought I was wandering in my mind.

Durante todo el jueves, viernes y sábado, mi amigo empeoró constantemente, aunque los médicos no preveían un final inmediato a sus sufrimientos. Su mente vagaba todo el tiempo, y hablaba consigo mismo incesantemente en bretón. Cuando de vez en cuando hablaba francés, y yo entendía lo que decía, se imaginaba que era un niño otra vez, jugando en la arena o sentado en las rocas con su hermana pequeña, arreglando las redes de pesca de su padre. Me puse febril de emoción pues anticipaba lo que le ocurriría a Jean Marie. Ciertamente había visto a su Françoise, y temía su regreso. Pero no me atreví a confiar ni en el médico ni en la enfermera. Mi extraña experiencia solo podía ser considerada por ellos como la fantasía de un hombre enfermo. Pero mi estado de excitación nerviosa lo notó y así lo comentó uno de los cirujanos del hospital, un joven agradable que me había mostrado mucha amabilidad.

—¿Por qué diablos está tan exaltado? —me preguntó el sábado por la tarde—. No ha tenido un pulso como este desde antes de su primera operación, y no tiene ninguna otra preocupación a la vista que pueda explicarlo.

Pero no podía decirle la verdad, porque de mí parecería increíble. Dije que había dormido mal durante varias noches, y eso podría explicar que no estuviera tan bien como de costumbre. Y terminé con la petición aparentemente intrascendente:

—Venga a ver a Jean Marie a las dos de la mañana, doctor.

Hablé con tanta seriedad que el cirujano dejó de golpearse la palma de la mano con el estetoscopio que sostenía en la mano derecha.

—Estaré en la sala a las cuatro en todo caso, de modo que, a menos que tenga usted muy buenas razones para pedirme que le vea antes, su petición es absurda. Si pudiera hacerle algún bien al pobre hombre viéndolo, entonces sería otra cosa. Y ya mismo no doy abasto.

—Pero tengo una fundada razón para pedirle que vea a Jean Marie precisamente a esa hora —insistí—. No puedo decirle ahora de lo que se trata, pero lo haré después, si viene. —Y volvió a tomarme el pulso, y supe que pensaba que estaba divagando.

"Well, well," he said, good humouredly, "if I can wake myself at that hour— two o'clock, I think you said—I'll run in and have a look at Jean Marie."

About eleven o'clock, when the lights were turned low and all was quiet for the night, Jean Marie's mind for a short time became clear and tranquil. He was like a man about to set forth on a delightful journey to some place and friends he longed to see; he was full of deep, happy excitement. When the nurse asked him if he wanted anything, his answer was always the same, "Mon ami, my wanting days are over; I have everything." Then he spoke to me. "I am ready to go when my Franchise fetches me. Monsieur, if I may leave to you my rosary I shall be glad. It may be that the Bon Dieu will lead you by it to become Catholic," and he looked wistfully.

"Jean Marie, I would become anything that would give me your peace and courage," I said. But I do not think that he heard my reply, for he was again wandering—talking to himself and singing snatches of old Breton songs, that were not unlike Gregorian tones.

"I wish that French fellow would be quiet and let me go to sleep," whimpered a fretful voice from my left-hand neighbour.

"It is the last night that he will disturb you; have a little patience," I said.

***

Midnight had long passed, and in due course I heard the church clocks for a mile round strike one, like irregular file firing. I had not long to wait before I should know whether Jean Marie's prophetic dream was true or not. In the exalted stated of my senses every sound in the ward, every footfall of the nurses, seemed unnaturally loud, as I lay watching in the subdued light the old-world features of Jean Marie. He was lying on his back with closed eyes, his long, brown fingers telling his beads and his lips

—Bueno, bueno —dijo de buen humor—, si puedo despertarme a esa hora, las dos en punto, dijo usted, entraré y echaré un vistazo a Jean Marie.

Hacia las once, cuando las luces se apagaron y todo quedó en silencio por la noche, la mente de Jean Marie se despejó y tranquilizó por un breve instante. Era como un hombre a punto de emprender un viaje encantador hacia algún lugar y junto a amigos que deseaba ver; estaba lleno de una emoción profunda y feliz. Cuando la enfermera le preguntaba si quería algo, su respuesta era siempre la misma: *«Mon amie,* mis días de carencia han terminado; lo tengo todo». Entonces me habló:

—Estoy listo para irme cuando venga mi Franchise a buscarme. *Monsieur,* si pudiera dejarle mi rosario, me alegraría. Puede que el *bon Dieu* le haga convertirse al catolicismo. —Y lanzó una mirada melancólica.

—Jean Marie, me convertiría a lo que fuere que me diera tu paz y tu valor —dije. Pero no creo que oyera mi respuesta, pues volvió a divagar, hablando consigo mismo y cantando fragmentos de viejas canciones bretonas, que no eran muy diferentes de los tonos gregorianos.

—Ojalá ese francés se callara y me dejara dormir —gimoteó una voz inquieta de mi vecino de la izquierda.

—Es la última noche que te molestará; ten un poco de paciencia —dije.

***

Hacía rato que había pasado la medianoche, y a su debido tiempo escuché que los relojes de la iglesia, a más de un kilómetro a la redonda, daban la una, como irregulares disparos en fila. No tuve que esperar mucho para saber si el sueño profético de Jean Marie era cierto o no. En el exaltado estado de mis sentidos, cada sonido en la sala, cada pisada de las enfermeras, parecía anormalmente fuerte, mientras yo observaba en la tenue luz los rasgos del viejo mundo de Jean Marie. Él estaba tumbado boca arriba con los ojos cerrados, sus

moving rapidly. Just then a nurse approached his bedside with a dose of medicine so nauseous that the smell of it as it wafted by made me feel ill.

"Must you disturb him to give him that vile stuff?" I asked, as I looked with compassion on Jean Marie, tranquil for the first time in many hours.

"Doctor's orders," she replied briefly, and raised the patient's head to put the glass to his lips. He opened his eyes, and I saw by his expression that his soul revolted at the loathsome draught. Then, with the meekness of a little child, he drained it to the dregs.

It was a few minutes to two o'clock, and I was strung up to an almost intolerable pitch of excitement. When a cinder fell from the grate it sounded like thunder, and I started and trembled. Jean Marie had fallen into a restless sleep, but he no longer muttered and talked to himself. I could hardly believe my eyes, though I firmly expected what I saw—by the side of Jean Marie's bed stood the same form I had seen three nights ago, the Brittany peasant woman. Her plain, swarthy face was covered with the sweetest smiles, and she leaned her dark head in its snowy cap over Jean Marie till her cheek almost touched his. My heart beat to suffocation, and I leaned upon my elbow, determined to watch closely. It was seldom that everyone was asleep in the ward at the same time, and the sister in charge and the nurses were certainly awake. Did no one but myself see the tall figure by Jean Marie's bed? It must have been full ten minutes that I saw the woman both standing and leaning over him in her quaint dress, and at length she knelt by his side and I heard him say in a low voice of ecstasy, "Oh, ma Françoise! ma Françoise!" as he sighed away his last breath.

"Nurse, nurse," I cried, "Jean Marie is dying!" and she hastened to him in a moment, as she did so unconsciously passing through the shadowy form that still hovered over him. Just then the door at the end of the ward opened and the house surgeon entered.

largos dedos morenos contaban las cuentas y sus labios se movían rápidamente. En ese momento, una enfermera se acercó a su cama con una dosis de medicina tan nauseabunda que el olor que desprendía me hizo sentir mal.

—¿Debe molestarlo para darle esa cosa repugnante? —pregunté, mientras miraba con compasión a Jean Marie, tranquilo por primera vez en muchas horas.

—Órdenes del médico —respondió brevemente, y levantó la cabeza del paciente para llevar el vaso a sus labios. Él abrió los ojos, y vi por su expresión que su alma se rebelaba ante el repugnante trago. Luego, con la mansedumbre de un niño pequeño, se lo bebió hasta el fondo.

Faltaban pocos minutos para las dos y yo estaba en un estado de excitación casi intolerable. Cuando cayó una ceniza de la rejilla sonó como un trueno, y yo me sobresalté y temblé. Jean Marie había caído en un sueño inquieto, pero ya no murmuraba ni hablaba solo. Apenas podía creer lo que veían mis ojos, aunque esperaba firmemente lo que vi: al lado de la cama de Jean Marie estaba la misma figura que había visto hacía tres noches, la campesina de Bretaña. Su rostro limpio y moreno estaba cubierto con la más dulce de las sonrisas, e inclinó su cabeza oscura con la gorra nívea sobre Jean Marie hasta que su mejilla casi tocó la de él. Mi corazón latía hasta la asfixia, y me apoyé en mi codo, decidido a observar de cerca. Rara vez estaban todos dormidos al mismo tiempo en la sala, y la hermana encargada y las enfermeras estaban ciertamente despiertas. ¿Nadie más veía la figura alta junto a la cama de Jean Marie? Debieron de ser diez minutos enteros el tiempo que vi a la mujer de pie e inclinada sobre él con su pintoresco vestido, y por fin ella se arrodilló a su lado y le oí decir a él en voz baja y extasiada: «*¡Oh, ma Françoise!, ¡ma Françoise!*», mientras exhalaba su último aliento.

—Enfermera, enfermera —grité—, ¡Jean Marie se está muriendo! —Y se apresuró a ir hacia él al momento, y al hacerlo pasó inconscientemente a través de la forma sombría que aún se cernía sobre él. En ese momento se abrió la puerta del fondo de la sala y entró el cirujano del hospital.

"What is the matter?" he said as he saw me out of bed and the nurse feeling Jean Marie's pulse.

"Jean Marie is dead—very suddenly; I only gave him his draught half-an hour ago," said the nurse.

Then I told the doctor as collectedly as I could what I had seen on Thursday night and how Jean Marie had told me of his dream, which I had seen fulfilled, and of the ghostly figure of the Breton peasant woman that had but that moment faded from my sight. I dared not tell him the night before, but now that there was confirmation of it he must see for himself that it was true, and I pointed to poor Jean Marie's corpse.

He listened with the greatest attention. "If it had been any other patient that had told me such a thing," he said at length, "I should have known that he was delirious, and have ordered ice to his head, and I don't say but that it mightn't be a good thing for even you. Still, when an educated man like yourself is convinced that he has been brought face to face with the supernatural, he is entitled to a hearing. It is strange, very strange. Jean Marie was a remarkable man; I have never met a patient like him. There is only one thing that I can be sure of in the whole affair, and that is, that I must have you out of this ward the first thing in the morning, or your nerves will be shattered in addition to your other troubles."

The body of my poor friend was removed before any of the patients were aware that a death had occurred. In a few hours I found myself in another ward of the hospital, surrounded by fresh faces, and I could hardly be certain whether or not I had dreamed the strange story of Jean Marie Thégonnec Pipraic.

—¿Qué sucede? —dijo al verme fuera de la cama y a la enfermera tomando el pulso a Jean Marie.

—Jean Marie ha muerto; ha sido muy repentino; solo hace media hora que le he dado su dosis —dijo la enfermera.

Entonces le conté al doctor lo más serenamente que pude lo que había visto el jueves a la noche y cómo Jean Marie me había hablado de su sueño, que yo había visto cumplido, y de la figura fantasmal de la campesina bretona que en aquel momento se había desvanecido de mi vista. No me atreví a decírselo la noche anterior, pero ahora que había confirmación de ello debía ver por sí mismo que era cierto, y señalé el cadáver del pobre Jean Marie.

Escuchó con la mayor atención.

—Si hubiera sido cualquier otro paciente el que me hubiera dicho tal cosa —dijo al fin—, habría sabido que deliraba, y le habría ordenado poner hielo en la cabeza, y no digo sino que podría ser algo bueno incluso para usted. Aun así, cuando un hombre culto como usted está convencido de que se ha encontrado cara a cara con lo sobrenatural, tiene derecho a ser escuchado. Es extraño, muy extraño. Jean Marie era un hombre extraordinario; nunca he conocido a un paciente como él. Solo hay una cosa de la que puedo estar seguro en todo este asunto, y es que debo sacarle a usted de este pabellón a primera hora de la mañana, o sus nervios quedarán destrozados, además de tener que lidiar con sus otros problemas.

El cuerpo de mi pobre amigo fue retirado antes de que ninguno de los pacientes supiera que se había producido una muerte. En pocas horas me encontré en otra sala del hospital, rodeado de caras nuevas, y apenas podía estar seguro de si había soñado o no la extraña historia de Jean Marie Thégonnec Pipraic.

THE EMPTY PICTURE FRAME

It was a wild day in September. An equinoctial gale had raged since dawn, shaking doors and windows, and battering the walls of Eastwick Court. The orchards were strewed with bruised fruit plucked by the rude hand of the wind. The gardens that yesterday, neat and trim, basked in autumn sunshine, to-day were littered with branches stripped from the trees, and melancholy with up-rooted flowers. The paths were cut into channels by torrents of rain, that washed the loose sand on the grass, where, as the water subsided, it lay in red patches. At sunset there came a sudden lull. The gale fell to a whisper, and the rain ceased. But no flush of light overspread the grey sky. No western glow shone on the sombre walls, or reflected its red light on the rain-washed windows of the old house.

Within doors it was too dark to read or work, and in the enforced idleness of twilight, Miss Swinford laid down her book, and seated herself on a low chair by the fire.

Katherine Swinford was alone in the great drawing-room. As she leaned forward with hands clasped in her lap, watching the bickering flames that played about the logs on the hearth, there was something pathetic as well as dignified in her appearance. The mistress of Eastwick Court was no longer young. Her thick hair was streaked with white, and sundry lines on her brow, and about her clear grey eyes, showed where time's finger had touched her and left its mark. Her features were large but finely formed, her expression firm and self-reliant. Miss Swinford had lived so long alone, mistress of a large property, and a law unto herself in her own domain, that she had acquired the somewhat imperious manner of one who exercises a benevolent tyranny, and has an unquestioned right to be obeyed. She was the only child and heiress of Sir John Swinford who had been dead some twelve years, and she had lost her mother in her infancy.

No one could have supposed that Miss Swinford, like Queen Elizabeth, was destined to reign alone. She had had as many suitors as the Virgin Queen herself, and they might be classed in

EL MARCO VACÍO

Era un día tormentoso de septiembre. Un temporal de otoño había arreciado desde el amanecer, sacudiendo puertas y ventanas y golpeando los muros de Eastwick Court. Los huertos estaban sembrados de fruta magullada arrancada por la ruda mano del viento. Los jardines que ayer, limpios y recortados, disfrutaban del sol otoñal, hoy estaban llenos de ramas arrancadas de los árboles y de una profunda melancolía con las flores arrancadas. Los caminos estaban cortados en canales por los torrentes de lluvia, que arrastraban la arena suelta sobre la hierba, donde, al retirarse el agua, formaba manchas rojas en el suelo. Al atardecer hubo una tregua repentina. El vendaval se redujo a un susurro, y la lluvia cesó. Pero no había ni un rayo de luz en el cielo gris. Ningún resplandor del atardecer brillaba en las sombrías paredes, ni reflejaba su roja luz en las ventanas de la vieja casa lavadas por la lluvia.

En el interior estaba demasiado oscuro para leer o trabajar, y en la forzosa ociosidad del crepúsculo, la señorita Swinford dejó su libro y se sentó en una silla baja junto al fuego.

Katherine Swinford estaba sola en el gran salón. Mientras se inclinaba hacia delante con las manos entrelazadas en el regazo, observando las provocadoras llamas que jugueteaban alrededor de los troncos de la chimenea, había algo de conmovedor a la par que majestuoso en su aspecto. La señora de Eastwick Court ya no era joven. Su espesa cabellera con vetas de mechones blancos, y varias líneas en su frente y alrededor de sus claros ojos grises mostraban dónde el paso del tiempo había dejado su huella. Sus rasgos eran grandes pero finamente formados, su expresión firme y segura de sí misma. La señorita Swinford había vivido tanto tiempo sola, dueña de una gran propiedad y leyes propias bajo sus dominios, que había adquirido los modales un tanto imperiosos de quien ejerce una tiranía benévola y tiene el derecho incuestionable a ser obedecida. Era la única hija y heredera de sir John Swinford, que había muerto hacía unos doce años, y había perdido a su madre en su infancia.

Nadie podría haber supuesto que la señorita Swinford, como la reina Isabel, estaba destinada a reinar sola. Había tenido tantos pretendientes como la misma Reina Virgen, y podrían clasificarse en

three orders. The first, and most numerous, was attracted by the estate to which the lady seemed but the necessary appendage. The second felt the charm of the heiress, and the still greater charm of her wealth, while the third order of suitor was represented by one man only, who loved Katherine for her own sake, and would have sought her for his wife if she had been penniless. No need to tell the story—"es ist ein altes Liedchen"—the true love died long ago, and his fever-worn body lay buried in the hot sand of a tropic shore, and Katherine Swinford was still and would always remain Katherine Swinford.

Perhaps as she sat by her lonely hearth in the gathering dusk, she was thinking of what might have been, of the strong arm she might have leaned on, of the children that might have called her mother. She sighed, and rising abruptly, rang for lights.

"This will never do! I shall grow melancholy if I sit by myself in the twilight. It is peopled with ghosts, and with might-have-beens, the worst of all ghosts. I have been too much alone lately. I ought to keep up a succession of visitors. By the way, I wonder why I have not heard from Sir Piers Hammersley. It is ten days since I wrote to him inviting his daughter to come and stay with me." And an air of bright energy succeeded to her momentary depression, and when the lamps were brought into the room Miss Swinford was looking ten years younger than she had done a short time before.

Sir Piers Hammersley was a cousin of the late Sir John Swinford, and both descended from a common ancestor, Sir Miles Swinford, who lived at Eastwick Court in the time of Charles the First. The Hammersleys were originally Swinfords. But Sir Miles' second son Adam had married an heiress in Cumberland, Anne Hammersley, on the condition that he should bear her name as well as share her fortune. When Adam went to live in the north he took with him his sister Joceline, whose lover Colonel Dacres had been wounded fighting for his king, and died in her father's house, since when she had pined and drooped at Eastwick Court. Joceline was only three-and-twenty years old, and her family

tres órdenes. El primero, y más numeroso, se sintió atraído por el patrimonio, del que la dama no parecía sino el apéndice necesario. El segundo sentía el encanto de la heredera, y el encanto aún mayor de su riqueza, mientras que el tercer orden de pretendientes estaba representado por un solo hombre, que amaba a Katherine por sí misma, y la habría pretendido aunque ella hubiera estado sin un centavo. No hace falta contar la historia —*«es ist ein altes Liedchen»*[9]— el amor verdadero murió hace mucho tiempo, y su cuerpo destrozado por la fiebre yacía enterrado en la arena caliente de una costa tropical, y Katherine Swinford seguía siendo y seguiría siendo siempre Katherine Swinford.

Tal vez, mientras estaba sentada junto a su solitaria chimenea al anochecer, pensaba en lo que podría haber sido, en el fuerte brazo en el que podría haberse apoyado, en los niños que podrían haberla llamado madre. Suspiró y, levantándose bruscamente, dio orden de que se encendieran las luces.

«¡Esto nunca servirá! Me pondré melancólica si me siento sola al atardecer. Está poblada de fantasmas, y de lo que podría haber sido, el peor de todos los fantasmas. Últimamente he estado demasiado sola. Debería de recibir visitas regularmente. Por cierto, me pregunto por qué no he tenido noticias de sir Piers Hammersley. Han pasado diez días desde que le escribí invitando a su hija a venir a quedarse conmigo». Y un aire de luminosa energía sucedió a su pasajera depresión, y cuando trajeron las lámparas a la habitación, la señorita Swinford parecía diez años más joven de lo que lo había hecho poco antes.

Sir Piers Hammersley era primo del difunto sir John Swinford, y ambos descendían de un ancestro común, sir Miles Swinford, que vivía en Eastwick Court en la época de Carlos I. Los Hammersley eran originariamente Swinford. Pero el segundo hijo de sir Miles, Adam, se había casado con una heredera en Cumberland, Anne Hammersley, con la condición de que llevara su nombre y compartiera su fortuna. Cuando Adam se fue a vivir al norte, se llevó consigo a su hermana Joceline, cuyo amante, el coronel Dacres, había sido herido luchando por el rey, y había muerto en casa de su padre;

9   Es una vieja historia.

thought that absence from home and its tragic associations would restore her to health and cheerfulness. And in this hope she made what was then the long wild journey out of Herefordshire into Cumberland. But no change of air or scene could arrest the decline into which she had fallen. Before the spring came she was laid in the vault of the Hammersleys.

Her sad story and the tradition of her beauty, confirmed by a portrait still preserved at Eastwick Court, had caused her to be remembered both by the Swinfords and Hammersleys, and the name of Joceline had not been allowed to die out in the family. The very reason why Miss Swinford had bestirred herself to write to her father's cousin whom she had not seen since she was a girl, was that his only daughter was named Joceline. Her heart had warmed towards her unknown kinswoman in her loneliness, and she had written asking Sir Piers to allow his daughter to visit her at the house that was the birthplace of the original Joceline. The Hammersleys still lived in Cumberland, and Miss Swinford's letter must have reached its destination the day after it was posted. But she had received no answer to her friendly invitation. She was astonished and almost affronted by chilling silence where she had hoped to meet with a cordial response.

"My cousin Joceline is so much younger than I that perhaps she does not feel very eager about spending a few weeks alone with me," she argued with herself. "But at least she should be wishful to see the home of her ancestors, and the portrait of Joceline Swinford, whom she is fortunate if she resembles in personal appearance."

Here Miss Swinford's soliloquy was cut short by an unexpected interruption. A sound of heavy wheels driving slowly up the avenue by which the house was approached from the high road, and the carriage, waggon, or whatever it was that could be so ponderous, came to a standstill at the front door.

"The storm must have cut the gravel up terribly," thought Miss Swinford; "I never heard wheels sound so heavy in the avenue

desde entonces ella estaba de luto y languidecía en Eastwick Court. Joceline solo tenía veintitrés años, y su familia pensó que la ausencia del hogar y sus trágicas asociaciones le devolverían la salud y la alegría. Y con esta esperanza emprendió lo que entonces era el largo y aventurado viaje desde Herefordshire hasta Cumberland. Pero ningún cambio de aire o de escena podía detener el declive en el que había caído. Antes de que llegara la primavera fue depositada en el panteón de los Hammersley.

Su triste historia y su mítica belleza, confirmada por un retrato que aún se conserva en Eastwick Court, habían hecho que tanto los Swinford como los Hammersley la recordaran, y no se había permitido que el nombre de Joceline se extinguiera en la familia. La razón por la que la señorita Swinford se había animado a escribir al primo de su padre, a quien no había visto desde que era una niña, era que su única hija se llamaba Joceline. En su soledad, su corazón se había encariñado con su desconocida pariente, y había escrito pidiendo a Sir Piers que permitiera a su hija visitarla en la casa natal de la Joceline original. Los Hammersley aún vivían en Cumberland, y la carta de la señorita Swinford debió de llegar a su destino al día siguiente de ser enviada. Pero no había recibido respuesta a su amistosa invitación. Se sintió asombrada y casi ofendida por el frío silencio donde ella había esperado una respuesta afectuosa.

«Mi prima Joceline es mucho más joven que yo y tal vez no le haga mucha ilusión pasar unas semanas a solas conmigo», argumentó consigo misma. «Pero al menos debería desear ver el hogar de sus antepasados, y el retrato de Joceline Swinford, y sería afortunada si se le pareciera».

Aquí el soliloquio de la señorita Swinford se vio interrumpido por una inesperada interrupción. Se oyó el ruido de pesadas ruedas que subían lentamente por la avenida por la que se accedía a la casa desde la carretera principal, y el carruaje, carreta o lo que fuera que pudiera ser tan pesado, se detuvo ante la puerta principal.

«La tormenta ha debido destrozar la grava por completo», pensó la señorita Swinford. «Nunca antes había oído que las ruedas sona-

before. Who can be paying an afternoon call so late, just when I am about to dress for dinner!" and the heavy carriage drove slowly away. Immediately afterwards the drawing-room door was thrown open, and Bennet the old butler announced "Miss Hammersley." Miss Swinford started with surprise, and advanced to welcome a young and tall lady dressed in black, some fifteen years her junior. She was of a mortal pallor of complexion, with dreamy brown eyes and fair hair, and bearing the most extraordinary resemblance to the portrait of Joceline Swinford.

"My dear cousin! You have dropped upon me from the clouds! I have received no intimation that I should have the pleasure of seeing you to-day, or I would have driven to the station to meet you myself," and she kissed her young kins-woman's pale cheek.

"How cold you are, my dear! Come and sit near the fire before you take off your cloak." And she led Joceline to a low chair, and she sat down by the flickering fire, with her back to the lamp.

"What sort of a journey have you had this stormy day? I'm afraid you had to change trains rather often between Cumberland and our little village station."

Joceline Hammersley raised her eyes with a strange uncomprehending gaze, as though she were listening to a language she did not understand, and instead of replying to her question merely said, "I have come a long way, I am very tired."

"You are not strong, my dear, I am afraid, you look so pale and weary. It is a pity I cannot give you a little of my superfluous strength," and Miss Swinford smiled kindly on her young cousin. She could not take her eyes from the white oval face with its high marble brow, large dark eyes and heavy eyelids, delicate nose and small mouth with lips too pale for health.

ran tan pesadas en la avenida. ¡Quién puede estar viniendo a hacerme una visita a última hora de la tarde, justo cuando estoy a punto de vestirme para la cena!». Y el pesado carruaje se alejó lentamente. Inmediatamente después, la puerta del salón se abrió de golpe, y Bennet, el viejo mayordomo, anunció:

—La señorita Hammersley.

La señorita Swinford se sobresaltó y avanzó para dar la bienvenida a una joven y alta dama vestida de negro, unos quince años menor que ella. Era pálida como la muerte; tenía ojos castaños de ensueño, y cabellos rubios, y guardaba el más extraordinario parecido con el retrato de Joceline Swinford.

—¡Mi querida prima! ¡Has caído del cielo! No me han informado que fuera a tener el placer de verte hoy, o habría ido a la estación a recibirte yo misma. —Y besó la pálida mejilla de su joven pariente.

»¡Estás helada, querida! Ven y siéntate cerca del fuego antes de quitarte la capa. —Y condujo a Joceline a una silla baja, y ella se sentó junto al fuego centelleante, de espaldas a la lámpara.

»¡Menudo viaje habrás tenido en un día tormentoso como este! Me temo que tuviste que cambiar de tren con bastante frecuencia entre Cumberland y nuestra pequeña estación del pueblo.

Joceline Hammersley levantó los ojos con una extraña mirada incomprensiva, como si estuviera escuchando un idioma que no entendía, y en lugar de responder a su pregunta se limitó a decir:

—He hecho un largo camino, estoy muy cansada.

—No estás con fuerzas, querida, me temo, tienes un aspecto tan pálido y cansado. Es una pena que no pueda darte un poco de la fuerza que me sobra. —Y la señorita Swinford sonrió amablemente a su joven prima. No podía apartar los ojos de aquel rostro blanco y ovalado, de altas cejas marmóreas, grandes ojos oscuros y pesados párpados, nariz delicada y boca pequeña con labios demasiado pálidos para unos labios sanos.

"It is astounding, perfectly astounding!" at length she said. "Do you know that you are the living image of our common ancestress Joceline Swinford! You are exactly like the VanDyke portrait in the library! I must show it to you!"

"Oh, not to-night! not to-night!" pleaded her cousin.

"Very well then, not to-night, but first thing in the morning. By candle-light it might startle you, it would be like looking at the reflection of your face in a mirror. But let me unfasten your cloak for you, my dear." For her guest was enveloped in a long black silk cloak, with a hood drawn over her fair curls, a quaint garment becoming her so well as to suggest the idea, that the pale silent lady was an artist in dress, and studied effects very successfully.

"Do not let me trouble you," she replied, throwing her hood back upon her shoulders, "my waiting woman will give me the help I require."

"Your waiting woman! Dear child, what an antiquated phrase! But I suppose odd words and expressions still linger in the wilds of Cumberland. Your maid, yes, I will ring for her, and I will show you to your room, where I am afraid the fire can hardly be lighted yet. It should have been burning all day if you had only done me the honour to announce your arrival beforehand." And Miss Swinford opened the drawing room door, when to her amazement her guest with unhesitating step as though she knew her way perfectly, turned towards the old part of the house, that was full of empty rooms. "Not that way, my dear! You are going to the disused part of the building, that has not been inhabited since my grandfather's time, and belongs now-a-days entirely to ghosts and rats. Let me lead you to our comfortable modern rooms, less historically interesting, but better suited to the requirements of a tired traveller like yourself." And her guest turned to follow her with an expression of disappointment on her pale face. "May I not see the old rooms?"

»¡Es asombroso, totalmente asombroso! —dijo al fin—. ¿Sabes que eres la viva imagen de nuestra antepasada común Joceline Swinford? ¡Eres exactamente igual que el retrato de VanDyke de la biblioteca! ¡Debo mostrártelo!

—¡Oh, esta noche no! ¡No esta noche! —suplicó su prima.

—Muy bien entonces, no esta noche, pero a primera hora de la mañana. A la luz de las velas podría asustarte, sería como mirar el reflejo de tu cara en un espejo. Pero permíteme desabrocharte la capa, querida.

Su invitada estaba envuelta en una larga capa de seda negra, con una capucha sobre sus hermosos rizos, una prenda pintoresca que le sentaba tan bien que bien podría decirse que la pálida y silenciosa dama era una artista de la confección y lograba con éxito cuando se trataba de encontrar la prenda ideal.

—No quiero molestar —respondió ella, echándose la capucha sobre los hombros—. Mi dama de compañía me ofrecerá la ayuda que necesito.

—¡Tu dama de compañía! Querida niña, ¡qué frase tan anticuada! Pero supongo que las palabras y expresiones extrañas aún perduran en las tierras salvajes de Cumberland. Tu criada, sí, la hago llamar; te acompañaré a tu habitación, donde me temo que el fuego apenas se puede encender ya. Habría estado ardiendo todo el día de haberme informado de tu llegada con antelación.

Y la señorita Swinford abrió la puerta del salón, cuando, para su asombro, su invitada, con paso firme, como si conociera perfectamente su camino, se volvió hacia la parte antigua de la casa, que estaba llena de habitaciones vacías.

—¡Por ahí no, querida! Da a la parte en desuso del edificio, que no ha sido habitada desde los tiempos de mi abuelo, y que ahora les pertenece enteramente a los fantasmas y a las ratas. Permíteme conducirte a nuestras cómodas y modernas habitaciones, menos interesantes históricamente, pero más adecuadas a las necesidades de un viajero cansado como tú.

"Certainly. I will show you everything, beginning with your own portrait, tomorrow morning. But here is your maid and this is your room; as we dine in half an hour I will leave you now to dress." And mistress and maid were left together.

Miss Hammersley's maid was no less remarkable looking than her mistress, with the same extreme pallor, though here the resemblance ended, for the mistress was beautiful and the maid distinctly ugly. Her grey hair was drawn away from her dark bony forehead under a close fitting white cap. Her eyes were small and black, and her mouth large, with thin compressed lips. Like her mistress, she was dressed in entire disregard of existing fashion, in a dark woollen material, with a deep linen collar and long white apron. At first the sight of a maid wearing a cap that a modern cook would scorn, and an apron suitable in size for a scullion, occasioned rude mirth among Miss Swinford's servants. But their laughter was brief, and succeeded by uneasy fear, for Mistress Galt (as Miss Hammersley called her maid) had queer unaccountable ways, in harmony with her strange and repellent appearance.

The morning after Miss Hammersley's arrival at Eastwick Court, the sun shone brightly on the destruction caused by the storm of the previous day, and the gardeners were busy repairing the damage done by the wind and rain.

When Miss Swinford entered the breakfast room, her guest was walking on the terrace, dressed in a white close-fitting gown low and open at the front, and her bare neck exposed to the chilly morning air. Miss Swinford hastened to her from the open window, exclaiming, "My dear child, you will catch your death of cold! Come back and put a shawl over your neck. Is it still the fashion to come down to breakfast in a low dress as my

Y su invitada se volvió para seguirla con una expresión de decepción en su pálido rostro.

—¿No puedo ver las antiguas habitaciones?

—Claro. Te mostraré todo, comenzando por tu propio retrato, mañana por la mañana. Pero aquí está tu criada y esta es tu habitación; como cenamos dentro de media hora te dejaré ahora para que te vistas.

Y ama y criada quedaron juntas.

La criada de la señorita Hammersley no era de aspecto menos notable que su ama, con la misma palidez extrema, aunque aquí terminaba el parecido, pues el ama era hermosa y la criada, claramente, fea. Llevaba el pelo gris retirado de la frente oscura y huesuda bajo un gorro blanco ceñido. Sus ojos eran pequeños y negros, y su boca grande, con finos labios apretados. Al igual que su señora, iba vestida sin tener en cuenta la moda, con un traje oscuro de lana, cuello de lino y un largo delantal blanco. Al principio, la visión de una doncella con un gorro que un cocinero moderno desdeñaría y un delantal del tamaño adecuado para un pinche de cocina provocó rudas risas entre los criados de la señorita Swinford. Pero sus risas no duraron, y les siguió un temor inquietante, pues la señora Galt (como llamaba la señorita Hammersley a su criada) tenía unas maneras extrañas e inexplicables, en armonía con su aspecto extraño y repulsivo.

A la mañana siguiente de la llegada de la señorita Hammersley a Eastwick Court, el sol brillaba sobre los destrozos que había causado la tormenta el día anterior, y los jardineros se afanaban en reparar los daños causados por el viento y la lluvia.

Cuando la señorita Swinford entró en la sala de desayunos, su invitada estaba paseando por la terraza, vestida con un vestido blanco ceñido, de cuello bajo y escotado, con el cuello desnudo expuesto al aire frío de la mañana. La señorita Swinford se apresuró a acercarse a ella desde la ventana abierta, exclamando:

—¡Mi querida niña, morirás de frío! Vuelve y ponte un chal sobre el

grandmother used to do!" and she led her into the house, and wrapped a soft shawl about her shoulders.

"How cold you are! And the morning air has brought no colour to your face! My dear child, are you always as cold as this?"

"Yes, always," she replied quietly. Then adding as though speaking to herself, "yet I am clothed in woollen and sheltered from wind and rain."

"Drink your coffee, you make me cold to look at you! And after breakfast I will take you upstairs to the library to show you the portrait of your namesake, and you shall tell me if you see the resemblance to yourself which I think so striking. It is an odd coincidence, the dress you are wearing might have been copied from that in the picture. But you shall see for yourself," and Miss Swinford, pleased to have someone to talk to, continued chatting, and did not notice how silent her cousin remained.

After breakfast she took Joceline's cold hand in hers, and led her upstairs.

"The library was my father's favourite room, and I have made no alteration in it since his time. It was there that I last saw your father, and I remember how greatly he admired Joceline Swinford's portrait. He said he should like to have a copy of it, but he does not need that as long as he has you to look at, my dear." And Miss Swinford flung the door of the library wide open with a triumphant "there!"

But she started with astonishment, for over the fireplace, where the portrait of Joceline Swinford had been, hung only the empty frame, its tarnished gilding in sombre harmony with the square of blackened wall that had been covered by the canvas.

Miss Swinford rang the bell impetuously, and ran into the corridor to second its summons with her voice.

cuello. ¿Sigue la moda de bajar a desayunar con un vestido escotado como lo hacía la abuela? —Y la condujo a la casa y le envolvió los hombros con un delicado chal.

—¡Qué fría estás! ¡Y el aire de la mañana no le ha dado color a tu cara!

»Mi querida niña, ¿siempre estás tan fría?

—Sí, siempre —respondió ella en voz baja. Luego añadió como si hablara para sí misma—: Sin embargo, estoy vestida de lana y protegida del viento y la lluvia.

—Bebe el café. ¡Que me das frío de mirarte! Y después del desayuno te llevaré arriba, a la biblioteca, para enseñarte el retrato de tu tocaya, y me dirás si ves el parecido contigo que me parece tan sorprendente. Es una extraña coincidencia, el vestido que llevas puesto podría haber sido copiado del vestido del cuadro. Pero ya lo verás por tí misma. —Y la señorita Swinford, encantada de tener a alguien con quien hablar, siguió charlando y no se dio cuenta de lo callada que permanecía su prima.

Después del desayuno, tomó la fría mano de Joceline en la suya y la llevó escaleras arriba.

—La biblioteca era la habitación favorita de mi padre, y no he introducido ningún cambio desde su muerte. Fue allí donde vi por última vez a tu padre, y recuerdo cuánto admiraba el retrato de Joceline Swinford. Dijo que le gustaría tener una copia, pero no la necesita mientras pueda mirarte a ti, querida. —Y la señorita Swinford abrió de par en par la puerta de la biblioteca con un triunfante «¡allí!».

Pero se sobresaltó, porque sobre la chimenea, donde colgaba el retrato de Joceline Swinford, solo colgaba el marco vacío, su dorado deslustrado en sombría armonía con el cuadrado de pared ennegrecida que había cubierto el lienzo.

La señorita Swinford tocó la campana con violencia, y corrió al pasillo para secundar su llamada con la voz.

"Bennet, Bennet! there is the most extraordinary thing! The old portrait of Miss Joceline Swinford has been taken out of the frame, and carried away bodily! The house has been broken into during the night! Search everywhere, and find out by what door or window it has been entered."

The servants gathered in a cluster round the library door, looking up at the empty frame with awe-stricken faces, and Miss Swinford sat down and fairly burst into tears. Joceline gently laid her hand on her shoulder, and said in a low voice, "Do not weep, the picture will be restored to you!" and raising her eyes, her cousin beheld the very embodiment of Joceline Swinford's portrait standing beside her. The shawl had slipped from her shoulders, leaving her neck uncovered, and in face, attitude, and costume, she was so amazingly like the figure in the missing picture that Miss Swinford started. And the servants, still peering in at the door, looked from the empty frame to the pale lady, and then at each other with indefinable fear.

No trace of the thieves could be discovered. No lock, bolt or bar on door or window had been tampered with, and the picture was hung so high that whoever had stolen it, must have accomplished the theft by the help of a ladder. The local superintendent of police came to examine the house, and to take down a description of the missing picture from Miss Swinford's lips, and she advertised a large reward for its discovery or for such information as should lead to the detection of the thief.

"The picture will be restored to you," repeated Joceline.

"I am afraid not, my dear. The stolen portrait of the beautiful Duchess of Devonshire has never been recovered, and how can I hope to get my picture back again, and to unravel the mystery of its disappearance?" Miss Swinford telegraphed tidings of her loss to her lawyer in London, and followed it up by a long letter of instructions. He was to send a description of the missing portrait to all the picture dealers, and an advertisement was put in the papers warning pawnbrokers to detain the bearer, as well as the

—¡Bennet, Bennet! ¡Es de lo más extraordinario! ¡Han sacado el viejo retrato de la señorita Joceline Swinford del marco y se lo han llevado! ¡Han entrado a robar por la noche! Busca por todas partes y averigua por qué puerta o ventana se ha entrado.

Los criados se agruparon en torno a la puerta de la biblioteca, mirando el marco vacío con caras de asombro, y la señorita Swinford se sentó y rompió a llorar. Joceline le puso suavemente la mano sobre el hombro y le dijo en voz baja:

—¡No llores, te devolverán el cuadro! —Y levantando los ojos, su prima vio la misma encarnación del retrato de Joceline Swinford de pie a su lado. El chal se le había caído de los hombros, dejando el cuello al descubierto, y en el rostro, la actitud y el atuendo era tan asombrosamente parecida a la figura del cuadro desaparecido que la señorita Swinford se sobresaltó. Y los criados, que seguían asomados a la puerta, miraron desde el marco vacío a la pálida dama, y luego se miraron unos a otros con indescriptible temor.

No se pudo descubrir ningún rastro de los ladrones. No se había manipulado ninguna cerradura, cerrojo o barra en la puerta o ventana, y el cuadro estaba colgado tan alto que quien lo hubiera robado, debía haberlo hecho con la ayuda de una escalera. El superintendente de policía local vino a examinar la casa y a tomar nota de la descripción del cuadro desaparecido de labios de la señorita Swinford, que anunció una cuantiosa recompensa por su descubrimiento o por cualquier información que condujera al descubrimiento del ladrón.

—El cuadro te será devuelto —repitió Joceline.

—Me temo que no, querida. El retrato robado de la bella duquesa de Devonshire nunca ha sido recuperado, y ¿cómo puedo yo esperar recuperar mi retrato y desentrañar el misterio de su desaparición? —La señorita Swinford telegrafió la noticia de su pérdida a su abogado en Londres, y siguió con una larga carta de instrucciones. Debía enviar una descripción del retrato desaparecido a todos los comerciantes de cuadros, y se publicó un anuncio en los periódicos advirtiendo a los prestamistas que retuvieran al portador, así como

picture, if it was offered to them. And having done everything in her power to recover her treasure, Miss Swinford remained inconsolable under her loss.

The excitement in the servants' hall was intense, and the physical difficulty of abstracting from its frame, a picture hung at such a height was dilated upon at great length. Finally they all agreed with old Bennet when he gave it as his opinion, "that it was like as if it had been sperited away!"

Only one person in the house appeared indifferent to the prevailing distress and anxiety, and this was Mistress Galt, who went about chuckling to herself with eldrich laughter.

Several days passed in which Miss Swinford did little but lament her loss, and exhaust conjecture as to how the picture could have been so mysteriously removed. But neither search nor enquiry threw any light on the matter. The portrait had vanished, leaving no more trace than if it had melted into thin air.

Her distraction of mind at first prevented Miss Swinford from noticing her guest, as she otherwise would have done. But as she became less preoccupied, she observed in Joceline Hammersley numberless little peculiarities, that, taken all together, convinced her she was unlike anyone she had ever met before. She had none of the ardour and impetuosity of youth, she was silent and reticent. She was ignorant of everyday matters that a child would know, and yet surprised her by considerable out of the way knowledge, and acquaintance with by-gone times, though she knew nothing of contemporary history. Her phraseology was often amusingly antiquated. Sometimes too she would misunderstand the plainest language, and require it to be translated into another form before she appeared to grasp its meaning.

"Does your father never take you to London, my dear?" asked Miss Swinford, thinking it a pity that so lovely a young creature should not see more society than her country home afforded.

el cuadro, si se les ofrecía. Y habiendo hecho todo lo que estaba en su mano para recuperar su tesoro, la señorita Swinford seguía inconsolable por su pérdida.

La excitación en la sala de los criados era intensa, y la dificultad física para soltar el lienzo del marco, un cuadro colgado a tal altura, fue algo muy comentado. Finalmente, todos estuvieron de acuerdo con el viejo Bennet cuando dio su opinión: «¡Se lo han llevado como por arte de magia!».

Solo una persona en la casa parecía indiferente a la angustia y ansiedad reinantes, y esta era la señora Galt, que iba de un lado a otro riéndose entre dientes.

Pasaron varios días en los que la señorita Swinford no hizo más que lamentar su pérdida y agotar sus conjeturas sobre cómo había podido desaparecer tan misteriosamente el cuadro. Pero ni la búsqueda ni la investigación arrojaron luz sobre el asunto. El retrato había desaparecido, sin dejar más rastro que si se hubiera desvanecido en el aire.

Su preocupación, al principio, impidió que la señorita Swinford se fijara en su invitada, como habría hecho en otras circunstancias. Pero a medida que fue preocupándose menos, observó en Joceline Hammersley un sinfín de pequeñas peculiaridades que, en conjunto, la convencieron de que no se parecía a nadie que hubiera conocido antes. No tenía la pasión y la impulsividad de la juventud, era silenciosa y reservada. Ignoraba las cosas cotidianas que sabría una niña y, sin embargo, sorprendía por su considerable conocimiento de lo más recóndito y por su familiaridad con tiempos pasados, aunque no sabía nada de la historia contemporánea. Su expresión a menudo era graciosamente anticuada. A veces también malinterpretaba el lenguaje más sencillo y necesitaba que se lo tradujeran de otra forma antes de que pareciera comprender su significado.

—¿Tu padre nunca te lleva a Londres, querida? —preguntó la señorita Swinford, pensando que era una lástima que una criatura tan encantadora no viera más sociedad de la que le ofrecía su casa de campo.

"He took me thither once on a time when I was but a child, and I call to mind that while we were at our lodging in Whitehall the Queen was brought to bed of a son, and the rejoicing thereat."

"My dear Joceline, you positively must not make use of such an oldfashioned, countrified expression as 'brought to bed!'" said Miss Swinford, "it is only fit for an old nurse! Ladies may have spoken in that way a century ago, but it is purely rustic now. If you must date your visit to London by royal domestic events, you should say you were there when the Queen was confined."

"But that would not be the truth," replied Joceline, raising her dark eyes and folding her hands in her lap, "for it was not the Queen's but the King's majesty that was confined in Carisbrook Castle," and she sighed heavily.

Miss Swinford was confounded. Could it be that her beautiful young kinswoman was mildly deranged? She looked into the dreamy brown eyes fixed upon her, and merely saying, "I think you have lived too much alone in the country," lapsed into thoughtful silence.

That night when Miss Swinford was retiring to rest and her maid was about to leave the room, she lingered at the door and said, "There's something I want to speak to you about, miss, but I hardly know how to, for it's about Miss Hammersley."

"What is it, Dapper? What can you have to say that concerns my cousin?"

"There's something strange about the young lady, miss, and about Mistress Galt too, as she calls her. They walk in their sleep or something as bad. Last night when I was lying awake I heard footsteps, and I got up and opened my door, and crossed the gallery and looked over the bannisters, and there below if there wasn't Miss Hammersley and her maid going into the empty rooms in the old part of the house. I saw them quite plain in the moonlight

—Me llevó allí una vez, cuando yo no era más que una niña, y recuerdo que, mientras estábamos en nuestro alojamiento en Whitehall, la Reina alumbró a un hijo, y todo aquel regocijo.

—¡Mi querida Joceline, definitivamente no debes hacer uso de una expresión tan anticuada y campesina como «alumbrar»! —dijo la señorita Swinford—. ¡Solo es apto para una vieja comadrona! Puede que las señoras hablaran así hace un siglo, pero ahora no es elegante. En cuanto a la fecha de tu visita a Londres en referencia a los acontecimientos domésticos reales, deberías decir que estuviste allí cuando la Reina fue confinada.

—Pero no sería cierto —replicó Joceline, alzando los ojos oscuros y cruzando las manos sobre el regazo—, porque no fue la Reina sino su majestad el Rey el que estaba confinado en el castillo de Carisbrook. —Y suspiró con fuerza.

La señorita Swinford estaba confundida. ¿Podría ser que su bella y joven pariente estuviera ligeramente trastornada? Miró fijamente a aquellos ojos marrones de ensueño posados en ella, y simplemente diciendo «Creo que has vivido demasiado tiempo sola en el campo» cayó en un silencio reflexivo.

Aquella noche, cuando la señorita Swinford se retiraba a descansar y su criada estaba a punto de salir de la habitación, se quedó en la puerta y dijo:

—Hay algo de lo que quiero hablarle, señora, pero apenas sé cómo hacerlo, pues se trata de la señorita Hammersley.

—¿Qué ocurre, Dapper? ¿Qué tiene que decir acerca de mi prima?

—Hay algo extraño en la joven, señora, y en la señora Galt, como ella la llama, también. Son sonámbulas o algo parecido. Anoche, estaba despierta y oí pasos, me levanté, abrí la puerta, crucé la galería y miré por encima de la barandilla, y allí abajo quiénes eran sino la señorita Hammersley y su criada entrando en las habitaciones vacías de la parte vieja de la casa. A la vista las tuve con la luz de la luna a través de la gran ventana. Llevaban sus vestidos del día, no se

through the big window. They were in their day dresses, they hadn't undressed for bed though it was past two o'clock, and Miss Hammersley was crying and sobbing. They seemed to know their way about the house in the dark as well as we do by daylight! I felt frightened and went back to bed, and it would be a good half hour before I heard them creep back to their rooms again. I thought I'd better tell you about it, miss."

"You amaze me, Dapper! It's impossible that they both walk in their sleep. But perhaps my cousin does, and her maid follows her lest she should meet with some accident, or wake suddenly and be alarmed."

"I hope, miss, that if you hear anything to-night you'll please to get up and see for yourself. I'll put your dressing-gown by the candle and matches, and if you want me I'm a light sleeper, I should wake if you only scratched on the door." And Dapper retired, leaving her mistress profoundly uneasy.

Many uncomfortable thoughts were suggested to Miss Swinford's mind by what she had heard. She rose and locked the door, that if Joceline walked in her sleep, at all events she would not be startled by her entering the room in the night with wide unseeing eyes. She thought over all her cousin's peculiarities, her strange inanimate expression, her deadly pallor and coldness, her silence and dreamy look, and decided that she was a very likely subject to be a somnambulist. Having settled this painful matter to her satisfaction, Miss Swinford's mind reverted to its favourite theme—the inexplicable loss of the portrait. And she fell asleep to dream that her cousin stood in the tarnished frame over the library mantel-shelf, saying, "I told you that Joceline Swinford's portrait would come back to you!" when she woke suddenly, the clock struck two, and she heard gentle steps in the carpeted gallery.

In a moment she had put on her dressing-gown and opened the door. Dapper had left a lamp burning, and by its light she saw Joceline Hammersley in the gallery on the opposite side of the hall, followed by her maid, walking towards the door leading to

habían desvestido para ir a la cama aunque eran más de las dos, y la señorita Hammersley lloraba y sollozaba. ¡Parecían conocer la casa en la oscuridad tan bien como nosotras a la luz del día! Me asusté y volví a la cama, y pasaría una buena media hora antes de que volviera a oírlas pasar sigilosamente hasta sus habitaciones. Pensé que sería mejor contárselo, señora.

—¡Me sorprende, Dapper! Es imposible que las dos sean sonámbulas. Pero tal vez mi prima sí, y su criada la sigue por si sufre algún accidente, o se despierta de repente y se alarma.

—Espero, señora, que si oye algo esta noche, haga el favor de levantarse para verlo por sí misma. Pondré su bata junto a la vela y las cerillas, y si me necesita, yo tengo el sueño ligero, me despertaría con que rozara la puerta.

Y Dapper se retiró, dejando a su señora profundamente inquieta.

Lo que escuchó le sugirió a la señorita Swinford muchos pensamientos desagradables. Se levantó y cerró la puerta, por si Joceline deambulaba sonámbula, para que de ninguna manera pudiera asustarla entrando en la habitación por la noche con aquellos ojos muy abiertos que no ven. Pensó en todas las peculiaridades de su prima, su extraña expresión sin vida, su mortal palidez y frialdad, su silencio y su mirada soñadora, y decidió que era muy propensa a ser sonámbula. Una vez resuelto el doloroso asunto a su entera satisfacción, la mente de la señorita Swinford volvió a su tema favorito: la inexplicable pérdida del retrato. Se durmió y tuvo un sueño en el que su prima estaba dentro del marco descolorido sobre la repisa de la chimenea de la biblioteca, diciendo: «¡Te dije que el retrato de Joceline Swinford volvería a ti!». Cuando se despertó de repente, el reloj daba las dos, y escuchó pasos suaves en la galería alfombrada.

Se puso la bata enseguida y abrió la puerta. Dapper había dejado una lámpara encendida, y a la luz de la lámpara vio a Joceline Hammersley en la galería del lado opuesto del vestíbulo, seguida de su criada, caminando hacia la puerta que daba a la parte antigua de la

the old part of the house.

Miss Swinford hastened along the gallery that ran round the four sides of the hall, till she was close behind the dim figures that had now past beyond the light of the lamp. Mistress Galt was silent and rigid, but Joceline, pale as death, walked with clasped hands, moaning to herself. They left the door open as they entered the deserted rooms, and Miss Swinford followed unperceived. They passed quickly across stretches of pallid moonlight falling through the dusty windows, alternating with breadths of blackest shadow, opening door after door till they came to a corner room, looking out to the front and end of the house. Then they paused, and Joceline lifted up her face that no moonlight could bleach whiter, and cried, "It was here that he died! On this spot my love died! Here he lay till they bore him to his last resting place, but far from me! I lie alone in my narrow bed!" and Miss Swinford, terrified, and convinced that her cousin was either a mad woman or a somnambulist, turned and fled.

She did not pause or look behind her till she had locked herself in her room, when she fell half fainting upon the bed. "My poor cousin is insane! She has heard the story of the death of Joceline Swinford's lover in this house, and has brooded over it, till with her peculiar temperament it has turned her brain. And that strange woman Galt is her keeper, I see it all now! How shall I get rid of her? I shall become mad myself if we stay together much longer in this old house. How could she know the room in which Colonel Dacres died? I have not told her, and she has not been at Eastwick Court before. It is hateful, it is uncanny!" and Miss Swinford shuddered.

Presently she heard light footsteps once more, and opening the door saw the dim figures of her cousin and her maid returning to their room. They had made a complete circuit of the house, and regained the gallery by means of a disused staircase, the door leading to which was kept locked. When all was once more silent, Miss Swinford crossed the gallery, candle in hand, to examine

casa.

La señorita Swinford se apresuró a recorrer la galería que rodeaba los cuatro lados de la sala, hasta situarse cerca de las oscuras figuras que ahora habían pasado más allá de la luz de la lámpara. La señora Galt iba silenciosa, muy tiesa, pero Joceline, pálida como la muerte, caminaba con las manos juntas y gemía para sí. Dejaron la puerta abierta al entrar en las habitaciones desiertas, y la señorita Swinford las siguió sin ser percibida. Pasaron rápidamente a través de tramos de pálida luz de luna que daba a través de las ventanas polvorientas, alternando con tramos de la sombra más negra, abriendo puerta tras puerta hasta llegar a una habitación en una esquina, que daba al frente y al final de la casa. Entonces se detuvieron, y Joceline elevó el rostro que ninguna luz de luna podría volver más blanco, y gritó:

—¡Fue aquí donde murió! ¡En este lugar murió mi amor! Aquí yacía hasta que lo llevaron a su último lugar de descanso, ¡pero lejos de mí! ¡Yazgo sola en mi estrecha cama! —Y la señorita Swinford, aterrorizada y convencida de que su prima era o una loca o una sonámbula, se dio la vuelta y huyó.

No se detuvo ni miró detrás de ella hasta que se encerró en su habitación, cuando cayó medio desmayada sobre la cama.

«¡Mi pobre prima está loca! Ella ha escuchado la historia de la muerte del amante de Joceline Swinford en esta casa, y ha estado dándole tantas vueltas en la cabeza, hasta que con el peculiar temperamento que tiene se ha trastornado. Y esa extraña mujer Galt es su cuidadora, ¡ahora lo veo claro! ¿Cómo me deshago de ella? Me volveré loca si permanecemos juntas mucho más tiempo en esta vieja casa. ¿Cómo podía ella saber la habitación en la que murió el coronel Dacres? No se lo he contado, y ella no ha estado en Eastwick Court antes. ¡Qué horror, es insólito!». Y la señorita Swinford se estremeció.

Al poco oyó de nuevo pasos ligeros, y al abrir la puerta vio las tenues figuras de su prima y su criada que regresaban a su habitación. Habían dado una vuelta completa a la casa y regresaron a la galería por una escalera en desuso, cuya puerta estaba cerrada con llave. Cuando todo volvió a quedar en silencio, la señorita Swinford cruzó la galería, vela en mano, para examinar por sí misma si la cerradura

for herself if the lock had been tampered with. But the door was fastened as it had been for many years, and the paper pasted round it to prevent draughts was undisturbed. Yet there was no other means of reaching the side of the gallery by which Joceline Hammersley and Mistress Galt had returned to their rooms, except by this staircase.

Miss Swinford slept no more that night, and when she closed her eyes, it was only to open them and assure herself that the pale-faced Joceline was not standing by her side. At length when morning light filled the room, she drew aside the curtain and looked into the garden. She was startled to see Joceline and Mistress Galt standing together under the window. Neither of them wore hood or kerchief in the keen morning air, and Joceline's bare neck looked white and cold as marble. "She is as like the old portrait as though she were the original Joceline come back from the dead!" exclaimed Miss Swinford.

Mistress and maid were looking fixedly at a spot in the garden, towards which first one pointed and then another, and in the silence of the early morning Miss Swinford could hear every word.

"And I say, Mistress Joceline, that the bowling green lay yonder!"

"Nay, be not so confident. You were here but for a few months when all was sorrow and confusion, while I dwelt here for three-and-twenty years, and till the cruel wars came had great joy and pleasure in my home. The bowling green was by the sundial, and lay to the north of the maze. But that is gone too. All is changed, the very flowers wear strange faces."

"Shall you not rest, Mistress, since you have seen that which you prayed to see once more?"

"Yes, I shall rest. I shall sleep till we all wake together."

"Mad! Stark mad!" ejaculated her cousin as she dropped the curtain and turned from the window.

The day proved wet and stormy, and Miss Swinford had to pass

había sido forzada. Pero la puerta estaba cerrada como lo había estado durante muchos años, y el papel pegado alrededor para evitar corrientes de aire estaba intacto. Sin embargo, no había otro medio de llegar al lado de la galería por el que Joceline Hammersley y la señora Galt habían regresado a sus habitaciones, excepto por esta escalera.

La señorita Swinford no durmió más esa noche, y cuando cerró los ojos, fue solo para abrirlos y asegurarse de que la cara pálida de Joceline no estaba a su lado. Finalmente, cuando la luz de la mañana llenó la habitación, apartó la cortina y miró hacia el jardín. Se sobresaltó al ver a Joceline y a la señora Galt juntas bajo la ventana. Ninguna de los dos llevaba capucha ni pañuelo con el cortante viento de la mañana, y el cuello desnudo de Joceline parecía blanco y frío como el mármol. «¡Se parece tanto al viejo retrato como si fuera la Joceline original vuelta de entre los muertos!», exclamó la señorita Swinford.

La señora y la criada miraban fijamente un lugar en el jardín, hacia el cual primero apuntaba una y luego la otra, y en el silencio de la madrugada la señorita Swinford podía escuchar cada palabra.

—¡Y digo yo, señorita Joceline, que el campo de bolos está allá!

—No, no estés tan segura. Tú estuviste aquí solo unos meses, cuando todo era tristeza y confusión, mientras que yo viví aquí durante veintitrés años, y hasta que sobrevino la cruel guerra fui muy alegre y disfruté de mi hogar. El campo de bolos estaba junto al reloj de sol, al norte del laberinto. Pero eso también ha desaparecido. Todo ha cambiado, las mismas flores tienen caras extrañas.

—¿Por qué no descansáis, señora, ya que habéis visto lo que rogasteis ver una vez más?

—Sí, descansaré. Dormiré hasta que todos despertemos juntos.

—¡Loca! ¡Loca perdida! —soltó su prima mientras bajaba la cortina y se volvía de la ventana.

El día resultó húmedo y tormentoso, y la señorita Swinford tuvo

the heavy hours indoors with her uncanny guest. She was now so fully convinced of her cousin's insanity that she felt nervous in her presence, and unable to question her about her mysterious conduct. Joceline was, if possible, quieter and more reserved than ever. She looked fearfully ill, at times scarcely conscious, and as though her dark eyes moved with difficulty from one object to another.

"I am afraid you did not rest well last night, you seem so tired," Miss Swinford ventured to say.

"I have not slept of late, but soon I shall rest again." And she seemed almost to fall asleep as she spoke. Only once did she show spontaneous interest in anything, when turning over the leaves of a book, she came upon an engraving of the celebrated portrait of Strafford. Then her pale face seemed to radiate light. "My Lord Strafford!" she exclaimed, "and yet how unlike, for no picture can give the dark fire of his eye! O noble soul, that gave thy life for thy king, and yet wast powerless to avert his doom!"

At length the tedious day drew to an end. The two ladies were sitting in silence in the drawing-room, Miss Swinford wondering when her strange cousin would depart. She was resolved that she would write to Sir Piers to say that the change back to the bracing air of the north would be beneficial to his daughter's health, when Joceline rose noiselessly and left the room.

"How shall I get through another night with that unaccountable being wandering about the house, asleep or insane!" she thought looking after her with a troubled expression. "I cannot bear the strain of her company! It will be long indeed before I invite a stranger again to pay me a visit!" when the door opened and her cousin stood before her pale as a lily, dressed in her black travelling cloak and hood. Miss Swinford rose in amazement. "My dear, what is the meaning of this! You came unannounced, you cannot surely be leaving me as abruptly as you arrived!"

"I must go, I am wanted" she said. And as she spoke the sound of

que pasar las pesadas horas dentro de la casa con su misteriosa invitada. Ahora estaba tan plenamente convencida de la locura de su prima que se sentía nerviosa en su presencia e incapaz de interrogarla sobre su misteriosa conducta. Joceline estaba, si es posible, más tranquila y más reservada que nunca. Parecía terriblemente enferma, a veces apenas consciente, y como si sus ojos oscuros se movieran con dificultad de un objeto a otro.

—Me temo que no descansaste bien anoche, pareces muy cansada —se aventuró a decir la señorita Swinford.

—No he dormido últimamente, pero pronto volveré a descansar. —Y casi parecía dormirse mientras hablaba. Solo en una ocasión mostró un verdadero interés por algo, cuando al pasar las hojas de un libro se topó con un grabado del célebre retrato de Strafford. Entonces su pálido rostro pareció irradiar luz—. ¡Milord Strafford! —exclamó—, y sin embargo, ¡qué diferente, porque ninguna imagen puede proyectar el fuego de sus ojos oscuros! ¡Oh, noble alma, que disteis la vida por vuestro rey, y sin embargo fuisteis incapaz de evitar el trágico destino!

Por fin, la tediosa jornada llegó a su fin. Las dos damas estaban sentadas en silencio en el salón, y la señorita Swinford se preguntaba cuándo partiría su extraña prima. Estaba decidida a escribir a sir Piers para decirle que el cambio al vigorizante aire del norte sería beneficioso para la salud de su hija, cuando Joceline se levantó sin hacer ruido y salió de la habitación.

«¡Cómo voy a pasar otra noche con ese extraño ser deambulando por la casa, sonámbula o loca!», pensó mirando tras ella con expresión preocupada. «¡No puedo soportar la tensión de su compañía! ¡Pasará mucho tiempo antes de que vuelva a invitar a un extraño a visitarme!». Cuando se abrió la puerta y su prima se presentó ante ella pálida como un lirio, vestida con su capa negra de viaje y su capucha, la señorita Swinford se levantó asombrada.

—Querida, ¡qué significa esto! Viniste sin avisar, ¡no puedes dejarme tan bruscamente como llegaste!

—Debo irme, me necesitan —dijo ella. Y mientras hablaba, se es-

heavy wheels was heard approaching the house. An inexplicable fear fell upon Miss Swinford.

"But how shall you travel? You are too late for any train to-night."

"I go as I came. I shall soon be at my journey's end. Farewell, cousin Katherine, and be of good cheer, the portrait of Joceline Swinford will be restored to you!"

Miss Swinford mechanically followed her downstairs, where Mistress Galt was already waiting, and the servants peering over the bannisters to watch the departure. Miss Swinford stepped into the porch with her guest, and there stood waiting a huge coach, drawn by four black horses. By the light of the moon, issuing from beneath a cloud, she saw that the coachman was dressed in as antique a style as his mistress, and that his face like hers was deadly pale.

"Farewell, cousin, farewell!" said Joceline, touching Miss Swinford's cheek with her cold lips, "the missing picture will be restored to its place." And, followed by Mistress Galt,she stepped into the coach, in which six persons could have seated themselves with ease. She leaned out of the window, and bowed to her hostess with solemn formality.

Then the horses moving at a heavy trot drew the lumbering vehicle down the avenue towards the high road. Miss Swinford, Bennet, Dapper and a couple of grooms attracted by the extraordinary sound of the heavy carriage approaching the house, stood awestruck watching it depart. Not one of them could have expressed his fear in words, and the terror each felt was the greater for being unspoken. The huge coach rumbled along the avenue, when it turned into the high road, and still they could hear the heavy waggon-like sound of its wheels.

"They have taken the turning to the left!" cried Miss Swinford, the first to break silence. "That great carriage and four horses can never cross the Brook Bridge. They should have turned to the

cuchó el sonido de ruedas pesadas acercándose a la casa. Un miedo inexplicable se apoderó de la señorita Swinford.

—Pero ¿cómo viajarás? Es demasiado tarde para cualquier tren esta noche.

—Me voy como vine. Pronto estaré al final de mi viaje. ¡Adiós, prima Katherine, y anímate, el retrato de Joceline Swinford te será devuelto!

La señorita Swinford la siguió mecánicamente escaleras abajo, donde ya la esperaba la señora Galt y los criados asomados por encima de la barandilla para observar la partida. La señorita Swinford salió al porche con su invitada, y allí estaba esperando un enorme carruaje, tirado por cuatro caballos negros. A la luz de la luna, que salía de debajo de una nube, vio que el cochero iba vestido con un estilo tan antiguo como el de su ama, y que su rostro, como el de ella, estaba mortalmente pálido.

—¡Adiós, prima, adiós! —dijo Joceline, tocando la mejilla de la señorita Swinford con sus fríos labios—, el cuadro perdido volverá a su sitio. —Y, seguida por la señorita Galt, subió al carruaje, en el que habrían podido sentarse sin problemas seis personas. Se asomó por la ventana y se inclinó ante su anfitriona con solemne formalidad.

Luego, los caballos, al trote pesado, arrastraron el pesado vehículo por la avenida hacia la carretera. La señorita Swinford, Bennet, Dapper y un par de mozos de cuadra, que fueron atraídos por el extraordinario sonido del pesado carruaje aproximándose a la casa, se quedaron boquiabiertos viéndolo partir. Ninguno de ellos podría haber expresado su miedo con palabras, y el terror que cada uno sentía era mayor por no haber sido expresado. El enorme carruaje retumbó a lo largo de la avenida, cuando giró hacia la carretera, y aun así podían escuchar el pesado sonido de sus ruedas, parecido a un vagón.

—¡Han girado a la izquierda! —gritó la señorita Swinford, la primera en romper el silencio—. Ese gran carruaje y cuatro caballos no podrán nunca cruzar el puente del arroyo. Deberían haber girado a

right. See if you can overtake them before the road is too narrow for them to turn!" and the grooms ran down a side path that was used as a short cut to the road. The heavy sound of wheels grew duller and more distant, and suddenly ceased.

"Thank goodness they are stopped in time, they will turn now!" said Miss Swinford. But still no sound was heard. Presently the grooms came back breathless with running, the younger of them looking ready to faint.

"You stopped them in time, Landon, I hope?" asked Miss Swinford of the elder of the two men. "O Lord, O Lord, ma'am, there's no coach nor nothing to stop! As I'm a living sinner there's nothing but a three mile stretch o' road clear as day in the moonlight, and not so much as a wheelbarrow on it, and neither man nor beast to be seen! That big coach and four's clean gone, same as if it had sunk into the ground!"

"Come into the house, madam," said Dapper, supporting her mistress, for she staggered as though she would fall "and thank God, however they're gone, those white-faced witches are out of the place at last!" And sick with amazement Miss Swinford suffered herself to be led indoors.

When she had recovered herself, she said with her usual determination, "Dapper and Bennet, come with me into the library, I want you both!" And they followed their mistress in silence. Miss Swinford paused for an instant on the threshold, then opening wide the door all three entered the room. The lamp stood on the table, a cheerful fire burned on the hearth. Everything was in its accustomed order, and Dapper and Bennet looked vaguely about them wondering why they were wanted. But their mistress pointed to the wall above the mantelshelf. From its tarnished frame the portrait of Joceline Swinford looked down on them once more, as though it had never been missing from its place. Dapper screamed shrilly, Bennet gazed openmouthed, Miss Swinford buried her face in her hands and said in a tremulous

la derecha. ¡A ver si podéis adelantarles antes de que la carretera sea demasiado estrecha para que puedan girar! —Y los mozos corrieron por un camino lateral que se utilizaba como atajo hacia la carretera. El pesado sonido de las ruedas se hizo más apagado y distante, y de repente cesó.

—¡Gracias a Dios que han parado a tiempo, ahora girarán! —dijo la señorita Swinford. Pero seguía sin oírse ningún sonido. Al poco rato, los mozos de cuadra volvieron sin aliento por la carrera, y el más joven de ellos parecía a punto de desmayarse.

»¿Landon, los detuviste a tiempo espero? —preguntó la señorita Swinford al mayor de los dos hombres.

—Ay, Dios mío, ay, Dios mío... ¡Señora, no hay carruaje ni nada que detener! Como que estoy vivo, no hay nada más que un tramo de cinco kilómetros de camino claro como el día a la luz de la luna, y ni tan siquiera una carretilla en el camino, ni un hombre ni un animal a la vista. ¡Ese gran carruaje y sus cuatro ruedas han desaparecido, como si se los hubiera tragado la tierra!

—Entre en casa, señora —dijo Dapper, sosteniendo a su ama, pues se tambaleaba como si fuera a caerse—, ¡y gracias a Dios, sea como fuere que se hayan ido, esas brujas de cara blanca al fin están fuera de la casa! —E indispuesta y llena de asombro, la señorita Swinford se dejó llevar al interior.

Cuando se hubo recuperado, dijo con su habitual determinación:

—Dapper y Bennet, venid conmigo a la biblioteca, ¡os quiero a los dos!

Y siguieron a su señora en silencio. La señorita Swinford se detuvo un instante en el umbral, luego abrió de par en par la puerta y los tres entraron en la habitación. La lámpara estaba sobre la mesa, un fuego alegre ardía en el hogar. Todo estaba en su orden acostumbrado, y Dapper y Bennet miraron vagamente a su alrededor preguntándose por qué los requería. Pero su señora señaló la pared sobre la repisa de la chimenea. Desde su marco descolorido, el retrato de Joceline Swinford los miró una vez más, como si nunca hubiera fal-

voice, "This is dreadful! What does it mean, what can it mean!"

The next morning's post brought Miss Swinford a letter from Sir Piers Hammersley, at Carlsbad, where he and his daughter were staying, apologising for her letter remaining so long unanswered, but it had been carelessly overlooked and only forwarded to him that day. He was exceedingly annoyed to think how uncourteous he must have appeared. Joceline, too, was as sorry as himself. She hoped that her cousin would renew her kind invitation some future time, to give her the pleasure of making her acquaintance, and of visiting the old home of the family.

Then the strange beautiful girl who had come and gone so mysteriously, whose visit had corresponded with the absence of the portrait of Joceline Swinford, was not her cousin after all! Who then was she, or what was she? Miss Swinford believed that she knew who her strange guest had been. But she dared not express her conviction in words. Her friends would have thought her mad. She kept her secret locked in her breast. But she was a changed woman from that time forward, and within twelve months the last of the Swinfords was laid to rest in the family burial place. The old servants still tell the story of the pale lady's visit, and her weird ways, and how their mistress fell into pining health from the very night of her mysterious departure.

tado de su lugar. Dapper lanzó un chillido, Bennet se quedó boquiabierto, la señorita Swinford hundió la cara entre las manos y dijo con voz trémula:

—¡Esto es espantoso! ¡Qué significa, qué puede significar!

El correo de la mañana siguiente trajo a la señorita Swinford una carta de sir Piers Hammersley, desde Carlsbad, donde él y su hija estaban alojados, disculpándose por que su carta permaneciera tanto tiempo sin respuesta, pero había sido descuidadamente pasada por alto y solo le fue remitida ese día. Se sentía muy molesto al pensar lo descortés que debió parecer. Joceline, también, estaba tan arrepentida como él mismo. Esperaba que su prima renovara su amable invitación en el futuro, para darle el placer de conocerla y de visitar el antiguo hogar de la familia.

Entonces, la extraña y hermosa muchacha que había ido y venido tan misteriosamente, cuya visita había coincidido con la ausencia del retrato de Joceline Swinford, ¡no era su prima después de todo! ¿Quién era ella entonces, o qué era ella? La señorita Swinford creía saber quién había sido su extraña invitada. Pero no se atrevió a expresar su convicción con palabras. Sus amigos la habrían tomado por loca. Guardaba el secreto encerrado en el pecho. Pero a partir de ese momento fue una mujer diferente, y en menos de doce meses el último de los Swinford fue enterrado en el cementerio familiar. Los viejos criados aún cuentan la historia de la visita de la pálida dama y de sus extraños modales, y de cómo su señora se debilitó desde la misma noche de su misteriosa partida.

It is thirty years since I completed my career at the Eastminster Hospital. I had passed all my examinations successfully, and taken more than my share of medical honours, when one of our most celebrated physicians, Dr Grindrod, asked me to watch an important case for him, the study of which I should find of the deepest professional interest.

Dr Grindrod's patient was suffering from an obscure form of malaria, contracted abroad, which had developed into an extremely rare form of intermittent fever, with really beautiful complications, such as he had never met with before in all his wide practice. But Sir Nigel Otterburne lived a three hours' journey from town in Hampshire, and when the doctor went to see him it practically took a whole day of his valuable time, which was more than he could afford to devote to any one case. Dr Grindrod therefore proposed that he should see the patient himself once a week, and send down one of the most promising of the hospital students to watch the case under him, and to take minute medical notes of its progress.

I was the fortunate man selected for the work, and was to go into the country with Dr Grindrod, taking with us a couple of our most trustworthy nurses. I can never again feel as important as I did on that first day of August when I entered upon my onerous duty. The doctor and I were met at the station, and driven through lovely country to the Hammel, which was the name of Sir Nigel Otterburne's house. It was a fine specimen of Jacobean architecture, and, externally at least, had undergone but little change for a couple of centuries past. It was a three-storeyed building, with tall fluted chimneys, and dormer windows in its high-pitched roof. The front of the house was nine windows wide—narrow sash windows with a great deal of framework in proportion to the glass. The front of the house, with its wings to right and left, made three sides of a quadrangle, the fourth side of which was formed by wrought-iron railings, with great gates in the centre.

Leaving the carriage outside for fear of disturbing the patient

EL CASO DE SIR NIGEL OTTERBURNE

Hace treinta años que terminé mi carrera en el Eastminster Hospital. Había aprobado con éxito todos mis exámenes y recibido numerosos honores en el ejercicio médico, cuando uno de nuestros médicos más célebres, el doctor Grindrod, me pidió que observara un caso importante para él, cuyo estudio me resultaría de profundo interés profesional.

El paciente del doctor Grindrod padecía de una forma desconocida de malaria, que había contraído en el extranjero, la cual había evolucionado hacia una forma extremadamente rara de fiebre intermitente, con complicaciones realmente increíbles, como nunca antes había visto en su dilatada carrera. Pero sir Nigel Otterburne vivía a tres horas de viaje de la ciudad, en Hampshire, y cuando el médico iba a verle prácticamente le quitaba un día entero de su valioso tiempo, que era más de lo que podía permitirse dedicar a un solo caso. Por lo tanto, el doctor Grindrod propuso que él mismo vería al paciente una vez por semana y enviaría a uno de los estudiantes más prometedores del hospital para que observara el caso bajo su supervisión y tomara notas médicas minuciosas de su evolución.

Yo fui el afortunado seleccionado para el trabajo, y debía ir al campo con el doctor Grindrod, llevando con nosotros a un par de nuestras enfermeras más dignas de confianza. Nunca podré volver a sentirme tan importante como lo hice ese primer día de agosto cuando asumí mi formidable tarea. El doctor y yo fuimos recibidos en la estación y nos llevaron a través de una hermosa campiña hasta Hammel, que era el nombre de la casa de sir Nigel Otterburne. Era un magnífico ejemplo de arquitectura jacobina y, al menos externamente, había sufrido pocos cambios desde hacía un par de siglos. Era un edificio de tres pisos, con altas chimeneas acanaladas y ventanas abuhardilladas en su techo alto. La fachada de la casa tenía nueve ventanas de guillotina estrechas con mucho marco en proporción al cristal. El frente de la casa, con sus alas a derecha e izquierda, formaba tres lados de un cuadrilátero, cuyo cuarto lado estaba formado por barandillas de hierro forjado, con grandes puertas en el centro.

Dejamos el carruaje fuera por miedo a molestar al paciente con

by the sound of our arrival, we crossed the wide courtyard on foot. The front door was approached by shallow steps, and sheltered by a richly carved penthouse of black oak. Upon the wall between the second and third storeys was a sundial, and the bright August sunshine threw the sharply defined shadow of the gilded gnomon on the figure denoting the hour of four o'clock in the afternoon.

Above the dial a small turret rose from the centre of the roof surmounted by an elaborate piece of ironwork, with quaintly twisted letters N. S. E. and W., and a glittering arrow for a weather-vane.

I was struck by the appearance of the house, at once stately and homely. But I received from it an impression of melancholy which was not lessened when the door was opened by a grey-headed servant, who led us across the panelled hall into a vast and dreary dining-room. It contained nothing in the way of furniture except a long table with a row of high-backed chairs pushed close against it on either side, and a sideboard of carved oak, on which stood a row of silver flagons. A china bowl on the middle of the table, filled with roses and white lilies, made the atmosphere of the room heavy with their perfume. A few gloomy old portraits looked down from their tarnished frames, some with faces austere and rigid as though they had been painted after death.

Dr Grindrod had acquainted me with the details of Sir Nigel Otterburne's case on our journey, and having nothing further to say till we had seen the patient, he stood with his hands behind his back, looking at the portrait of a lady over the mantelpiece, so lavish of her charms that I assigned her at a glance to Charles the Second's period.

"That is what I call a magnificent woman," said the doctor, waving his hand sumptuously towards the expanse of bare neck and bosom depicted on the canvas. But I should have rather applied the words to the lady who entered the room while he was speaking, and whom he introduced to me as Miss Otterburne. The Doctor had told me that Sir Nigel Otterburne was a widower with an only daughter, but he had said nothing to prepare me for the appearance of so amazingly handsome a creature.

el ruido de nuestra llegada, y cruzamos el amplio patio a pie. A la puerta principal se accedía por escalones poco profundos, y estaba resguardada por un ático de roble negro ricamente tallado. En la pared entre el segundo y el tercer piso había un reloj de sol, y el brillante sol de agosto proyectaba la nítida sombra del dorado reloj. El gnomon en la figura denotaba las cuatro de la tarde.

Encima de la esfera, en el centro del tejado, se alzaba una pequeña torreta coronada por una elaborada pieza de hierro, con las letras N. S. E. y O. curiosamente torcidas y una flecha brillante a modo de veleta.

Me impresionó el aspecto de la casa, señorial y acogedor a la vez. Pero me provocó una sensación de melancolía que no disminuyó cuando abrió la puerta un criado de pelo gris, quien nos condujo a través del vestíbulo panelado a un comedor inmenso y lúgubre. No había más muebles que una larga mesa con una hilera de sillas de respaldo alto arrimadas a ambos lados y un aparador de roble tallado sobre el que había una hilera de jarras de plata. Un cuenco de porcelana en el centro de la mesa, lleno de rosas y lirios blancos, impregnaba el ambiente de la habitación con su perfume. Unos cuantos retratos viejos y sombríos miraban desde sus marcos descoloridos, algunos con rostros duros y rígidos como si los hubieran pintado después de muertos.

El doctor Grindrod me había puesto al corriente de los detalles del caso de sir Nigel Otterburne durante nuestro viaje, y no teniendo nada más que decir hasta que hubiéramos visto al paciente, se quedó con las manos a la espalda, mirando el retrato de una dama sobre la repisa de la chimenea, tan pródiga en encantos que la adscribí de un vistazo a la época de Carlos II.

—Eso es lo que yo llamo una mujer magnífica —dijo el médico, agitando la mano con grandilocuencia hacia la extensión del cuello y el pecho desnudos representados en el lienzo. Pero yo hubiera preferido destinar aquellas palabras a la dama que entró en la habitación mientras él hablaba, y a la que me presentó como la señorita Otterburne. El doctor me había dicho que sir Nigel Otterburne era viudo y tenía una única hija, pero no me había dicho nada que me preparara para la aparición de una criatura tan asombrosamente bella.

I have never met a woman who so completely fascinated and interested me at first sight. Miss Otterburne was not a girl. She was in the ripe beauty of womanhood, and with a most dignified and haughty carriage. She covered me with a glance of her beautiful dark eyes, and curtsied so low that it was almost a sarcasm to a young man like myself. She was tall and slender, of an ivory pallor of complexion, with fine sensitive features, and a mass of dark hair worn high on her head. She was dressed in some soft, cream-coloured fabric, and her sleeves came only to the elbow, displaying to the utmost advantage her beautifully formed hands and arms.

"I promised you, Miss Otterburne, that I would bring one of our hospital students to watch Sir Nigel's case for me," said Dr Grindrod. "You must not mistrust Mr Caxton because he is young. He has had experience in the hospital which many older men might envy. He will post to me daily notes of the patient's condition. I shall be down myself once a week, and you would telegraph for me in any emergency. Indeed, my dear young lady, I can assure you that Sir Nigel is in good hands," and Dr Grindrod smiled, and attempted a light and easy manner. But Miss Otterburne was entirely irresponsive.

"Heaven grant that you may be right," she said in chilling tones, and she led us upstairs to the patient's room. As she walked erect before us, there was that in her bearing and appearance which reminded me of some distinguished Frenchwoman at the time of the Revolution, and I thought how many a proud head like hers had fallen from its white shoulders under the guillotine.

Sir Nigel's room was dark and dreary, and he lay in a funereal bed with heavy hangings, and I mentally vowed to have him out of it and in a more cheerful room within four-and-twenty hours. If the house did not contain some light, undraped bedstead, I would send to the hospital for one such as we use for our patients.

Sir Nigel Otterburne was in a half comatose state when I first saw him, and I judged him to be about sixty-two or three years of age. He was tall and thin, and looking at his face I saw at a glance

Nunca había conocido a una mujer que me fascinara e interesara tanto a primera vista. La señorita Otterburne no era ninguna niña. Se hallaba al comienzo de la plenitud de su belleza femenina, y poseía un porte digno y altivo. Me cubrió con una mirada de sus hermosos ojos oscuros, e hizo una reverencia inclinándose tanto que resultaba casi una burla para un joven como yo. Era alta y delgada, de una tez de color marfil, con rasgos finos y sensibles, y una masa de cabello oscuro que llevaba recogido en un moño alto. Iba vestida con una tela suave de color crema, y las mangas le llegaban solo hasta el codo, mostrando al máximo sus manos y brazos bellamente formados.

—Le prometí, señorita Otterburne, que traería a uno de nuestros estudiantes del hospital para que observara el caso de sir Nigel por mí —dijo el doctor Grindrod—. No debe desconfiar del señor Caxton porque sea joven. Posee una experiencia en el hospital que muchos hombres mayores envidiarían. Él me enviará notas diarias del estado del paciente. Acudiré yo mismo una vez por semana, y podrá telegrafiarme ante cualquier emergencia. Sin duda, mi querida jovencita, puedo asegurarle que sir Nigel está en buenas manos. —Y el doctor Grindrod sonrió, e intentó adoptar un tono ligero y desenfadado. Pero la señorita Otterburne permaneció impasible.

—Quiera el cielo que tenga razón —dijo en un tono gélido, y nos condujo escaleras arriba hasta la habitación del paciente. Mientras caminaba erguida ante nosotros, había en su porte y aspecto algo que me recordaba a alguna distinguida francesa de la época de la Revolución, y pensé cuántas cabezas orgullosas como la suya habían caído de sus blancos hombros bajo la guillotina.

La habitación de sir Nigel era oscura y deprimente, la cama donde yacía era lúgubre con pesadas colgaduras, y me juré mentalmente que lo sacaría de allí y lo llevaría a una habitación más alegre en menos de veinticuatro horas. Y si en la casa no hubiera una cama ligera y sin dosel, encargaría una al hospital como las que usamos para nuestros pacientes.

Sir Nigel Otterburne yacía en un estado semicomatoso cuando lo vi por primera vez, y juzgué que tenía unos sesenta y dos o sesenta y tres años de edad. Era alto y delgado, y al contemplar su rostro vi

whence Miss Otterburne derived her fine features. His hair and moustache were thick and grey, and he looked what he was, a soldier. In his lucid intervals there was a dignity and self-restraint in his manner which again reminded me of his daughter.

The local practitioner, Mr Walton, was present in the room, a goodhumoured, rustic-looking man, more like a farmer than a doctor, but who, if he was unprofessional in appearance, luckily for me had less than the usual amount of professional jealousy. So far from being annoyed at seeing me installed in the house to watch the case of his distinguished patient for Dr Grindrod, he expressed his approval of an arrangement that relieved him of so much responsibility. But he said nothing before Miss Otterburne, and I saw that she exercised the same repressive influence over him that I felt so strongly myself. But when we were in the dining-room again, and I was receiving my final instructions from Dr Grindrod, Mr Walton said, as he poured himself out a glass of sherry:

"I don't profess that single-handed I could pull Sir Nigel round. I've not had the opportunity of studying malarious fevers. But if you gentlemen succeed in curing the patient, I share the glory of it, and if he slips through your fingers Miss Otterburne cannot reproach me, for nothing could be expected of me where Dr Grindrod failed."

"Is Miss Otterburne likely to reproach you if the case ends fatally?" I asked.

Mr Walton looked round to see if the door was shut, emptied another glass of wine before he spoke, and said in a low voice: "Miss Otterburne is Miss Otterburne, and it would be unprofessional to gossip about any member of my patient's family. Eyes and ears open, and mouth shut at the Hammel, is my advice."

After Dr Grindrod's departure I went upstairs to make arrangements for my first night in charge of Sir Nigel. A small

de un vistazo de dónde había sacado la señorita Otterburne sus finos rasgos. Su cabello y bigote eran gruesos y grises, y parecía lo que era, un soldado. En sus intervalos lúcidos había una dignidad y una contención en sus modales que me recordaron de nuevo a su hija.

El médico local, el señor Walton, estaba presente en la habitación; un hombre de buen humor y aspecto rústico, más parecido a un granjero que a un médico, pero que, aunque aparentemente parecía poco profesional, por suerte para mí tenía menos celos de lo habitual en la profesión. Lejos de molestarse al verme instalado en la casa para vigilar el caso de su distinguido paciente para el doctor Grindrod, expresó su aprobación por un arreglo que le aliviaba de tanta responsabilidad. Pero no dijo nada ante la señorita Otterburne, y vi que ella ejercía sobre él la misma influencia represiva que yo mismo sentía con tanta fuerza. Si bien cuando estuvimos de nuevo en el comedor, mientras yo recibía las últimas instrucciones del doctor Grindrod, el señor Walton dijo, sirviéndose una copa de jerez:

—No creo que yo solo hubiera podido reanimar a sir Nigel. No he tenido la oportunidad de estudiar las fiebres palúdicas. Pero si ustedes, caballeros, consiguen curar al paciente, compartiré los honores, y si se les escapa de las manos, la señorita Otterburne no podrá reprochármelo, pues nada podría esperarse de mí donde el doctor Grindrod fracasó.

—¿Cree que la señorita Otterburne se lo reprocharía si el caso no tuviera un buen final? —pregunté.

El señor Walton miró a su alrededor para comprobar si la puerta estaba cerrada, vació otro vaso de vino antes de hablar y dijo en voz baja:

—La señorita Otterburne es la señorita Otterburne, y sería poco profesional cotillear sobre cualquier miembro de la familia de mi paciente. Los ojos y los oídos abiertos, y la boca cerrada en Hammel, es mi consejo.

Cuando se marchó el doctor Grindrod subí a hacer los preparativos para mi primera noche a cargo de sir Nigel. Me habían asig-

room leading out of the patient's had been assigned to my use, and I went to the window to look at the view. My eyes never rested on a more peaceful scene. Immediately in front of the house, bounded on either side by its projecting wings, was the great courtyard, with its wide grass borders bathed in sunshine, and beyond the iron palisades and the high gates stretched an expanse of undulating country thickly wooded with trees in their heaviest summer foliage. On the brow of a gentle ascent, some quarter of a mile distant, stood a grey church with an ivy-grown tower, and the evening sunshine was glittering on the weather-vane.

When I had seen the night nurse enter upon her duties, I went for a stroll in the open air, leaving the house by a door at the back of the hall. I found myself in an old-fashioned garden with grass terraces and clipped yew hedges. I thought that I was alone in the garden, when suddenly I caught sight of Miss Otterburne's light dress, white and ghostly in the gathering gloom, and in a moment we were face to face in the path. I raised my hat and stood aside for her to pass, and I felt the blood mount to my cheeks. She might think that I was intruding on her privacy, and following her on her evening walk. Miss Otterburne did not quicken her pace as she passed me. She regarded me with grave intensity. But her eyes were void of speculation, like those of one who was walking in her sleep. I watched her stately figure recede among the darkening alleys, and heard the door close as she entered the house. I felt chilled and disconcerted, why I could not tell; but I would run no second risk of appearing to intrude upon Miss Otterburne.

At eleven o'clock Miss Otterburne entered her father's room to bid him goodnight. He scarcely knew her, yet I fancied that he smiled faintly as she pressed his hand, or it may have been the flickering of the lamplight on his face that I mistook for a smile.

"I trust Sir Nigel will have a tranquil night," I said.

"His nights are always tranquil," she replied in measured tones.

"And yet he has gained no strength the five weeks he has lain

nado una pequeña habitación que acompañaba a la del paciente y me acerqué a la ventana para contemplar las vistas. Mis ojos no se habían posado nunca sobre una escena tan apacible. Justo frente a la casa, delimitada a cada lado por sus alas salientes, estaba el gran patio, con sus amplios bordes de hierba bañados por el sol, y más allá de la verja de hierro y de las altas puertas se veía una extensión de campo ondulado densamente poblado con árboles llenos de hojas en el período estival. En la cima de una suave pendiente, a unos cuatrocientos metros de distancia, se alzaba una iglesia gris con una torre cubierta de hiedra, y el sol del atardecer brillaba en la veleta.

Cuando vi que la enfermera de noche comenzaba sus tareas, salí a dar un paseo al aire libre, saliendo de la casa por una puerta situada al fondo del vestíbulo. Me encontré en un jardín anticuado con terrazas de césped y setos de tejo recortados. Pensé que estaba solo en el jardín, cuando de repente vi el vestido claro de la señorita Otterburne, blanco y fantasmal en la creciente penumbra, y en un momento nos encontramos cara a cara en el camino. Me quité el sombrero y me hice a un lado para que ella pasara, y sentí que la sangre me subía a las mejillas. Podría pensar que me estaba entrometiendo en su intimidad y siguiéndola en su paseo vespertino. La señorita Otterburne no aceleró su paso al pasar junto a mí. Me miraba con grave intensidad. Pero sus ojos estaban vacíos de expresión, como los de quien camina dormido. Vi cómo su majestuosa figura se alejaba entre los pasajes que se oscurecían y escuché cómo se cerraba la puerta al entrar en la casa. Me sentí helado y desconcertado, no sabría decir por qué; pero no correría más el riesgo de parecer entrometerme en la privacidad de la señorita Otterburne.

A las once, la señorita Otterburne entró en la habitación de su padre para darle las buenas noches. Apenas la reconocía, pero me pareció que sonreía débilmente cuando ella le apretó la mano, o tal vez fue el parpadeo de la luz de la lámpara en su cara lo que confundí con una sonrisa.

—Espero que sir Nigel tenga una noche tranquila —dije.

—Sus noches siempre son tranquilas —respondió concisa.

—Y aun así no ha recobrado fuerzas en las cinco semanas que ha

here."

"He never will," she said in the same passionless voice.

"You speak more positively, Miss Otterburne, than any doctor would dare to do. Such an illness as Sir Nigel's is not necessarily fatal. We do not know..."

"But I know," and her voice sank to a whisper. "It is useless your staying here. My father will never leave this house alive."

"It is wrong to speak so," I said firmly. "And if Sir Nigel understands what you say, it must cause him the most exquisite pain."

Not a line in her white handsome face softened or changed.

"My father knows it already," she said, and swept from the room, leaving me bewildered by her manner.

I slept but little during my first night at the Hammel. My mind was so much occupied with Sir Nigel's case, that I went frequently to see my patient, and to note any change in his condition, however slight. My obstinacy, too, was roused by Miss Otterburne's assertion that her father would die, by the way in which she ignored anything that medical skill could do for him. Her manner was that of a person expressing a profoundly melancholy conclusion forced upon her against her will, and yet that she believed to be irrevocably true.

"If that man's sentence has not gone forth from heaven, he shall live," I exclaimed, "and that handsome, obstinate creature shall be taught that she is not infallible!"

My resolution being made, I tried to sleep, but tried in vain. The profound silence of the country after the roar of London had the same effect upon me that noise has upon those who are accustomed to quiet, and kept me wide awake. And from time to time I was startled by the screeching of owls, sounding like the

permanecido aquí.

—Nunca lo hará —dijo con el mismo tono neutro.

—Usted habla con más seguridad, señorita Otterburne, de la que cualquier médico se atrevería a tener. Una enfermedad como la de sir Nigel no es necesariamente mortal. No lo sabemos...

—Pero yo lo sé —y su voz se convirtió en un susurro—. Es inútil que se quede aquí. Mi padre nunca saldrá de esta casa con vida.

—Es un error hablar así —dije con firmeza—. Y si sir Nigel la está escuchando, le debe estar causando un dolor intenso.

No hubo ni una línea que se suavizara o cambiara en su hermoso pálido rostro.

—Mi padre ya lo sabe —dijo, y abandonó la habitación, dejándome desconcertado por su actitud.

Dormí poco durante mi primera noche en Hammel. Mi mente estaba tan ocupada con el caso de sir Nigel que iba con frecuencia a ver a mi paciente y a observar cualquier cambio en su estado, por leve que fuera. También alentó mi obstinación la afirmación de la señorita Otterburne de que su padre moriría, por la forma en que ignoraba todo lo que la habilidad médica pudiera hacer por él. Su actitud era la de una persona que expresaba un destino profundamente triste que le había sido impuesto contra su voluntad y que, sin embargo, creía que era irrevocablemente cierto.

—¡Si la sentencia de ese hombre no viene del cielo, vivirá! —exclamé—. ¡Y a esa criatura guapa y obstinada se le enseñará que puede equivocarse!

Hecha mi resolución, traté de dormir, pero lo intenté en vano. El profundo silencio del campo después del bullicio de Londres tuvo sobre mí el mismo efecto que el ruido tiene sobre quienes están acostumbrados a la tranquilidad, y me mantuvo desvelado. Y de vez en cuando me sobresaltaban los chillidos de los búhos, que parecían

cries of terrified children lost in the dark.

At length the dawn came, and I rose to go into Sir Nigel's room. This time he was conscious, and as I felt his pulse he whispered, "Are they come?"

"Yes," I replied, supposing that he alluded to me and the nurses. "We came yesterday, and we shall try to relieve you as much as we can."

But he sighed impatiently, closed his eyes, and turned his head from me. It was useless to lie down again, so I dressed myself, and the clock was striking four as I opened the window and leaned out to enjoy the freshness of the morning air. To my great surprise, Miss Otterburne also was looking out of her window in the centre of the right wing of the house. I drew back at once, but she had not heard me throw up the sash, and she was not looking in my direction. Her dark eyes were fixed in a trance-like gaze on the entrance to the courtyard, or on the church crowning the grassy slope. She certainly was not looking at any part of the house. She was ghastly pale, and her eyes wore the same unseeing expression that I had noticed in them on the previous evening.

For more than a quarter of an hour Miss Otterburne remained immovable, and how long she may have been at her casement before I saw her I cannot tell. She was wrapped in a white robe, and her dark hair lay in waves on her shoulders, but her face was not like that of a living woman. It seemed probable that I might have two patients in the house to look after. And I felt a distinct sense of relief when at length she withdrew from the window and I lost sight of her.

That day I carried out my intention with regard to Sir Nigel. We moved him into a small bed and carried him to a bright, cheerful sitting-room on the same floor—a room suggesting pleasant, sunny life as clearly as the gloomy bedroom had suggested death. I felt sure that the patient would appreciate the change, that it would prove beneficial to him. But to my disappointment, he did not appear to notice it, and it produced no effect on his physical

gritos de niños aterrorizados perdidos en la oscuridad.

Por fin llegó el amanecer, y me levanté para entrar en la habitación de sir Nigel. Esta vez estaba consciente, y al tomarle el pulso susurró:

—¿Han venido?

—Sí —respondí, suponiendo que aludía a mí y a las enfermeras—. Vinimos ayer, y trataremos de aliviarle todo lo que podamos.

Pero suspiró con gesto impaciente, cerró los ojos y apartó la cabeza de mí. Era inútil volver a acostarme, así que me vestí, y el reloj marcaba las cuatro cuando abrí la ventana y me asomé para disfrutar de la frescura del aire de la madrugada. Para mi gran sorpresa, la señorita Otterburne también estaba mirando por su ventana, en el centro del ala derecha de la casa. Retrocedí de inmediato, pero ella no me había oído subir la hoja de la ventana; no miraba en mi dirección. Sus ojos oscuros, como en trance, miraban fijamente la entrada del patio, o la iglesia en lo alto de la ladera herbosa. Desde luego, no miraba a ninguna parte de la casa. Estaba terriblemente pálida, y sus ojos mostraban la misma mirada vacía que había notado en ellos la noche anterior.

Durante más de un cuarto de hora, la señorita Otterburne permaneció inmóvil, y no sé cuánto tiempo pudo estar en la ventana antes de que yo la viera. Estaba envuelta en una túnica blanca y su cabello oscuro caía en ondas sobre sus hombros, pero su rostro no era el de una mujer viva. Era probable que tuviera que atender a dos pacientes en la casa. Y sentí un gran alivio cuando por fin se retiró de la ventana y la perdí de vista.

Aquel día llevé a cabo mi propósito con respecto a sir Nigel. Lo trasladamos a una pequeña cama y lo llevamos a una sala de estar luminosa y alegre en el mismo piso, una habitación que sugería una vida agradable y llena de luz con tanta claridad como el oscuro y lúgubre dormitorio había sugerido la muerte. Estaba seguro de que el paciente apreciaría el cambio, que sería beneficioso para él. Pero para mi decepción, no pareció notarlo, y no produjo ningún efecto

condition. I heard him murmuring to himself as he lay, "It will make no difference; it will make no difference."

It was singular, too, that Miss Otterburne seemed to take no interest in her father's removal to more cheerful quarters. However, I had Dr Grindrod's approval of what I had done, and I was content.

"How do you get on with Miss Otterburne?" the doctor asked me abruptly on one of his visits, when I had been more than a week in the house.

"You might as well ask me how I get on with that picture on the wall," I replied. "But I think she is the handsomest woman I ever saw in my life."

"You do, do you? Hum! Not my style; I prefer flesh and blood," and Dr Grindrod shot a glance in the direction of the Charles the Second lady, and fell to talking of purely medical matters.

When I had been in hourly attendance on Sir Nigel for a fortnight, I began to realize not only that my patient was making no progress, but that I was making no progress with my patient. I expected no lively gratitude from him. But it would have been pleasant if there had been any token of recognition, either on his part or his daughter's, that I was doing my utmost for him. I imagine that he regarded me as a servant whose attentions were indispensable to his comfort, but with whom he could not be familiar. It did not annoy me, sometimes it even amused me, for I never count a sick man in the category of sane persons, and should no more think myself insulted by an invalid than by a madman. This excuse, however, did not apply to Miss Otterburne, and I was puzzled more and more by her conduct.

Every morning at earliest dawn, if I looked out, she was leaning on her window-sill, gazing with a tragic melancholy, not, I am sure, at any tangible object, but on something that presented itself to her mental vision.

en su condición física. Le oí murmurar para sí mientras yacía:

—No cambiará nada; no cambiará nada.

También resultaba extraño que la señorita Otterburne no pareciera interesarse por el traslado de su padre a un lugar más alegre. Sin embargo, tenía la aprobación del doctor Grindrod por lo que había hecho, y estaba contento.

—¿Qué tal se lleva con la señorita Otterburne? —me preguntó de repente el médico en una de sus visitas, cuando ya llevaba más de una semana en la casa.

—Lo mismo me podría preguntar qué tal me va con aquel cuadro en la pared —le respondí—. Aunque creo que es la mujer más guapa que he visto en mi vida.

—¿Eso cree? ¡Mmmm! No es mi estilo; prefiero carne y hueso. —Y el doctor Grindrod lanzó una mirada en dirección a la dama Carlos II, y pasó a hablar de asuntos puramente médicos.

Cuando llevaba quince días atendiendo cada hora a sir Nigel, empecé a darme cuenta no solo de que mi paciente no progresaba, sino también de que yo no progresaba con mi paciente. No esperaba un vivo agradecimiento por su parte. Pero habría sido agradable que hubiera habido alguna señal de reconocimiento, por su parte o por la de su hija, de que estaba haciendo todo lo posible por él. Imagino que me consideraba como un sirviente cuyas atenciones eran indispensables para su comodidad, pero con el que no podía familiarizarse. No me molestaba, a veces incluso me divertía, porque nunca considero a un enfermo en la categoría de las personas cuerdas, y no me sentiría más insultado por un convaleciente que por un loco. Esta excusa, sin embargo, no valía para la señorita Otterburne, y yo estaba cada vez más desconcertado con su conducta.

Todas las mañanas, al amanecer, si me asomaba, me la encontraba apoyada en el alféizar de la ventana, contemplando con trágica melancolía; no estoy seguro que contemplara un objeto tangible, sino algo que se presentaba a su visión mental.

Not only did I gain no ground with Sir Nigel and his daughter, but the old housekeeper and butler, though perfectly civil to me, were both exceedingly reserved. Sometimes the housekeeper would have a short confab with me on her master's state, consisting on her part chiefly of sighs and head-shakings, and once the butler went so far as to observe, "Master Raymond will wish that he'd parted friends with his father when he went to India!" So then Sir Nigel had a son, a fact of which I was not aware, and furthermore it would seem that father and son had had some quarrel or misunderstanding.

Meanwhile there was no disguising the unwelcome fact that my patient was steadily sinking. Dr Grindrod approved of all that I did in carrying out his instructions to the letter, but nothing we could do availed to check the downward course, and we racked our brains for treatment and remedies which should keep the enemy at bay. The disease was not running a normal course. Unexpected complications arose at an unusual period in its progress, and how interesting the battle between the force of disease and the power of science became to me none but an enthusiast in the medical profession can tell. I seldom quitted the patient's room. Only when he was sleeping did I venture to leave him for an hour in charge of a nurse while I went for a stroll in the fresh air.

It was just before sunset one evening, when I had been nearly a month at the Hammel, that I closed the front door gently behind me, and crossing the courtyard, let myself out into the park, and made my way towards the church on the grassy slope. I was exhausted and excited, and I walked bareheaded that the cool breeze might blow about my heated temples. I hated to be baffled. I had been so sure of victory, and now defeat stared me in the face. Miss Otterburne would have a melancholy triumph. She would be right after all, and I should be wrong. I went over every event of the previous weeks in detail. I was satisfied that all that medical science could do for Sir Nigel, at the point to which it had then attained, had been done and was still being done for him. But I reflected with a crushing sense of impotence on the irresistible power of the force with which I was contending. I, a finite being, was measuring my strength against death, the conqueror of man.

No solo no gané terreno con sir Nigel y su hija, sino que la vieja ama de llaves y el mayordomo, aunque perfectamente corteses conmigo, se mostraron ambos sumamente reservados. A veces, el ama de llaves mantenía conmigo una breve conversación sobre el estado de su amo, que consistía principalmente en suspiros y sacudidas de cabeza, y una vez el mayordomo llegó a observar: «¡El señorito Raymond deseará no haberse enemistado con su padre cuando se marchó a la India!». Así pues, sir Nigel tenía un hijo, cosa que yo ignoraba, y además parecía que padre e hijo habían tenido alguna disputa o malentendido.

Mientras tanto, no había forma de disimular el hecho de que mi paciente no dejaba de apagarse. El doctor Grindrod aprobó todo lo que hice para llevar a cabo sus instrucciones al pie de la letra, pero nada de lo que pudimos hacer sirvió para detener el curso descendente, y nos devanamos los sesos buscando tratamientos y remedios que mantuvieran al enemigo a raya. La enfermedad no estaba siguiendo un curso normal. Las complicaciones inesperadas surgieron en un período inusual en su progreso, y cuán interesante se volvió para mí la batalla entre la fuerza de la enfermedad y el poder de la ciencia, solo un entusiasta de la profesión médica puede decirlo. Rara vez salía de la habitación del paciente. Solo cuando dormía me atrevía a dejarlo una hora a cargo de una enfermera mientras yo salía a dar un paseo al aire libre.

Un atardecer, cuando llevaba casi un mes en Hammel, cerré suavemente la puerta principal y, cruzando el patio, salí al parque y me dirigí hacia la iglesia, en la ladera cubierta de hierba. Estaba agotado y alterado; caminaba con la cabeza descubierta para que la brisa fresca soplara sobre mis sienes acaloradas. Odiaba sentirme desconcertado. Había estado tan seguro de la victoria, y ahora me encontraba cara a cara frente a la derrota. La señorita Otterburne obtendría un triste triunfo. Después de todo, ella estaría en lo cierto y yo, equivocado. Repasé en detalle todos los acontecimientos de las semanas anteriores. Estaba convencido de que todo lo que la ciencia médica podía hacer por sir Nigel, en el punto al que había llegado entonces, se había hecho y se seguía haciendo por él. Pero reflexioné —con una aplastante sensación de impotencia— sobre el poder imbatible de la fuerza contra la que estaba luchando. Yo, un ser finito, medía mis fuerzas con la muerte, vencedora del hombre. La batalla

The contest was hideously unequal. I was sure to be worsted. Even if the patient recovered, it would be at best but a reprieve, and sooner or later he must retrace his anguished steps towards that bourne from whence I was striving with all my strength to turn him back.

I entered the churchyard in the deepest depression of spirit. It was not merely the anticipated loss of my patient that weighed on me; that was but one item in the incalculable total of human misery. In his death I saw the doom of every son of Adam—the death of the whole human race. I was ready to wish that I had died myself before I had embraced a profession which constantly brought me face to face with a terrible elementary fact in nature, with which the utmost skill of man is powerless to cope.

The church door stood hospitably open, and I entered the cool twilight within. Here were tombs of the Otterburnes, from the time when intra-mural burial was a universal custom to the present period, when a memorial tablet or monument is all that is permitted within the church itself. I thought how soon Sir Nigel would be numbered among his ancestors, and be as remote from us who still lived as his own earliest forbears were from him now.

Suddenly I heard a deep sigh, and starting, I turned and saw Miss Otterburne close to me, but almost hidden by a great pillar against which she leaned. Her dark eyes were fixed with the wide unseeing gaze which I had noticed in them each early morning as she looked from her window. I spoke to her, and when she heard my voice the pupils of her eyes dilated as though the twilight had deepened round her.

"Miss Otterburne, if there is anything that you wish to say to Sir Nigel, I should advise you to take the opportunity of his next interval of consciousness. It grieves me to be obliged to say this, but I have no choice in the matter. I must tell you the truth."

"Yes, they will soon come: I know it," she said with a slight shudder.

era terriblemente desigual. Estaba seguro de que sería derrotado. Incluso si el paciente se recuperaba, en el mejor de los casos sería solo un aplazamiento, y tarde o temprano tendría que volver sobre sus angustiosos pasos hacia aquel destino del que yo me esforzaba con todas mis fuerzas por hacerlo retroceder.

Entré en el cementerio de la iglesia con el mayor desánimo. No solo se trataba de la pérdida anticipada de mi paciente lo que me pesaba; eso era solo un elemento más en el cómputo incalculable de la miseria humana. En su muerte vi la condena de todos los hijos de Adán: la muerte de toda la raza humana. Estaba a punto de desear haberme muerto antes de abrazar una profesión que me enfrentaba constantemente a un terrible hecho elemental de la naturaleza, al que la mayor habilidad del hombre es incapaz de hacer frente.

La puerta de la iglesia estaba hospitalariamente abierta y entré en su fresca penumbra. Aquí se encontraban las tumbas de los Otterburne, desde la época en que el enterramiento intramuros era una costumbre universal hasta el periodo actual, en que una lápida o monumento conmemorativo es todo lo que se permite dentro de la propia iglesia. Pensé en lo pronto que sir Nigel se contaría entre sus antepasados, y estaría tan alejado de nosotros, que aún vivíamos, como sus antepasados lo estaban de él ahora.

De pronto oí un profundo suspiro y, sobresaltado, me volví y vi a la señorita Otterburne cerca de mí, pero casi oculta por una gran columna contra la que se apoyaba. Sus ojos oscuros estaban fijos y muy abiertos y con la mirada vacía que había notado en ellos cada mañana temprano mientras miraba desde su ventana. Le hablé y, cuando escuchó mi voz, las pupilas de sus ojos se dilataron como si el crepúsculo se hubiera acentuado a su alrededor.

—Señorita Otterburne, si hay algo que desee decirle a sir Nigel, le aconsejo que aproveche su próximo intervalo de conciencia. Me apena verme obligado a decir esto, pero no tengo elección. Debo decirle la verdad.

—Sí, pronto vendrán. Lo sé —dijo con un ligero estremecimiento.

I thought that she was wandering in her mind, and, taking no notice of her incoherent reply, I continued:

"I would give my life, Miss Otterburne, if I could prolong the life of one so dear to you."

But she looked past and through me, as though she were piercing into futurity, and I heard her say:

"When they come, you will know that I was right."

And she glided like a ghost out of the dim church into the amber light of evening. Her manner disquieted me profoundly, and I wished that Miss Otterburne was not so lonely; that her brother in India was at home to take his share of the trouble, and to comfort his sister. I hastened back to my patient's bedside, and, knowing that it would be impossible to leave him that night, I sat down to copy my notes of the case for my own private use. About eleven o'clock Sir Nigel rallied slightly. I administered a powerful restorative, and sent the nurse to fetch Miss Otterburne at once. As she entered the room, I said:

"If you would like to be alone with your father, I will remain within call outside the door."

She bowed her head in assent, and I left them together. I remained waiting in my own room, listening to Miss Otterburne's voice distinctly audible in low urgent tones. Then, as Sir Nigel again lapsed into unconsciousness, she spoke a little louder, and I heard her say: "Father, will you not forgive Raymond?" and then all was silent.

I re-entered the room, and Miss Otterburne was kneeling by her father's bedside. She had been weeping, and I saw that beneath the armour of pride and reserve there was a woman's tender heart. But my return was the signal for her to depart, and she left the room hastily, as though displeased that I had witnessed her emotion.

I looked at my dying patient with more regret than I should

Pensé que divagaba y, sin hacer caso de su incoherente respuesta, continué:

—Daría mi vida, señorita Otterburne, si pudiera prolongar la vida de alguien tan querido para usted.

Pero ella miró más allá y a través de mí, como si estuviera penetrando en el futuro, y la oí decir:

—Cuando vengan, sabrá que tenía razón.

Y se deslizó como un fantasma fuera de la oscura iglesia hacia la luz ámbar del atardecer. Su actitud me inquietó profundamente, y deseé que la señorita Otterburne no estuviera tan sola; que su hermano de la India estuviera en casa para asumir su parte de responsabilidad y consolar a su hermana. Me apresuré a volver a la cama de mi paciente y, sabiendo que sería imposible dejarlo esa noche, me senté a copiar mis notas del caso para mi uso privado. Alrededor de las once en punto sir Nigel se recuperó ligeramente. Le administré un potente reconstituyente y envié a la enfermera a buscar a la señorita Otterburne de inmediato. Cuando entró en la habitación, le dije:

—Si quiere estar a solas con su padre, me quedaré fuera, cerca de la puerta.

Inclinó la cabeza en señal de asentimiento, y los dejé juntos. Permanecí esperando en mi propia habitación, escuchando la voz de la señorita Otterburne claramente audible, hablaba bajo y sonaba apremiante. Luego, cuando sir Nigel volvió a caer en la inconsciencia, habló un poco más alto, y la oí decir: «Padre, ¿no perdonarás a Raymond?». Y luego todo quedó en silencio.

Volví a entrar en la habitación y la señorita Otterburne estaba arrodillada junto a la cama de su padre. Había estado llorando, y vi que debajo de la armadura del orgullo y la reserva había un tierno corazón de mujer. Pero mi regreso fue la señal para que ella se fuera, y ella salió de la habitación apresuradamente, como disgustada de que yo hubiera sido testigo de su emoción.

Miré a mi paciente moribundo con más pesar del que hubiera

have thought possible to feel for a man who, in his short intervals of consciousness, had always treated me as a stranger. Certainly I had no affection for Sir Nigel, but I was struck by the pathos of the situation. There he lay, needing, like each one of us, both divine and human forgiveness, but unable to ask it for himself or to grant it to another, even when it was his daughter who knelt weeping by his side, imploring pardon for her brother.

Slowly the night passed, and slowly the patient died. I noted the decreasing temperature, the failing pulse, and I applied restoratives which formerly had power to rally him, though now they had lost their virtue. But the heart still beat, and now and then a sighing breath escaped his lips.

There was nothing more that I could do. But that I might leave no expedient untried, I sent the nurse into my room for an air cushion, which I told her to inflate and bring to me. If I raised the patient's head by means of it, it was possible that he might feel a momentary ease, though he would be unconscious of its cause.

I looked at my watch. It was four o'clock, and the grey light of dawn glimmered through the curtains. I wondered whether Miss Otterburne was at her window, according to her strange custom, when the door opened swiftly and silently, and she entered the room as I had often seen her at that hour, clad in a loose white robe, and her dark hair hanging about her shoulders. There was mortal pallor on her face. She did not cast a glance in the direction of her dying father, but exclaiming in tones that chilled my blood: "They have come, they have come!" she went to the window, drew back the curtains, let in the cold light of dawn, and stood with clasped hands gazing into the courtyard below. I was by her side in an instant.

"They have come, they have come; I knew they would come!" And I heard the effort she made to speak with a tongue that was dry with terror.

creído posible sentir por un hombre que, en sus cortos intervalos de conciencia, siempre me había tratado como a un extraño. Desde luego, no sentía ningún afecto por sir Nigel, pero me impresionó lo conmovedor de la situación. Allí yacía, necesitado, como cada uno de nosotros, del perdón divino y humano, pero incapaz de pedirlo por sí mismo o de concedérselo a otro, incluso cuando era su hija la que se arrodillaba llorando a su lado, implorando perdón por su hermano.

Lentamente pasó la noche, y lentamente murió el paciente. Noté que la temperatura disminuía, el pulso fallaba, y le apliqué los reconstituyentes que antes habían podido reanimarlo, aunque ahora habían perdido su virtud. Pero el corazón seguía latiendo, y de vez en cuando un suspiro se escapaba de sus labios.

No había nada más que pudiera hacer. Pero para no dejarme ningún recurso sin probar, le pedí a la enfermera que trajera de mi habitación una almohadilla inflable, que la inflara y me la pasara. Si levantaba la cabeza del paciente por medio de ella, era posible que sintiera un alivio momentáneo, aunque no fuera consciente de qué lo causaba.

Miré mi reloj. Eran las cuatro en punto, y la luz grisácea del amanecer brillaba a través de las cortinas. Me preguntaba si la señorita Otterburne estaría en su ventana, según su extraña costumbre, cuando la puerta se abrió rápida y silenciosamente y ella entró en la habitación como yo la había visto a menudo a esa hora, vestida con una holgada bata blanca y el cabello oscuro colgándole sobre los hombros. Había una palidez mortal en su rostro. Ni miró a su padre moribundo, sino que exclamó en un tono que me heló la sangre:

—¡Han venido, han llegado!

Se acercó a la ventana, descorrió las cortinas, dejó entrar la fría luz del amanecer y se quedó mirando el patio con las manos juntas. Estuve a su lado un instante.

—Han venido, han venido. ¡Sabía que vendrían! Y oí el esfuerzo que hizo para hablar con una lengua seca por el terror.

In the courtyard beneath, directly opposite to the window, was a strange, silent crowd of men, women, and children, looking up at us in the faint morning light with faces of the dead. And though they pressed and thronged each other on the gravel path, not a sound was heard.

I am not a superstitious man, and in those days my nerves were of iron. But I reeled as I stood, and the blood rushed to my head with a singing sound. I saw the dead of centuries ago, and the dead of yesterday, grey-bearded men who fought in the civil wars, young men and maidens who never were contemporaries in this life, and little children, all gazing at us with upturned faces. Miss Otterburne spoke again as one speaks in nightmare, with deadly effort and oppression.

"I know them. I saw them when they came to fetch my grandfather, and when they fetched my mother. Oh, mother! mother! you are there!" And she leaned forward in an agony, and gazed with set and rigid face at a slim form that drifted through the ghostly throng and lifted its sad eyes to hers. By her side stood a tall man in uniform, whose white face I shall never forget, and he solemnly waved his hand towards us. "Oh Heaven! my brother Raymond is with them!" shrieked Miss Otterburne, and sank on the floor insensible, at the moment that Sir Nigel gave his last groan. I hastily fetched a cushion and placed it under her head, and then turned once more to the window. But the courtyard was absolutely empty, nor was there a trace of its recent occupation.

I could not have been absent from the window a couple of minutes, and the instantaneous disappearance of the ghastly throng shook my nerves fully as much as the sight of it had done. There was not a mark on the untrodden dewy grass. Not a pebble displaced on the broad gravel path that had been so crowded a moment before. On the spot where the tall figure had stood and waved its hand to us a cat was seated, licking her paws, and I heard the fitful chirp of the first awakened birds.

I felt physically ill, and turning from the window I poured out

En el patio de abajo, justo enfrente de la ventana, había una extraña y silenciosa multitud de hombres, mujeres y niños, que nos miraban a la débil luz de la mañana con caras de muertos. Y aunque se apretujaban y se agolpaban en el camino de grava, no se oía ni un ruido.

No soy un hombre supersticioso, y en aquellos días mis nervios eran de acero. Pero allí de pie me tambaleé, y la sangre corrió a mi cabeza sonando como un repique. Vi muertos de hace siglos y muertos de ayer, hombres de barba gris que lucharon en las guerras civiles, jóvenes y doncellas que nunca fueron nuestros contemporáneos en esta vida, y niños pequeños, todos mirándonos con los rostros vueltos hacia arriba. La señorita Otterburne volvió a hablar como se habla en una pesadilla, con gran esfuerzo y dificultad.

—Los conozco. Los vi cuando vinieron a buscar a mi abuelo, y cuando fueron a buscar a mi madre. ¡Oh, madre! ¡Madre! ¡Estás ahí! —Y se inclinó hacia adelante en agonía, y miraba con fija y tensa expresión a una forma delgada que se deslizaba a través de la multitud fantasmal y elevaba sus ojos tristes a los suyos. A su lado estaba un hombre alto con uniforme, cuya cara blanca nunca olvidaré, y solemnemente agitó su mano hacia nosotros—. ¡Oh, cielos! ¡Mi hermano Raymond está con ellos! —chilló la señorita Otterburne, y se desplomó en el suelo inconsciente, en el momento en que sir Nigel daba su último aliento. Me apresuré a buscar un cojín y lo coloqué bajo su cabeza, y luego me volví una vez más hacia la ventana. Pero el patio estaba absolutamente vacío, no había rastro de su reciente ocupación.

No podía haberme ausentado de la ventana ni un par de minutos, y la instantánea desaparición de la espantosa muchedumbre sacudió mis nervios tanto como lo había hecho su visión. No había ni una marca en la hierba sin pisar y cubierta de rocío. Ni un guijarro desplazado en el ancho camino de grava que había estado tan lleno un momento antes. En el lugar donde la figura alta se había parado y nos había saludado con la mano, había un gato sentado, lamiéndose las patas, y oí el gorjeo irregular de los primeros pájaros que se despertaban.

Me sentí físicamente mal y, apartándome de la ventana, me serví y

and drank a powerful cordial that restored an artificial calmness to my nerves. Just then the nurse returned. She had not been absent from the room more than five minutes.

"The patient is dead, and Miss Otterburne has fainted," I said. "Help me to lay her on the couch."

I have never in all my experience seen any one in so deep a swoon. The nurse and I were unspeakably relieved when at length she showed signs of returning consciousness, though I dreaded what she might say when she recovered. I gave her a composing draught which would secure her some hours' rest, and committed her to the care of her maid.

I sent at once for the family doctor, who had seen Sir Nigel on the previous night, to acquaint him with the death of the patient. He was exceedingly inquisitive about every possible detail, and appeared to long for information concerning something he dared not enquire about directly.

"Were there any circumstances of an unusual character attending the death?" he asked anxiously.

"It was the ordinary termination of such an illness as Sir Nigel's," I replied guardedly.

"And Miss Otterburne, how did she bear the shock?"

"She had a severe fainting-fit, and remained insensible for fully half an hour. She appears to feel her loss acutely."

Mr Walton agreed with me that I had better remain in the house till the following day, to make the necessary arrangements for the funeral, and to write to Miss Otterburne's relations, with whose names and addresses the butler supplied me, to prevent his mistress from being disturbed. The old man became almost talkative for so taciturn a person.

"The family has died and died till yonder churchyard is full of them," he said. "The very soil of it was once Otterburne flesh and

tomé una fuerte bebida que devolvió una calma artificial a mis nervios. En ese momento regresó la enfermera. No había estado ausente de la habitación más de cinco minutos.

—El paciente está muerto y la señorita Otterburne se ha desmayado —dije—. Ayúdeme a costarla en el sofá.

Nunca en toda mi experiencia he visto a nadie en un desmayo tan profundo. La enfermera y yo sentimos un alivio indescriptible cuando por fin dio señales de recobrar el conocimiento, aunque temí lo que pudiera decir cuando se recuperara. Le di un calmante que le asegurara unas horas de descanso y la encomendé al cuidado de su criada.

Llamé de inmediato al médico de familia, que había visto a sir Nigel la noche anterior, para informarle de la muerte del paciente. Fue inquisitivo en extremo sobre todos los detalles posibles, y parecía ansiar información sobre algo que no se atrevía a preguntar directamente.

—¿Hubo alguna circunstancia de carácter inusual en la muerte? —preguntó ansioso.

—Fue el final normal de una enfermedad como la de sir Nigel —respondí con cautela.

—Y la señorita Otterburne, ¿cómo soportó el impacto?

—Tuvo un fuerte desmayo y permaneció inconsciente durante media hora. Parece sentir su pérdida de forma aguda.

El señor Walton convino conmigo en que era mejor que yo permaneciera en la casa hasta el día siguiente, para hacer los preparativos necesarios para el funeral y escribir a los parientes de la señorita Otterburne, cuyos nombres y direcciones me facilitó el mayordomo, para evitar que su ama fuera molestada. El anciano se volvió casi hablador para ser una persona tan taciturna.

—Muertos y muertos de la familia hasta llenar el cementerio de la iglesia —dijo—. El mismo suelo fue una vez de carne y hueso Otter-

blood, and there's no one left of this branch but Miss Otterburne and the Major in India, that's now Sir Raymond. There's a few cousins up in the north, and a widowed sister of the master's, and they'll like to come for the funeral, if it's only to see where they'll be laid themselves when their time comes, for all the Otterburnes are brought here to be buried."

"Will one of the ladies of the family stay with Miss Otterburne till her brother returns from India?" I said, and as it was the first question I had asked, the old man cast a suspicious glance at me, resumed his uncommunicative manner, and changed the subject of conversation.

By noon I had sent the nurses back to London. Then there remained the long afternoon and evening in which to collect my distracted thoughts and to get my nerves into something like order for a return to the active duties of life. I could not for an instant forget the horror of that early dawn. I saw, as clearly as I now see the pen with which I am writing this narrative, the ghostly throng with upturned, dead faces gazing at us, and Miss Otterburne's words and cry still rang in my ears. Whatever the ghostly vision was, we had both of us seen it. If only one person had seen it, and that one myself, I should not have been convinced of its reality. I should have believed that I was subjected to some terrible hallucination. But we both saw it at the same moment. And Miss Otterburne had seen it twice before, and each time under the same ghastly circumstances. There was no doubt that it had been as visible to us as natural objects are. It was no picture conjured up separately in our brains.

I confess that I was so unnerved I could not look out of that window again, nor could I spend my last night at the Hammel in any room at the front of the house. I asked the housekeeper to give me a bed in one of the back rooms.

She cast a peculiar glance at me and said: "You don't care for a room that looks out into the courtyard, and I don't blame you for it. But you need not mind it now, sir; they won't come again till—till they are sent."

burne, y no queda nadie de esta rama salvo la señorita Otterburne y el mayor en la India, que ahora es sir Raymond. Hay unos cuantos primos en el norte, y una hermana viuda del amo, y les gustará venir al entierro, aunque solo sea para ver dónde serán enterrados ellos mismos cuando les llegue la hora, pues todos los Otterburne son traídos aquí para ser enterrados.

—¿Se quedará alguna de las damas de la familia con la señorita Otterburne hasta que su hermano regrese de la India? —dije, y como era la primera pregunta que había hecho, el anciano me lanzó una mirada sospechosa, reanudó su actitud poco comunicativa y cambió el tema de la conversación.

Al mediodía, yo había enviado a las enfermeras de vuelta a Londres. Luego quedaban la larga tarde y la noche para ordenar mis distraídos pensamientos y poner los nervios en orden para volver al deber de los quehaceres diarios. No podría olvidar ni por un instante el horror de aquel amanecer. Vi, tan claramente como veo ahora la pluma con la que escribo esta narración, la multitud fantasmal con los rostros muertos y vueltos hacia arriba que nos miraban, y las palabras y el grito de la señorita Otterburne aún resonaban en mis oídos. Cualquiera que fuera la visión fantasmal, ambos la habíamos visto. Si solo una persona lo hubiera visto, yo mismo, no me habría convencido de que había sido real. Habría creído que había sufrido una terrible alucinación. Pero ambos lo vimos a la vez. Y la señorita Otterburne lo había visto dos veces antes, y cada vez en las mismas circunstancias espantosas. No había duda de que había sido tan visible para nosotros como lo son los objetos naturales. No era una imagen evocada por separado en nuestros cerebros.

Confieso que me sentí tan desconcertado que no pude volver a asomarme a aquella ventana, ni pude pasar mi última noche en Hammel en ninguna habitación de la parte delantera de la casa. Le pedí al ama de llaves que me diera una cama en una de las habitaciones traseras.

Me lanzó una mirada peculiar y me dijo:

—No le interesa una habitación que dé al patio, y no le culpo por ello. Pero no tiene por qué preocuparse ahora, señor; no volverán

I made frequent enquiries during the day about Miss Otterburne. But I did not ask to see her, so fearful was I of the effect my presence might have in recalling the horror we had witnessed together. The last thing at night I sent a message to her saying that I should return to town in the morning, and I hoped that she would send for me if I could be of the slightest service to her. But she did not require me, and I retired for the night to a small back room on the second floor. Sleep was out of the question. I did not undress, but sat smoking pipe after pipe and trying to read, till when the grey dawn came a great terror took possession of me, and I shook like a man in a fit of ague. I scorned myself for my weakness. But the feeling was beyond my own control.

At length, when daylight flooded the room, I threw myself across the bed and fell into a deep sleep which must have lasted for hours, and from which I was awakened by loud knocking at the door.

"Who is there?" I said, starting to my feet, and the knock was again repeated. I ran to the door and opened it. The old butler stood before me pale and trembling.

"Miss Otterburne wishes to see you, sir, in her sitting-room."

"Tell her I will be with her directly," and I hastened to make myself fit to enter the presence of a lady, and went downstairs to Miss Otterburne's room, where her maid stood waiting for me with a scared face. She said nothing, but opened the door of her mistress's room. I entered, and she closed it after me.

Miss Otterburne was standing by the table with an open letter in her hand. I should not have known her. Her hair had turned white in the last twenty-four hours, and there was a strange glitter in her eye. She handed me the letter, saying: "It was Raymond that we saw with them; I knew it."

hasta que sean enviados.

Hice frecuentes consultas durante el día sobre la señorita Otterburne. Pero no pedí verla, tan temeroso estaba del efecto que mi presencia podría tener al recordar el horror que habíamos presenciado juntos. Lo último que hice por la noche fue enviarle un mensaje diciéndole que volvería a la ciudad por la mañana, y que esperaba que mandara a buscarme si podía serle de la más mínima utilidad. Pero ella no me requirió, y me retiré por la noche a una pequeña habitación trasera en el segundo piso. Dormir estaba fuera de discusión. No me desnudé, sino que me senté a fumar pipa tras pipa y a tratar de leer, hasta que cuando llegó el alba gris un gran terror se apoderó de mí, y temblé como un hombre en un ataque de agonía. Me despreciaba por mi debilidad. Pero el sentimiento estaba fuera de mi control.

Al final, cuando la luz del día inundó la habitación, me arrojé sobre la cama y caí en un profundo sueño que debió de durar horas, y del que me despertaron unos fuertes golpes en la puerta.

—¿Quién es? —dije, poniéndome en pie, y los golpes se repitieron de nuevo. Corrí hacia la puerta y la abrí. El viejo mayordomo estaba delante de mí pálido y tembloroso.

—La señorita Otterburne desea verlo, señor, en su sala de estar.

—Dígale que estaré con ella enseguida. —Y me apresuré a ponerme presentable para estar en presencia de una dama, y bajé a la habitación de la señorita Otterburne, donde su criada me esperaba con cara de susto. No dijo nada, pero abrió la puerta de la habitación de su ama. Entré, y ella la cerró tras de mí.

La señorita Otterburne estaba de pie junto a la mesa con una carta abierta en la mano. No la reconocí. Su pelo se había vuelto blanco en las últimas veinticuatro horas, y había un extraño brillo en sus ojos. Me entregó la carta y dijo:

—Fue Raymond el que vimos con ellos; yo lo sabía.

I read the letter. It was very short. A few lines written in haste by a friend of the Major's to Sir Nigel, telling him of the death of his son, of cholera at Meerut a month ago, and promising all particulars by the next mail. As my mind took in the meaning of it I grew giddy. The room became suddenly dark to me, and I groped for a chair like a blind man. Miss Otterburne laughed, the cackling laugh of insanity, and it recalled me to myself in an instant through extremity of compassion for her.

"Why do you pretend to be surprised? You knew that Raymond was dead as well as I; we both saw him. Oh, he was merry! They were all a merry company; why should we be sad?" and the poor lady laughed in such an awful fashion I could have shed tears of blood to listen to her. It was the last time that I saw Miss Otterburne. Twenty long years she continued to live at the Hammel in a state of hopeless insanity, dangerous neither to herself nor to others while she was allowed to remain there. But if any attempt was made to take her elsewhere, her frenzy became ungovernable.

"They would not know where to find me," she would say. "They can only fetch me from here, and I want the merry, white-faced folk to come for me; " and her anger would subside into dreadful laughter.

Every day in the early dawn she rose to look out of her window into the courtyard. But one morning she failed to do so, and her attendant was thankful to find Miss Otterburne lying peacefully dead, on the twentieth anniversary of her father's death.

Leí la carta. Era muy breve. Unas pocas líneas escritas a toda prisa por un amigo del mayor a sir Nigel, contándole la muerte de su hijo, de cólera en Meerut hace un mes, y prometiéndole todos los detalles en el próximo correo. Al comprender lo que significaba, sentí que me mareaba. La habitación se oscureció repentinamente para mí, y busqué a tientas una silla como un ciego. La señorita Otterburne soltó una carcajada, la risa chillona de la locura, que me hizo volver en mí en un instante por la extrema compasión que sentía por ella.

—¿Por qué finge estar sorprendido? Sabía que Raymond estaba muerto tan bien como yo; ambos lo vimos. ¡Oh, estaba feliz! Todos eran una alegre compañía; ¿por qué habríamos de estar tristes? —Y la pobre señora se reía de una manera tan espantosa que hubiera podido derramar lágrimas de sangre de escucharla. Fue la última vez que vi a la señorita Otterburne. Veinte largos años siguió viviendo en Hammel en un estado de locura irremediable, sin peligro para sí misma ni para los demás mientras se le permitió permanecer allí. Pero si se intentaba llevarla a otro lugar, su locura se volvía incontrolable.

—No sabrían dónde encontrarme —decía—. Solo pueden venir a buscarme aquí, y quiero que los alegres caras pálidas vengan por mí. —Y su furia daba paso a una risa terrible.

Todos los días, al amanecer, se levantaba para mirar por la ventana que daba al patio. Pero una mañana no lo hizo, y su asistente se sintió agradecida al encontrar a la señorita Otterburne plácidamente muerta, en el vigésimo aniversario de la muerte de su padre.

CLÁSICOS EN ESPAÑOL

Esperamos que haya disfrutado esta lectura. ¿Quiere leer otra obra de nuestra colección de *Clásicos en español*?

En nuestro Club del Libro encontrarás artículos relacionados con los libros que publicamos y la literatura en general. ¡Suscríbete en nuestra página web y te ofrecemos un ebook gratis por mes!

Recibe tu copia totalmente gratuita de nuestro *Club del libro* en rosettaedu.com/pages/club-del-libro

ROSETTA EDU

CLÁSICOS EN ESPAÑOL

Una habitación propia se estableció desde su publicación como uno de los libros fundamentales del feminismo. Basado en dos conferencias pronunciadas por Virginia Woolf en colleges para mujeres y ampliado luego por la autora, el texto es un testamento visionario, donde tópicos característicos del feminismo por casi un siglo son expuestos con claridad tal vez por primera vez.

Oscar Wilde escribe una sola novela, *El retrato de Dorian Gray*; ésta fue el objeto de una crítica moralizante mordaz por parte de sus contemporáneos que no pudieron ver que dentro de una trama perfectamente compuesta se escondía toda la tragedia del romanticismo. Cien años después no ha perdido su impacto original y sigue siendo un texto fundamental para los debates sobre la estética y la moral.

Otra vuelta de tuerca es una de las novelas de terror más difundidas en la literatura universal y cuenta una historia absorbente, siguiendo a una institutriz a cargo de dos niños en una gran mansión en la campiña inglesa que parece estar embrujada. Los detalles de la descripción y la narración en primera persona van conformando un mundo que puede inspirar genuino terror.

rosettaedu.com

* 9 7 8 1 8 3 6 4 7 1 6 1 5 *